中公文庫

ゆりかごで眠れ（上）

新装版

垣根涼介

中央公論新社

上巻　目次

ゆりかごで眠れ　上

神様は、この国があまりにも美しいので、地上に無数の悪魔をお放ちになられた。

プロローグ

着陸時の振動にビジネスクラス(チャーリー)もへったくれもない。

機内全体を軋(きし)ませる縦揺れがしばらくつづいたあと、ボーイングは両翼のジェットを逆噴射させ、急激に速度を落とす。回転灯を点滅させるアテンド車両の指示にしたがい、第二ターミナル・サテライトの指定の位置に停止する。

しばらくしてシートベルトの装着サインが消えた。リキ・コバヤシ・ガルシアは隣の席を見遣(みや)る。

カーサは小さな腹部をベルトにしっかりと括(くく)りつけたまま、まだじっとしている。つむじの位置はビジネスシートのヘッドレストにはるかに及ばない。両足もそうだ。ミニチュアのような靴底が、フロアから十センチほどの宙でぶらぶらと浮いている。無理もない。まだ六歳の子どもだ。しかもカーサは、六歳の少女としてもかなり小柄な部類に入る。

「カーサ」リキは呼びかけた。「もう大丈夫だ。ベルトを取るんだ」

こくん、とうなずき、カーサがバックルを外す。シートの上に両手をつき、ぴょん、とフロアに飛び降りた。彼女は生まれて初めて飛行機に乗った。リオデジャネイロからロサンゼルスを経由して、成田まで来た。ずっと緊張していた。

カーサ……スペイン語で、「家」を意味する。彼の母国でも、女の子にこんな名前は付けない。およそ愛情の欠片も感じられない。

リキは立ち上がり、天井の荷物入れを開けた。リキ自身の鞄とカーサのデイパックを取り出す。スヌーピーのキャラクターがプリントされた小さなリュック。カーサのお気に入りだ。去年のクリスマスプレゼントに買ってやった。本当は誕生日プレゼントにあげたかったのだが、彼女の正確な誕生日は不明だった。

デイパックをカーサに手渡す。彼女は伸び上がるようにして両手で受け取ると、トウモロコシの粒のような歯を少し覗かせ、満足そうに笑った。

デイパックを背中にしょったカーサが、黙って片手を上げてくる。手を引いて連れて行ってくれ、と目でせがんでいる。その手を取り、機内の通路を進んでゆく。

ボーディング・ブリッジを渡って、サテライトの屋内に入った。塵一つ落ちていないカーペット敷きの通路。両側から足元を照らし出してくる間接照明。無機質なほどに白い壁と、その壁で光沢を放っている真新しい観光用のポスター。

少し先に自動通路の「動く歩道」が見えてくる。自動ベルトに次々と人が乗り込んでゆく。

「うわあ。すごい」リキの手を握ったまま、カーサが小さく声を発する。「動く。きれい」

その無邪気な感想に苦笑する。

「ここが、リキパパのお父さんとお母さんの生まれた国？」

「ああ」

「人間も、きれい？」

「どうかな。きれいな人もいるし、きれいじゃない人もいる」

「ふうん」

自動通路が目の前にある。リキの横で、カーサがタイミングを取りながらベルトに飛び乗る。歩道がゆっくりと二人を運んでゆく。

自動、とカーサがつぶやく。歩道の半ばを過ぎた。ベルトの途切れる先を、じっと窺っている。そうしているうちにも途切れ目がどんどん近づいてくる。

まだカーサは見つめている。しかし、もう物珍しいからではない。動く歩道。先ほどの着陸のときもそうだ。緊張し、その頭部が微かに揺れている。飛び降りるタイミングを無意識に計っている。不安化傾向の強い子。過去がそうさせる。

「おいで」

そう言ってカーサの腰に手を回し、そのまま小脇に抱え上げた。二十キロほどの体重。

軽い。カーサが微かに笑い声を上げる。

少女を抱え上げたまま、リキは動く歩道の途切れ目を跨いだ。

カーサをフロアに下ろしてやる。彼女がリキを見上げてくる。

「リキパパ、今日はなに食べる？」

「何が、食べたい」

「てんぷる。本で見た。知ってる」

「ん？」

「てんぷる。フリート。きっとおいしいよ」

それで分かった。カーサは天ぷらを食べたいと言っている。

「分かった」リキは答えた。「じゃあホテルに着いたらな」

「オテル、オテル」カーサはつぶやき、笑った。「部屋一つ。一緒」

もう一度リキも笑った。

入国審査のブースまで来た。係員に提出した緑のパスポート。ジョアン・フランシスコ・松本の名義。同じ写真の中に納まっているカーサは、マリア・フランシスコ・松本
……ブラジル国籍の偽造パスポートだ。

「ご旅行の目的は？」

係員が英語で聞いてくる。

「観光です」同じく英語でリキは答える。「親戚の家を訪れます。それと墓参りです」

「行き先はどちらに？」

「福島です」

　隣に立っているカーサに、係員がちらりと視線を飛ばす。カーサはリキの手を握ったまま、しげしげと係員の顔を見上げている。が、リキはあまり不安を感じない。この子はインディオと白人の血の混じった混血（メスティサ）だ。黒い髪に黒い瞳、やや白色人種（コーカソイド）の血の勝った顔立ちをしているが、多少彫りの深い黄色人種（モンゴロイド）の子ども、と見えないこともない。

　しばらく係官の顔を見上げていたカーサは、不意にリキの袖を引いた。

「パーパ、早く。おしっこ」

　と、スペイン語で言ってきた。ポルトガル語とほぼ同じ言語。響き方。しかもリキパパとは呼ばなかった。

　直後に響いた打刻音。係員がスタンプを押した。

第一部　別離

1

いつからこうなってしまったのか——。

もう、あまりにも昔のことなので忘れてしまった。いつもぼんやりと霞がかかっている。視界も聴覚もそうだ。

もうすぐ零時だというのに、周囲のテーブルでは絶えず電話が鳴り響いている。だが、その目に見えている光景も、耳から入ってくる音も、妙に現実感が希薄だ。自分が自分でなくなってゆく感覚……。

武田はデスクに座ったまま報告書を書いている。昨夜起こった黒人キャッチへの暴行事件。地回りのヤクザに半殺しにされ、病院に担ぎ込まれた。

ガタイが大きいだけが能の、仁義も節度もわきまえない路上の粗大ゴミ。粗悪なエスやクラックは売りまくる。強引な客引きはする。通行人からのカツ上げ。商売女たちへの暴力沙汰。およそ見境というものがない。あんなクズのブラックなど、なるようになればいい。ヤクザよりも始末が悪い。むしろ始末してくれたほうがありがたい。だからロクな現調も捜査も行わず、投げやりな報告書を書いていた。

「警部」

振り返ると、部下の松原が立っていた。

「あのスペイン野郎、どうしましょう」

一瞬、相手が何を言っているのか分からなかった。が、すぐに繋がった。

三週間前に捕まえたコロンビア人のことだ。容疑は殺人。被害者は二丁目の暴力団組員。武田が所属する組織犯罪対策課――通称・組対課に密告があり、不法滞在容疑で別件逮捕してみた。被害者の爪の中にわずかに残っていた服の繊維と、容疑者の部屋にあったジャケットの繊維が一致した。

しかし、これだけでは立件できる充分な証拠とはいえなかった。第一、件のコロンビア人には、殺害推定時刻にアリバイがあった。職安通りの向こうにある『スル・アメリカーナ』。夜ともなれば甘ったるいサルサが大音量で流れ出している南米系のクラブだ。そこでの目撃証言が多数存在する。むろんこの容疑者の背後にある組織が、なんらかのアリバイ工作を施したのには間違いないが、証言は証言だった。

そこで規定の勾留期間内になんとかこの男の口を割らせようとしたが、この容疑者は連日連夜の取調べにものらりくらりと質問をはぐらかしつづけた。そして今も――それが外見だけのはったりであったにしても――余裕のある態度をまったく崩さない。時には取調官に対して皮肉さえ口にする。陽気でさえある。おそるべき図太さだった。

さらに十日間の勾留延長申請を出して、現在も粘り強く自供を引き出そうとしている。

「もう、どうしようもない状況でして」松原がため息をつく。「やれるだけのことはやっているつもりなんですが、すべてが暖簾に腕押しといった感じで」

「そうか――」気づいたときにはボールペンの先で無意識に書類を叩いていた。「……なら、おれもちょっと顔を出そう」

組対課の部屋を出て、松原とともに取調室へと赴く。途中の廊下で実に様々な人種とすれ違う。少年課に引っ張られてきたプチ家出の少女たち。中国系売春婦。酔っ払い。暴力沙汰を起こしたチンピラ。どれもこれも見飽きた光景。この新宿北署に武田が配属されて十年になる。ここはありとあらゆる底辺の人種の巣窟だ。

もっとも、小悪党ばかりだということは分かり切っている。本物の悪党はこんな貧乏臭い場所になどしょっ引かれてはこない。蜥蜴の脳ミソを司っている存在。頭に座り、手足に指示を飛ばしている。その頭部から注意をそらすために、わざと濡れ葉の陰から尾っぽだけを出してみせる。切られるのは常に尾っぽの小悪党だけだ。そして尾っぽはすぐに増殖するから、彼らにとっては痛くも痒くもない。だから、その尾っぽを捕まえるために躍起になっている自分たちなど、はじめから間抜け極まりない存在なのだ。

二十年以上警察官をやって、身に沁みて分かった。

世の中など、なにも変わらない。

おれたちの仕事など、やるだけ無駄というものだ――。

松原が第一取調室のドアノブに手を伸ばすとほぼ同時に、隣にある第二取調室のドアが開いた。私服姿の背の高い女が出てくる。

刑事課強犯係の刑事、若槻妙子。

この新宿北署に新卒で配属された当初は交通安全課だった。四年前、堅実な仕事ぶりと度胸のよさを買われて刑事課に配属された。以来、今の職にある。刑事課から暴力団対策部門が組対課として独立するまでは、武田とも同じデカ部屋で机を並べていた。妙子の顔がちらりとこちらを向く。ほどよく引き締まった口元の上で、あまり瞬きしない切れ長の瞳が、一瞬強く武田を見た。じわり、と武田の心が波立つ。しかし彼女はすぐに目を逸らした。

「妙ちゃん、そういや来週だっけ」

ドアノブに手を止めたまま、松原が口を開く。彼女の送別会のことだ。妙子は微かに笑みを浮かべた。

「長いこと、松原さんにもお世話になりました」

武田さんにも、とは言わなかった。しかし松原はそのニュアンスには気づかない。この男の人のよさだ、と武田は思う。むしろ相好を崩し、おれなんか全然そんなことはないよ、と照れている。

「とにかくさ、送別会には必ず顔を出させてもらうから」

言いながらも松原が第一取調室の扉を開けた。その背中が取調室に吸い込まれる。障害物が消え、妙子との間が素通しになる。ふたたびお互いの視線が合った。武田は微かにうなずいてみせた。

しかし彼女はうなずき返しもしなかった。くるりと踵を返し、廊下の奥のほうへパンプスの靴音を響かせて去り始めた。完全なる無視だ。

「………」

武田は微かに吐息を洩らし、取調室に入った。昔はこんなつれない態度にも、苦笑を浮かべる余裕はあった。だが、今はため息しか出ない。

三坪ほどの室内。古びた机の向こうに、容疑者が座っている。

すらりとした体型のラティーノ。カルロス・エドゥアルド・モラレス。二十九歳。コロンビアのメデジンという街の出身。少なくともパスポートではそうなっている。

その対面の椅子に、武田は腰を下ろした。

「三日ぶりだな」自然と言葉が口をついて出る。「もういい加減、この場所に居つづけるのも嫌になったろ」

カルロスは答えない。両頬から細い顎にかけて茶色の無精ひげが伸び放題に伸び、目の下にははっきりと隈が浮き出ている。髪もくしゃくしゃだ。クラブで捕まえた当初の色男ぶりなど見る影もない。だが、黙ったまま武田を見返してきた視線には、まだ射るような力がある。薄い笑みを浮かべたまま、うん、とも、すん、とも言わない。

「おい。なんとか答えたらどうだ？」

武田は、殺された暴力団員とは顔見知りだった。親しかったと言ってもいい。組対課の刑事を長年つづけていると、よくそういう関係になる。風俗店などにちょっとしたお目こぼしを与えることで貸しを作り、見返りとしてアンダーグラウンドでの噂や、組織間あるいは組織内の情報をこっそりと提供してもらう。癒着というほど大げさなものではないが、そういう貸し借りの関係を作らなければ組対課——特に銃器薬物・暴力団対策係の刑事は勤まらない。

そんな付き合いをつづけているうちに、多少の情も湧いてくる。この殺された被害者ともそういう関係だった。

が、一ヶ月ほど前に、花園神社の裏手で他殺体となって発見された。凶器はナイフ。喉を大きく抉られ、両手足の腱をすべて切断されていた。

ため息をつき、カルロスの顔を見る。

カルロスはいつの間にか無表情に戻り、濡れた瞳でじっと武田を見返している。

どういう殺され方をしたかは、容易に想像できる。コロンビア・マフィアに特有の残忍極まりない殺し方だ。人目につかないところへ引きずり込み、まずは喉を声帯ごと掻き切る。これで悲鳴は出せなくなる。そのあと手足の腱を切断し、泥の上に転がす。立ち上がることも這うことも出来ず、激痛にもだえながら芋虫のように死んでゆく。おそらくは他の暴力団への見せしめのためもある。あっけなく殺せる銃などは使わない。

　検視官の話によれば、喉元の切断部は滅多に見られないほど鮮やかなものだったという。表皮の傷口は微塵も波打っておらず、ナイフの入りから抜きまでが一定の速度を保っている。相当の手練の仕業だろうと話していた。

「日本に一年もいるんだ。これぐらいの日本語、分かるだろうが」武田はなおも言った。「通訳はもういない。税金で雇っているんだからな。ずっとだんまりを決め込んでいる奴になんぞ、もったいなくて付けていられない。おまえが何か喋るより手はないんだぞ」

　カルロスの顔に、ふたたび笑みが浮かぶ。

「でもわたし、本当になにもしていない」カルロスは口を開いた。「いい加減にしてよ。しつこい。あなた本当にしつこいね」

　女の言葉遣い。イントネーションもそうだ。コカのつながりで日本女と懇ろになり、自然に覚えたのだろう。カルロスは今、両手を机の上に出している。その脇にサインペンが転がっている。

「それにね、わたし疲れたよ。もうへとへと。何も喋りたくない。このまま出国、オーケイね。あなた厄介払い。せいせい。わたしオーケイ。喜んで帰る。問題ないよ(ノ・プロブレーマ)」

　つい武田も笑う。

「そうか。疲れたか」言いつつ、サインペンを逆手に摑(つか)んだ。「なら、マッサージしてやる」

　言うなり、そのペンの柄をカルロスの手の甲――親指と人差し指の付け根――に突き立てた。そのまま捻(ね)じ込(こ)むようにして力を加えてゆく。凝りのつぼ。武道経験のある武田は知っている。ここは痛覚のつぼでもある。ヒトは疲れていれば疲れているほど、このつぼを押されれば激痛に襲われる。足つぼマッサージと同じだ。ましてや初めて押される南米人なら、脳天に電流が走ったような痛みを覚えるだろう。

　果たしてカルロスは獣のようなうめき声を上げた。

「効くだろ」力を加えながら武田はささやいた。「もっと、押してやる」

　腰を浮かしながら、さらに右手に全体重を乗せた。カルロスが飛び上がらんばかりにして椅子を蹴倒す。ペンの先で押さえつけられた右手を起点にして七転八倒している。スペイン語で何か喚(わめ)き散らしている。

「止(や)めてくださいよ、武田さん」松原も声を上げる。「ちょっとやり過ぎですよ」

「心配すんな」武田は笑った。「本当につぼだ。効くんだぜ」

――おまけに外傷も残らない。

「訴えるよ、あなた」歯を食いしばらんばかりにカルロスが声を絞り出す。「暴力したって弁護士、言うよ」

武田はもう一度笑った。そしてペンの柄を相手の手の甲から外した。

「体、どうだ？」

顔をしかめたままカルロスが右手を揉むような仕草をする。それから、おや、というような表情を浮かべて、武田を見返してきた。分かる。間違いなく体の感じが軽くなっている。

「だから言ったろ。マッサージだって」

半分は嫌がらせだけどな、と内心でつぶやく。人権保護の名のもとに守られた容疑者。その容疑がたとえ殺人だとしても、取調べ中の刑事に出来る嫌がらせなど、せいぜいこれくらいのものだ。

カルロスが少し口の端をゆがめた。

「でも少し、やっぱり痛いね」

「おまえにはな、吐くまでここにいてもらうつもりだ」武田は宣言した。「本当のことを言うまでは何度でも逮捕して、勾留期間を延長する。どのみちおまえは吐かざるをえない。なら、早く吐いたほうが面倒はない」

事実だ。この殺人の一件に、さらに新しい容疑——コカの密売や銃刀法容疑——を捻じ込んで再逮捕を繰り返せば、勾留期間はさらに延ばすことが出来る。

「でもわたしね、本当に何もやってない」カルロスが同じ言葉を口にする。「聞くだけ無駄よ」

「だったら一生ここにいろ」武田も繰り返す。「時間はいくらでもある。生殺しにしてやるよ」

束の間、睨み合った。

この人殺しを前に、武田は思う。

ここ一年ほど、管轄内での盛り場の雰囲気がどうも妙だ。空気が浮ついている。

最初に気づいたのは、福建省あたりから流れ込んできた中国系マフィアの減少だった。それまでは我が物顔で区役所通りや二番通りをうろついていた食い詰め者どもが、去年の夏あたりから次第に姿を消した。比例するように、青龍刀などでの刃傷沙汰や殺人事件もめっきりと減った。トカレフやノーリンコなどの銃や覚醒剤の押収量も、取締り月間を設けて一斉摘発を試みても、中国系に関する限りは毎月前年割れの数字を示している。

むろん、表面的に見ればなにも問題はない。少なくとも数字上は犯罪件数も減り、この歌舞伎町二丁目から大久保にかけての治安は、前年よりはるかにまともに保たれている。

しかし、と武田は感じる。

盛り場は依然としてこの管轄エリアの中心にある。今日も周辺部から、刹那の享楽を求めて大量の人々が流れ込んでいる。ヒトとは、需要を意味する。だからこのエリアの需要が減ったわけではない。その証拠に大久保界隈の中国系や韓国系レストランは依然として栄え、立ちんぼうもうろついている。新たにそのエリアを押さえ、ショバ代を毟り取り始めている連中がいる。姿は見えない。店の主たちも口を割らない。おそらくはその相手をひどく恐れている。中国系マフィアに取って代わり、地下水脈を広げている組織がある。

それが、誰なのか——。

武田はふたたび目の前の男を見て、口を開く。

「最近な、ハイジアビルの裏や大久保界隈で、おまえのお友達が多くなっている」

「お友達？」

「南米系の女だよ。売春婦だ。ここ五年ほど中国系と東南アジア系に押され、消えかかっていたけどな。最近じゃまた復活してきている」

カルロスは両肩を軽くすくめてみせる。

「私、友達じゃないよ」

「おまえは友達じゃなくても、おまえのボスは友達だろう」ずけりと武田は言った。「だから言えよ。そのボスの名を。おまえに殺しをやらせた、その首領の名前を」

「知らない」カルロスは少し苛立つ。「私、一人だけ。それに殺しないよ。ボスいない」

武田はその答えを無視した。

「もしボスの名を言えば、こっちとしても多少の取引をしてやらないでもない」殺された暴力団員。社会的な立場から見れば世間のお荷物とはいえ、結構いい奴だった。話しながら、たまにお互い笑うこともあった。「おまえは誰も殺していない。証拠もない。不法滞在の容疑だけで本国へ強制送還してやる」

カルロスは薄い笑みを浮かべた。

「何故、笑う？」

「あなた、なにも分かってないね」そうつぶやいて、人差し指を側頭部でくるくると回す。「やっぱり日本人、脳ミソすごく平和。バカね」

この男……苛立ちを抑え込み、もう一度問いかける。

「どういうことだ」

だがカルロスは何も答えず、ただ笑っていた。

武田は今までに何人もの不法滞在者を逮捕したことがある。ヤクの売人や、キャバレーやラブホテルで働く不法就労者たちだ。それら逮捕者の許には、決まって仲間たちがわらわらと訪れてくる。衣服や生活用品を差し入れにくる。異国で不法滞在者が最も頼りにすうのは、同胞の繋がりだ。金や物を融通し合う。困っているときには親身になって助け合う。そうやって街の片隅でコミューンを作ってゆく。

だが、このカルロスが捕まってから三週間というもの、国選弁護人と通訳以外は誰も面会に訪れてこない。本人もどこにも連絡しない。周辺の繋がりがまったく出てこない。その事実自体が、逆にこの男の背後にある強固な組織の存在を濃厚に物語っている。

この人殺しには間違いなくボスがいる。決して表には出てこず、地下の暗闇からじっと地上の様子を窺っている――。

五分後、武田は松原とともに取調室を出た。

「今、一日の取調べ時間はどうなっている?」

廊下を歩きながら武田は聞いた。松原は少し首を傾げた。

「そうですね。交代でやりながらトータルで八時間程度というところでしょうか?」

「明日から一時間ずつ増やしてゆけ」

「……しかし、何を言っても答えを引き出せないんですよ」

「それでもいい。とにかく椅子に座らせたまま、一時間ずつ増やしてゆけ」武田は繰り返した。「一日十八時間までになって、それでも吐かなかったら、毎日その取調べ時間を維持しろ。飯とシャワーの時間を除けば、毎日四時間ほどの睡眠だ。何も言わなくていい。椅子の上で眠らせさえしなければ、目はある」

カルロスのような人種は肉体的苦痛を加えたところで、まずはへこたれない。何も吐かない。取調べでどんなに暴力を振るわれても、殺されはしないことを充分に分かっているからだ。だから、いくら拷問めいたことをされても所詮は一過性の苦痛だと思い、最後まで耐えつづける。だが、極度の睡眠不足が続けば、人間は必ずへこたれる。

「でも、思いっきりの勾留規定違反じゃないですか」松原は顔をしかめた。「あと、弁護士ともややこしいことになりますよ」

「不起訴になれば、弁護士は要らないだろう」

一瞬、松原が立ち止まった。その顔が強張っている。

「つまり、そういうつもりですか」

武田も立ち止まったままうなずいた。

「奴一人を有罪に出来たところで何も変わらない。根元を潰さないことにはな」言いつつ、ふたたび歩き始める。「そのための情報をある程度引き出した時点で、奴の役割は終わりだ。地球の裏側に送り返してやる」

2

いつも、この目をしている。

リキの顔を見るたびにアロンソは思う。一見穏やかそうだが、瞳を取り囲む上瞼と下瞼、目尻の輪郭でそう見えるだけだ。中核の瞳はガラス玉のような鳶色を浮かべている。およそ表情というものがない。初めて会ったのは二十年前。リキもアロンソもまだ少年だった。その頃からずっとこの目をしていた。

目の前のデスクに腰を下ろしたまま、リキが口を開いた。

「間違いないのか。ちび（ニーニョ）」

はい（シ）、とちび（ニーニョ）のアロンソは答えた。「ゴンサロの部下が自慢げに言っているのを、パト・フェルナンの女が聞いています」

リキはわずかに首を傾げた。

「アヒル（パト）の女、か——」

「はい」もう一度ちび（ニーニョ）のアロンソは答えた。「パト・フェルナンの女は池袋界隈の売春婦です。二、三度客になったことがあるそうで、むろんそいつはパトの女だってことは知りません。だから、つい気安く口走ったのでしょう」

ふん、とリキは鼻を鳴らした。「よし。じゃあパトを呼べ」

ニーニョはすぐに受話器を手に取り、内線で一階を呼び出した。この建物の一階は倉庫になっている。コロンビアから空輸されてきたカーネーションや薔薇（ばら）などの切花と、海路で運ばれてきたコーヒー豆の集積所として使われている。対して、リキとニーニョがいる二階は事務所になっている。応接室と事務室、さらに奥にあるこの部屋が、現地法人代理店の社長室だ。いつもはニーニョが座っているその椅子に、今はリキが座っている。むろん、切花とコーヒー豆の輸入販売業は表向きの商売でしかない。

　すぐに社長室のドアが開き、パト・フェルナンが入ってきた。本名はフェルナン・ロドリゲス・デグレイフ。三十二歳の大男。だが誰も彼をその本名では呼ばない。パト・フェルナン、あるいは単にパト、としか呼ばない。理由は簡単だ。お世辞にも美男子とはいえないが、その愛嬌の漂う顔つきが、どことなくアヒルに似ているからだ。大人になっても身長が五フィート三インチ（約百六十センチ）にしかならなかったアロンソが、ちびと呼ばれているのと同じだ。

　この世界ではみな、生まれ落ちた貧民窟からの「通り名」を引き摺って生きている。蔑称としてお互いをそう呼び合っているのではない。たとえば、デブは太っちょ、と呼ばれるし、顔に黒子のある男はほくろ、というあだ名が付く。子どもの頃から年のわりに老けている少年は、おやっさん。体毛の濃い人間は、ひげ……他にもいろいろな呼び名がある。

　本来の名前など、育ってきた自警ギャング団の中では何の意味も持たない。どういう生まれか、どういう人種かも関係ない。そいつはどう見えるのか。身体的特徴は何か。どういうことが得意なのか。ファベーラの少年同士にとって重要なのは、常にそういうことだけだ。

「お呼びですか、ボス」パトが口を開く。「ひょっとして、あいつの話ですか？」

「そうだ」リキがうなずく。「小鳥(パパリト)だ」

パパリト——小鳥。カルロスのことだ。日本の警察(ポリシア)に捕まっている。新宿北署というコミサリーアに勾留されている。普段は大久保界隈でコカの売人に身をやつしてはいるが、本業は殺し屋(シカリオ)だ。小鳥のようにすばしこく羽ばたき、毛虫をついばむように無慈悲に相手を殺す。だからそんなあだ名がついた。

一年前にこのリキによって本国から派遣されてきた。メデジン時代から殺害をしくじったことは一度もない。証拠となるものも一切残さない。当然、警察沙汰になったことも皆無だ。少なくとも、これまでは。

「くどいようだが、確かなのか」リキが言葉をつづける。「おまえの女が聞いたっていう、その話は」

「間違いないです。昨日も確かめました」パトが答える。「そいつ、こう言って口説いたそうです。『もうすぐおれの扱うシマが増える。ポリシアに捕まった奴がいてな。エル・ハポネスもやばいことになる。だからおまえにも贅沢(ぜいたく)をさせてやる』……少なくともそんな意味のことを言ったそうです」

不意にリキが皓(しろ)い歯を覗かせた。それからいかにも面白そうにテーブルの上を人差し指で叩いた。

ニーニョにもその意味は分かった。

エル・ハポネス——日本人。とりもなおさず、この日系コロンビア人の母国での通り名だ。だからリキは笑っている。自分のことを言われて、ただ笑っている。

エル・ハポネスの噂。

少なくともアンティオキア州第一の商業都市、メデジンの裏社会に生きる者なら、誰もが知っている。ほっそりとした体つきの三十代の日本人（エル・ハポネス）。そんな異邦人が、大規模なコカイン密輸組織の共同運営体『ネオ・カルテル』で重要な位置を占めている。

かつてのメデジン・カルテルは、一九八〇年代から九〇年代にかけ、コロンビアの国民総生産の四割にも匹敵する麻薬を世界中に垂れ流していた。

しかし、そのカルテルの中心人物だったパブロ・エスコバルやカルロス・レーデル、ホセ・ロドリゲス・ガチャなどといった代表的なコカイン・ブローカーたちの繁栄も、長い眼で見れば束の間のものだった。アメリカ政府の後押しを受けたコロンビア国内外での麻薬殲滅（せんめつ）勢力——DEA（アメリカ麻薬取締局）、CIA、デルタフォース（対テロ特殊部隊）、コロンビア麻薬捜査局、コロンビア陸軍特殊部隊——の混合部隊により、軒並（のきな）み逮捕され、あるいは合法的に射殺され、次々とその姿を消した。メデジン・カルテルの終焉（しゅうえん）だ。

十数年ほど前、その空白地帯となった麻薬市場に新たに出現した共同運営体がある。現在の『ネオ・カルテル』だ。エル・ハポネスも、市の東北部に位置するマンリケという最貧困の貧民窟(ファベーラ)からのし上がってきた。本名はリキ・コバヤシ・ガルシア。日本名、小林(コバヤシ)力(リキ)。

が、このマンリケで育ったのはリキだけではない。ニーニョもパトも、リキと同じようにこのマンリケで少年時代を送ってきた。

リキがテーブルの上で軽く両手を組み、パトに向かって口を開く。

「で、おまえの考えは？」

「考えもなにも、あの兎(コネッホ)の考えていることなんかお見通しですよ」

パトは急に息巻いた。この男は昔からそうだ。単純そのものだ。なにか腹に据えかねることがあると、すぐにその顔つき通り、アヒルのように喚き散らす。およそ内省というものがない。悪党に向いている。パトの話はつづく。

「まずパパリトをポリシアに売る。おそらくはポリシアの奴ら、殺しの件より、おれたちの組織の実態を唄わせようとする。もしパパリトが唄えば、おれたちはこの日本を去らなくちゃならない。その空白のエリアを、ゴンサロの組織が埋める」

リキがニーニョのほうを振り向いた。

「おまえの意見は、ニーニョ？」

「まあ、あの兎(コネッホ)のやりそうなことです」アロンソは答えた。「パトの言うとおりでしょう。それともうひとつ。ボスが日本にくる時期を見計らって、わざと密告した」

そうすればリキともども組織が一網打尽にされる可能性も高い。だが、その言葉は飲み込んだ。こういう場合のゴンサロのやり口は、リキも昔から知っている。

コネッホ――ゴンサロの通称だ。この現在四十代の混血(ムラート)は十数年前、当時のコロンビアの麻薬王、パブロ・エスコバルのボディガードを務めていた。

一九九三年の十二月二日のことだ。刑務所を脱獄していたパブロ・エスコバルは、市内の隠れ家に潜んでいたところをコロンビア警察の特捜隊員とＤＥＡに急襲され、射殺された。隠れ家の屋根や漆喰(しっくい)の壁は襲撃部隊のサブ・マシンガンにより蜂の巣のようになった。その銃撃戦のさなか、一発も応戦せずに脱兎(だっと)のごとく逃げ出したボディガードがいる。ゴンサロだ。だから兎(コネッホ)という綽名(あだな)がついた。

現在、ゴンサロの日本での商売エリアは、池袋の南部から高田馬場周辺までだ。大久保三丁目の北を区切る諏訪(すわ)通りを挟んで、リキの組織と対峙(たいじ)している。

「で、その手下のカケス野郎は今どうしている」

リキが聞いた。

「一応、ヤサは確認しました。南池袋四丁目のアパートです」パトが憎々しげに答える。

「シマは高田馬場一丁目。毎晩裏通りに出ていますから、すぐに捕まえられます。学生相手の商売にも精を出す、冴(さ)えない石ころ野郎ですよ。だからおれの女に大物ぶって吹いたんでしょう」

リキがうなずいた。

「どうします？　すぐ捕まえてゲロさせましょうか」

「いや。まだいい」リキは少し首を傾げ、ニーニョのほうを見てきた。「ゴンサロの居場所は？」

毎年九月、母国のボスたちは大挙して日本にやってくる。年に一度の東京会合のためだ。この国での縄張りの再調整、手付かずになっているエリアの優先順位決め、需要の違いによる手持ちコカの融通などを、その議題として話し合う。リキをはじめとする組織のボスたちは、本国でのカルテルの運営形式をこの日本にも持ち込んできていた。

「池袋のメトロポリタン・ビューってホテルに居つづけです。最上階のペントハウスをワンフロア借り切って、そこから指示を飛ばしているそうです」

「部下も一緒か？」

「らしいです。本国から連れてきたボディガードが六人と、愛人が二人。派手な滞在ぶりです」

リキは笑った。

「相変わらず馬鹿な奴だ」そう、軽く吐き捨てた。「ポリシアに目を付けろって吹聴して回っているようなもんだ」

「やっぱりすぐ吐かせちまいましょうよ」じれたようにパトが繰り返す。吐かせた後、すぐに口封じに殺す。殺しが得意なのは、なにもパパリトだけではない。この男も元々はシカリオだ。「証拠さえ握れば、あとはなんとでもなりますよ」

「まだ早い」リキは再度釘(くぎ)を刺す。「来週、奴らとの会合がある。その前日まで待て。一晩ぐらいならそいつの姿が見えなくてもゴンサロは怪しまない。会合にのこのこ出てくる。他の組織への根回しもある」

パトが軽く両肩をすくめる。リキがふたたびニーニョのほうを見てくる。

「ところで、備品関係はまだ揃(そろ)わないのか」

「カーゴ便の到着までには、あと一週間ぐらいはかかります。すいません」ニーニョは答えた。「FARC(コロンビア革命軍)からの入手に、若干手間取りまして」

メデジンからロサンゼルス経由で空輸されてくるコーヒー豆の木箱の一つに、荷物は隠されている。

「アメリカと成田の税関は、問題ないんだろうな?」

「ロサンゼルスはトランジットのみですから、特に問題はありません。素通りして出てゆく物資に関して、あの国は無頓着(むとんちゃく)ですから」

リキはうなずいた。ニーニョは言葉をつづける。

「成田に関しても、過去三年間のカーゴ便では正規の輸入品目以外を扱ったことはありません。税関にもそういう履歴(りれき)は残っているはずですから、まずはノーチェックではないかと」

　リキはもう一度うなずいた。

「とにかく早くしろ。パパリトの体力にもやがて限界がくる。三週間以内には行動に移る」

「分かりました」

　リキがデスクから立ち上がる。

「お帰りですか、ボス」パトが慌てたように口を開く。「できれば組織の連中を集めて、晩飯でもと思ってたんですが」

「今日は止めておこう」リキが返す。「用がある」

「じゃあ、おれがホテルまで送ります」

　パトが先に扉まで進んで行き、ドアノブを回す。リキがその扉からいったん出てゆきかけて立ち止まり、こちらを振り返った。

「アロンソ、どうしようもなかったことは分かっている」いつもの表情のない目で、リキは言った。「だが、今回のパパリトの件、やはりおまえの不始末だ。言っている意味、分かるな？」

　リキが彼をニーニョではなく、アロンソと呼ぶ瞬間。わざとそうしている。お互いの関係に距離を作るためだ。

「分かっています……すいません」

一瞬と言うにはコンマ五秒ほど長く、リキはニーニョを見つめた。

「分かってればいい。だが、次はないぞ」

言い捨て、リキが部屋を出て行った。パトが慌てたように後を追う。ドアが閉まる。

ニーニョはソファに腰を下ろすと、思わず安堵の吐息を洩らした。

今回は、許された——。

リキの言いたいことは明白だった。ゴンサロの組織にパパリトを売られたという事実。それはリキの組織がこの日本で軽んじられたことを意味する。舐められた、と言ってもいい。そうなったのは日本支部長のニーニョの落ち度だと、リキは言っている。

ニーニョはメデジン時代の経理の実務能力とコカの安定した補給支援の実績を買われて、日本支部の責任者に抜擢された。だが、ニーニョは昔から組織の代表として表舞台に立つような役割は得意ではない。定期的に開かれている東京支部代表の会合でも、他の組織に対してハッタリや脅しをきかせる言動が出来ない。小柄な体と、それ以上に小心な自分の心。押し出しも弱い。現場から叩き上げでのし上がってきた他の支部長たちの前に出ると、彼らの暴力的な佇まいと野放図な振る舞いに、どうしても萎縮してしまう。結果、他の組織の人間に軽く見られる。

パパリト救出の件とは別に、リキは今回だけ、ニーニョの代わりにゴンサロの組織に仕返しをする。それも徹底的にやる。

アンティオキア州の古い歌にもある……。

愛は十倍に、憎悪は百倍にして返せばいい、と。

3

倉庫の裏手からパトが出してきた黄色いクルマは、見るからに走り屋ふうのエクステリアをしたスポーツセダンだった。

「なんてクルマだ?」

リキは聞いた。

「ミツビシのランサーってクルマです」パトがいかにも得意げに答える。「ランサーのエボリューションです。ノーマル仕様でも、トルクは三千五百回転で約四十キロ。今の仕様は四千回転でマックス五十五キロ出しています」

リキはうなずいた。むやみに最高速を求めるのではなく、中速域とレスポンス重視のセッティング。前後フェンダーの張り出しやボンネット上のエアー・インテークを見ても、相当に速いクルマだということは分かる。おそらくはこの男の自慢のクルマ。コカで得た稼ぎのかなりの部分を、このマシンにつぎ込んでいる。

「いくらぐらいするんだ?」

「車体が三万ドルです。プラス、今までにかかったチューン代が四万」

「しかし、値段の割にはカタチがあまりにも下品だ」

パトが苦笑を浮かべたまま、後部座席のドアを開ける。リキは乗り込んだ。

パトがボンネットを回り込み、運転席に乗り込んだ。四点式のシートベルトを装着し、イグニッションを回した。野太いエグゾーストノートが車内に籠る。

「じゃあボス、多少乗り心地は悪いですけど」

リキはまたうなずいた。

ランサーが歩道の段差をゆっくりと跨ぎ、路上に滑り出す。ごつごつとしたサスの突き上げ。足回りも相当に締め上げてある。阿佐谷の北にある事務所兼倉庫から、西新宿にあるリキの逗留(とうりゅう)しているホテルまでは約八キロの距離だ。この日本に進出してきたとき、事務所はわざと裏商売のエリアである新宿から外れたところに設置した。警察署の管轄が違うからだ。通常、警察署同士の横の情報網は薄い。商売のエリアで何か取引上のトラブルが生じた場合も、この事務所まで捜索の手が伸びてくるにはかなりのタイムラグがある。その間に証拠となるコカを他の場所に移し変えればいい。

リキは時計をちらりと見た。

午後七時十五分。すっかり日は暮れている。カーサが部屋で待っている。

クルマは中杉通り（なかすぎ）を南下して中央線のガード下をくぐり、五百メートルほど南下したところで青梅街道に入った。後部座席から見えた標識に、そう書いてあった。

現在のリキは、日本語の会話はむろん、読み書きにも不自由しない。ごく幼い頃、家庭内での両親との会話は日本語だった。六年ほど前からは仕事上の必要に迫られて、日系一世の老人を家庭教師として雇っていた。三十年近く使っていなかった日本語を徐々に思い出し、それとともに、日本語の新しい書き文字を学んだ。

現在リキが母国で住んでいるメデジンは、アンデス中央山系の標高千五百四十メートルの盆地にある。人口二百万人（二〇〇五年当時）を擁する高原都市で、アンティオキア州の州都でもある。

北緯六度に位置するこの街は、赤道と北回帰線の間にある。だからこの街に四季はない。あるのは永遠の春だけだ。

そのメデジンのあるアブラ峡谷から山岳地帯の悪路を西へ百キロほど進んでいく。なだらかな高原のつづく谷間にサン・アントニオという村がある。人口七十人ほどの村だ。標高は千七百メートル。美しい村（リンドプエブロ）、と周辺の土地の者は呼んでいた。

野草に覆われた穏やかな山肌を鬱蒼（うっそう）とした黒松の群生が這い伝い、扇状地に広がる沃土（よくど）に向け、幾筋ものせせらぎが流れ出している。せせらぎはやがて小川になり、水辺の周辺には牧草地が広がり、一年を通してユリやハーブ、ラン、コスモスなどの高原植物の花々が咲き乱れている。

サン・アントニオは、その花畑と牧草地の谷間に埋もれるようにして存在する村だった。

三十五年前、小林力はこの村で戦後日系移民の二世として生を受け、九歳まで育った。

もし幸せという概念が、何も考えずに日々を楽しめる、というものであったとしたら、リキの幼少時代は間違いなく幸福であったと言うことができる。

半世紀近くも前に太平洋を渡り、この土地に移り住んできた日系人移民は、五家族二十名だった。コロンビア太平洋岸にある港湾都市・ブエナベントゥーラで移民船を降り、このサン・アントニオという辺鄙な村までいくつもの山を越えてやってきた。一九六〇年代初頭のことだ。移住当時の小林家の家族構成は三人。夫婦と、その夫の弟だ。移住後七年が経って土地の開墾もあらかた終わり、ようやく新生活も落ち着き始めたころ、独り身だった弟が、同じ移民仲間の家族から嫁を貰った。その夫婦から生まれたのがリキだ。

リキの記憶は、騾馬に引かれた荷台の上から始まる。

中部アンデス高原に特有の澄んだ大気と、藤色に染まった天空。適度に湿気を含んだ風。陽光が泥の浮いた荷台を白っぽく照らし出している。開墾地につづくあぜ道を、騾馬がぽくぽくと馬蹄の音を立てながら進んでゆく。その騾馬の引く荷台の干草の上に、リキはいる。板張りの前部座席には両親が座っている。たまにそうやって両親が開拓した畑に連れていってもらっていた。

小学校には行っていなかった。というのも、サン・アントニオ村の半径三十キロ以内には、学校施設がなかったからだ。都市部の新興住宅街ならともかく、辺鄙な田舎(いなか)ではクルマという交通手段もほとんど普及しておらず、遠くの学校に行く手段はなかった。

移住から十五年を経た一九七〇年代後半のことだ。コロンビアの社会基盤と経済は、すでに戦後から四半世紀以上経っていた日本と比べて、明らかに遅れ始めていた。入植からわずか十五年の間に、母国の日本では農村部でも一家に一台クルマがあるのは当たり前の光景になっていた。日系移民たちの誤算でもあり、移民政策を推し進めてきた日本国政府の失策でもあった。

日系人移民たちは僅かな金を出し合い、村でただ一人、中学校まで出たという村長の娘をスペイン語の教師として雇った。授業は週二回の午前中——それも晴れた日のみで、村の中心部にある広場(プラザ)に粗末な黒板を立てるだけで行われた。

サンドラ先生、と日系人の子どもたちは呼んでいた。目鼻立ちの整ったスペイン女性で、リキは密(ひそ)かにその先生に憧れていた。

他の教科の勉強はといえば、日本語の読み書きと算数を、日系移民の大人たちが農作業を終えた夕方から、それぞれの家の軒先にランタンをぶら下げ、持ち回りで教えていた。

そういう事情もあり、リキたち日系人の子どもたちにとって平日の昼間の大半は、自由な時間だった。農閑期は近所に住む同年代の友達とかくれんぼや鬼ごっこ、缶蹴りをした。逆の農繁期には親の操る騾馬の荷台に乗せられて畑まで出向き、農作業を手伝った。

子どもにとっては、目の前に映る世界がすべてだ。

自分たちが母国の同時代の日本人子弟に比べて貧乏で、ろくな教育も受けられず、世界の経済発展から忘れ去られたようなコロンビアの片田舎で育っているということは、夢にも知らなかった。

夏もなく、冬も存在しないサン・アントニオの村。二月も七月も十一月も関係ない。単に時の経過を表す記号に過ぎない。

無限の春だけがつづく牧歌的な暮らしの中に、リキの少年時代はあった。

ふと気づく。

ランサーのカーステレオから、音楽がうっすらと流れ出ている。ゆったりとしたテンポの、気だるい曲調。ＦＭ局のブラジル音楽特集のようだ。サルサ、バジェナート、グアスカ……この日本では、過度に甘ったるいコロンビアの音楽など滅多に流れない。

そのポルトガル語の歌詞が、聴くともなく聴いていたリキの耳に入ってくる。思い出す。青年時代、近所の飲み屋（バール）でよく流れていた。

人生を早く知ることは損
まだ進路も決まらないうちに　出発しなければならなくなる
よく聞いておきなさい
用心して人生の旅に出かけなさい
たくさんの曲がり角で何が起こるか判らない
与えられる時間は僅かで　束の間に過ぎてゆく

心に留めておきなさい
世の中は粉をひく風車のようなものだと
あなたの夢も希望も　粉々にすり潰してゆくもの

後部座席に身をもたせかけたまま、リキは少し笑った。そして窓の外を見遣った。ランサーはゆっくりとしたペースで青梅街道を東へと進んでゆく。歩道に突き出た東高円寺のメトロの入り口を過ぎ、杉並区から中野区へと入ってゆく。

リキが七歳を三週間ほど過ぎたとき、白昼夢のような出来事が村を襲った。
その時、リキは松林の中にいた。農作業を手伝った昼食のあと、一人で森の中に入っていた。カタチのいい松ぼっくりを見つけて、サンドラ先生にプレゼントしよう。きっと先生は喜ぶ。

乾いた紙袋の破裂音のようなものが、立てつづけに森の中に谺した。

少なくとも少年のリキの耳にはそう聞こえた。しかもその連続音は、二、三回に分かれて散発的につづいた。急に不安になった。松ぼっくりをポケットに押し込み、大急ぎで松林の中を戻り始めた。

明るい木立の向こうに、両親が開墾したレタス畑が見えた。リキは小走りのまま松林の出口まで進み、思わず立ち止まった。

レタス畑に両親の姿が見えない。騾馬の姿もない。畑の中央に、大勢の男たちが立っていた。何故そうしたのか分からない。リキは咄嗟に叢に身を伏せた。身を伏せたまま、男たちの様子を窺った。彼らはみな、黄色と緑と黒の模様が渦巻いたようなくすんだ色の洋服を着ており、肩口から変てこりんな形をした銃をぶら下げていた。

のちにリキは、その服がゲリラ兵士の着る迷彩服であり、肩から吊り下がった銃が、ソ連製の軽機関銃——AK47——カラシニコフであることを知る。

男たちはひとかたまりになったまま、いかにも気楽そうに構えている。銜えタバコのまま腕組みをしている者がいるかと思えば、なにが面白いのか歯を剝き出して笑っている者もいる。リキは依然、叢の中から様子を窺っていた。不吉な音を耳にした後だけに、そのいかにも和やかな雰囲気が、かえってリキの心を怯えさせた。

一方で、姿の見えない両親のことがずっと気になっていた。はやく、早くあの人たちがいなくなればいい——そうしたらすぐに父さんと母さんを探しにいける。

そんなリキの気持ちが通じたかのように、やがて男たちは隊列を組み、あぜ道を南に向かって進みはじめた。リキはじりじりとしながらその様子を見ていた。最後尾の男の頭がレタス畑の向こうの木立に吸い込まれてゆき、小隊全体が完全に森の中に消えた。

リキは動き出した。叢から転がるようにしてレタス畑に飛び出ると、無人になったままの荷車を目指して一目散に駆け出した。

やがて倒れている騾馬が見えてきた。畑の上に横たわったまま、じっと動かない。腹部と胸部にいくつもの銃痕が散らばっており、そこから幾筋もの血が流れ出している。

その騾馬の向こうに、両親の姿があった。折り重なるようにして倒れていた。仰向けだった。父親と母親の顔面の数箇所にどす黒い穴が開き、そこから鮮血が吹き出ていた。見開かれた両目は微動だにしない。

リキはその両親の前にじっと立ち尽くした。

悲しいとも感じなかった。怖いとも思わなかった。受け入れがたい現実を目の当たりにして、理性も感情も完全に麻痺してしまっていた。

どれくらいそうしていただろう。気がつけば村への道を、一人とぼとぼと戻り始めていた。

何も思い浮かばなかった。足元から世界が一気に崩れ落ちて行くような感覚。自分が小さく小さくなってゆき、やがては泥の中に溶け込んでいく。気づけば涙がとめどなく両頬を伝っていた。

最後の丘を越えると、村が見えた。でも、それはいつもの見慣れた村ではなかった。小さな谷間のあちこちから、幾筋もの黒い煙が立ち上っていた。燃えている家もあった。近づいていくにつれ、女たちの泣き喚く声や男たちの怒号が聞こえてきた。道ばたにたくさんの死体が転がっていた。リキが顔を知っている村人ばかりだ。マリーノさん。ジーニョさん、本家のおじさん、おばさん。近所の遊び友達のトーニョ、アッコ、さぶちん……。

村長の家が見えた。窓が割れ、扉が開きっぱなしになっていた。サンドラ先生……。ふらふらと導かれるようにして屋内に入った。廊下に村長の体が横たわっていた。頭部から血を流して死んでいた。奥の台所まで進んだ。サンドラ先生の白い体がぶら下がっていた。全裸だった。天井の梁（はり）から伸びたロープに両手を括り付けられ、がっくりと首を落としたまま死んでいた。胸部は血塗（ちまみ）れだった。そして——それが何を意味するのか当時のリキには分からなかったが——股間から流れ出た幾筋もの白い粘液が内腿を伝っていた。

窓の外、ランサーの行く手に西新宿の高層ビル群が近づいてきた。無数の赤い航空障害灯が暗い夜空に瞬いている。

今ではもうリキにも分かっている。三十年近く前に村を襲い、略奪と暴虐の限りを尽くしたのは、極右勢力である準軍部隊（パラミリタレス）の兵士たちだ。

豊か過ぎる国……コロンビア。それゆえの悲劇だった。

日本の三倍の国土を抱え、逆に人口は日本の三分の一に過ぎない。地下資源をとってもエメラルドの産出量は世界一であり、白金、金、銀、銅、ニッケル、ウラニウムもふんだんに眠っている。石油や天然ガスも掘ればいくらでも出てくる。

地上には沃土が限りなく広がり、過去五百年、旱魃（かんばつ）とも無縁な歴史を持つ。海からもシラスやカツオ、マグロなどの魚類が無尽蔵（むじんぞう）に捕れ、世界各国から遠洋漁業船が集まってくる。

ある人間が言った。

金がなければ、たいていの人間は助け合って暮らしてゆける。

しかし有り余る富を目の前にしたとき、ヒトという動物は欲望に目がくらみ、肉親でも裏切り、骨肉の争いを繰り広げる――。

十五世紀末にスペイン人たちがやってきたときから、この国の悲劇は始まった。

征服者たちはインディオたちを奴隷化し、死ぬまでこき使った。彼らの大地から黄金（オロ）とエメラルドを強制的に掘らせ、それら底なしの富を、約三百年にわたって宗主国スペインにせっせと運びつづけた。命令に従わない部族は、男なら虐殺し、女なら手慰みに強姦（ごうかん）を繰り返した。有史以前から存在していた誇り高き先住民たちの大部分を、単なる混血民族（メスティーソ）の祖先へと貶（おとし）めた。

彼ら土着したスペイン人たちは、クリオージョと呼ばれた。やがて十九世紀になり、宗主国スペイン王政の弱体化を目のあたりにしたクリオージョたちは、宗主国に対して次々と反旗を翻（ひるがえ）し始めた。独立戦争だ。

とはいえ、その後に形作られたコロンビアという国の趨勢（すうせい）を見てゆけば、これら蜂起したクリオージョたちの大半は、その独立戦争の意味づけにおいて、なんの理想や理念も持っていなかったことがよく分かる。あったのは、常に欲だ。欲の塊だ。自分たちがいったん吸い上げた富を、見も知らぬ偉そうな奴らに引き渡してたまるものか、という欲の塊と憤懣（ふんまん）が、エネルギーの集合体となってこの国を動かしたに過ぎない。当然、先住民やアフリカから連れてこられた奴隷はこの独立運動の蚊帳（かや）の外（そと）にあった。それだけならまだしも、独立戦争の兵隊として強制的に駆り出される場合も多かった。

一八一〇年、クリオージョたちは『最高執政評議会』なるものを組織して、スペインからの独立を実質的に表明する。翌一一年、アンティオキア、カルタヘナなど、この国でも特に耕作に適した沃土を抱える五州が連合して、連邦主義に基づいた『ヌエバ・グラナーダ州連合』という連邦国家を樹立した。ところが時をほぼ同じくして、首府ボゴタのあるクンディナマルカ州がクンディナマルカ共和国を宣言し、旧植民地全域に中央集権主義(セントラリスモ)体制を布こうとしたことから、事態は複雑化してゆく。

連邦主義(フェデラリスモ)と中央集権主義(セントラリスモ)。一つの国家の中に、土地と富の分配を巡ってまったく異なる制度を目指す二つの政府が誕生した。この二つの主義の対立が、共和国建国から現在までの二百年にわたり、コロンビアを悩ませつづける決定的な病根となる。

十九世紀半ばに連邦主義は自由党となり、中央集権主義は保守党と姿を変える。両陣営は、その発足の当初から、土地所有権やそれに付随する豊富な利権、莫大な資産を持つカソリック教会の扱いなどを巡って、血みどろの闘争を繰り広げてきた。方法も手段を選ばなかった。相手陣営の重要人物の暗殺。実力にモノを言わせた不法な土地押収。反対勢力組織への焼き討ち。地方政治家への賄賂(わいろ)、脅迫。さらにその意を受けた地方政治家が地元であくどい票集めを行う……呆(あき)れたことに、国家運営を司る中央政府自体が、何でもござれの無法地帯と化していた。

この政党対立の激化は、この国の隅々で暮らしているクリオージョたちにまで暗い影を落とし、政府に対するやり場のない憤懣と不信感を植え付けていった。

クリオージョを含むコロンビア人は、本来は非常に陽気な質(たち)で、道を聞かれれば、それこそ相手の手を取って一キロ先でも二キロ先でも一緒に歩いて連れて行くような親切心を持っている。他人の子どもが飢えていれば、たとえ我が家が貧しくても自分の家に上げ、ご飯を出してやるようなこともする。

一方、自分の面子を潰されたり、家族が痛めつけられたりすれば、一生それを恨みに思いつづけ、決して忘れない。機会さえ訪れれば、必ず受けた以上の仕返しを行う。善きにつけ悪しきにつけ血の気が多いのだ。したがって彼らを取り巻く状況が負に反転した場合、起こってくるのは常に憎しみの連鎖だ。同じ村内で、お互いの立場に不満を持つ保守党支持者と自由党支持者がいがみ合い、罵り合い、最後には殺傷沙汰にまで及ぶこともしばしばだった。

保守党が政権をとっていた一八八四年のことだ。サンタンデル州で大量の自由党員が蜂起し、中央政府が派遣した鎮圧部隊との間で大規模な戦闘が開始された。

事態はその後十年をかけてますますエスカレートしてゆき、ついに一八九九年から一九〇二年にかけて、全国土を巻き込んだ『千日戦争』が勃発した。国民がそれぞれの町や村で両陣営に分かれてお互いを殺し合い、傷つけ合った。完全な内戦状態に陥ったこの四年間での被害は、死者だけでも十万人に及んだ。

現在までコロンビア国民を悩ませつづける、果てしなき政治暴力の始まりだった。

実は、このビオレンシアの動きを陰で操っている一握りの人間たちがいた。

独立当時から国土の大半の利権を手中にしてきた地主階級のクリオージョたちだ。彼らは様々な産業を起こし、永代資産制（えいたいしさんせい）に基づく大農園を広げて行き、この時期までに企業複合体としての財閥を完全に築きつつあった。その支配下にある企業や農園の圧倒的多数の従業員を使って民意を操作し、自分たちの息のかかった政治家を中央政府に送り込んだ。その時々の自分の立場に有利な政党にせっせと献金をした。官僚への賄賂も底なしに贈りつづけた。

結果、彼ら財閥の意のままになる政府が出来上がった。

そもそもコロンビアの独立戦争自体が、植民地時代の地主階級が自分たちの既得権益を守るために仕掛けたものだ。独立を勝ち得て表向きは共和国になったところで、そんな彼らが利権を手放すはずもない。

だから、中央政府を牛耳（ぎゅうじ）る自由・保守の両党は、文字通り血塗れの闘争を繰り返しながらも、僅かな富裕層による一国支配という寡頭支配（オリガルキア）体制の維持では一致を見ていた。そして、その体制に反対する勢力は徹底的に弾圧した。

一九二八年には、サンタマルタ地方でストライキに参加したバナナ労働者約千人を有無を言わさずに虐殺した。「バナナ農場虐殺事件」だ。一九四八年には、首都のボゴタで政府に絶望した市民の暴動が起こり、それに対して政府は軍部を投入して数千人にのぼる市民を虐殺した。「ボコタソ」と呼ばれる事件だ。中世の話ではない。日本でも昭和に入り、戦後を迎えていた頃の話だ。

これらの虐殺事件を契機に、多くの国民が立ち上がり始めた。中央政府に反旗を翻す気運が一気に広がりを見せた。

それに対し、危機意識を持った警官や企業主、農園主などの極右市民は、私的に武装弾圧隊を結成した。反政府運動の支持基盤である農民や労働者たちをつぎつぎと殺戮（さつりく）し始めた。準軍部隊（パラミリタレス）の走りだ。

それに対抗するようにして、農村部ではゲリラ部隊が至る所で自然発生的に生まれた。一種の武装自衛組織で、これらの活動組織が、やがて生まれる「ＦＡＲＣ（コロンビア革命軍）」や「ＥＰＬ（人民解放軍）」などの反政府ゲリラの母体となった。

この二つの勢力の衝突が、「ボコタソ」以後の十年間で、国内で二十万人の死者を出す惨状を作り上げた。血が血を呼び、暴力が暴力を呼んだ。

学生たちも立ち上がり始めた。ボゴタの一部の学生と労組指導者たちは、「Ｍ19（四月十九日運動）」というゲリラ組織を立ち上げた。サンタンデル州都にあるサンタンデル工科大学の学生たちも、「ＥＬＮ（民族解放軍）」を結成した。他にも先住民たちのゲリラ組織「ＭＡＱＬ（キンティン・ラメ武装運動）」や「ＰＲＴ（労働者革命党）」など、数え上げればきりがないほど多くのゲリラ組織が生まれ、中央政府に対して公然と反旗を翻した。

これら反政府活動に対して、中央政府は軍部隊を使い、また、軍部や大荘園主の息のかかった極右勢力の私兵組織「ＡＵＣ（コロンビア自衛軍連合）」や「ＡＣＣＵ（コルドバ・ウラバー農民自警団）」などの準軍部隊（パラミリタレス）を煽（あお）って、反政府ゲリラの徹底的な掃討作戦に乗り出した。その影響下にある村や町の拠点を襲い、疑わしき人間は皆殺しにし、特に最大組織のゲリラである「ＦＡＲＣ」の影響下に置かれた合法政党である愛国同盟（ＵＰ）の党員のいる村や地域では、将来の選挙での禍根を絶つためにも無差別に殺人と放火、略奪や強姦などを繰り返した。

暴力は、不安と憎悪の連鎖を生む。不安と憎悪の連鎖は、狂気を呼び込む。さらなる無慈悲なビオレンシアを生み落とす。

最も過激な組織の中には――例えば財産のほとんどを反政府ゲリラの焼き討ちに遭って失い、復讐に燃える農園主などの私兵団などは、生きたまま相手の首を鋸（のこぎり）で切り落とし、男女の性器を切り取り、その口に銜えさせるような輩（やから）までいた。

ビオレンシアは国内の隅々にまで飛び火し、ゲリラ、正規軍、極右のパラミリタレスに麻薬組織までが入り乱れ、全国土の約六割が断続的な戦闘のつづく無政府状態と化した。

……リキが生まれたのは、そんな無政府時代の真（ま）っ只中（ただなか）だった。

当時、アンティオキア州の片隅にあるサン・アントニオ村は、ＵＰ党員の比較的多い地域でもあった。だからパラミリタレスがこの村を襲い、その場にいた村人を皆殺しにしていったのだ。

リキは孤児になった。

生き残った日系人移民の大人たちは合議の末、サン・アントニオ村を出ていくことを決めた。リキはこの村に残った。村の外れに作った両親の墓。墓とは言っても軽く土盛りをし、その上に自然石を載せただけの代物(しろもの)だ。だが、両親の亡骸(なきがら)の元をどうしても離れたくなかった。死んでしまったのは充分に分かっていた。それでも身を捥(も)がれるような寂しさがあった。

そして、それ以上にリキの心を苦しめていたのは、あのときの自分だ。

もし自分が松ぼっくりを拾いに行きたいと言い出さなかったら、両親はもっと早く、違う場所の畑に行くことが出来た。でも自分はわがままを言った。だから両親は昼食を摂(と)ったあとも、しばらく同じ場所で休憩を取っていた。そして、パラミリタレスに遭遇した。あのとき違う畑に移動していたら殺されることもなかった。

その事実が、リキの心を苛(さいな)んでいた。子どもながらにも、村を出てゆくことを頑として拒否した。

生き残っていた日本人の大人たちはついに音(ね)を上げ、リキの引き取り手を探した。

日系人集落の近くに、ベロニカという大柄な混血女(ムラータ)が住んでいた。きりっと引き締まった顔つきの女だった。

先日の事件で夫を殺され、三人いる子どもの一人も失くしていた。その寡婦(かふ)が小林家の畑を譲ってもらうことを条件に、リキの引き取りを承知した。

リキは「小林力」ではなく、「リキ・小林・ガルシア」になった。

ベロニカはそれまでに三人の子どもを産んでいたが、まだ二十六歳になったばかりの女性だった。いかにもムラータらしい肉感的な美しさを持っていた。殺された夫とは十七で結婚し、翌年から二年おきに三人の子どもを産んだ。長男ホルヘ、次男トーニョ、長女ロサという順番だった。死んだトーニョとリキは同年で、遊び友達だった。

ベロニカはリキを引き取ったとはいえ、優しい母親ではなかった。学校にも行かせようとはしなかったし、日中はいつも畑仕事を手伝わされた。むしろこき使い、リキが鋤(すき)の手を止めているときなどは口汚く罵った。もっとも、それはベロニカの他の二人の子どもも同様で、リキだけが粗略に扱われたわけではなかった。女手一つで子ども三人を養わなければならなくなった彼女には、とても子ども一人一人の気持ちを忖度(そんたく)してやる余裕などなかっただけだ。

一緒に暮らし始めてまだ日が浅いころ、こんなことがあった。

夕食のとき、自分のおかずを食べ尽くしてしまったホルヘが、いきなりリキの皿にフォークを突っ込んできた。ホルヘは子どもの頃から大柄で、食欲も常に旺盛だった。まだ残っていたリキのおかずを見て欲しくなったのだろう、フォークに突き刺したブロッコリーを瞬く間に頬張った。

途端、ベロニカの張り手がホルヘに飛んだ。

「ホルヘっ、もうあんたの分は食べちまっただろ！」そう、あばずれのような物言いをして、なおもホルヘの頭を叩いた。「盗っ人犬みたいな真似、すんじゃないよっ」

泣きじゃくるホルヘを前に、ベロニカは少し考えるような顔になり、自分のおかずの皿からブロッコリーを一つ取り、リキの皿に入れてきた。

「リキ、あんたが盗られた分だよ」

しかしリキは知っていた。彼女のおかずの量は、三人の子どもよりも、いつもはるかに少なかった。

「マーマ、あたしも欲しい」

一番下の娘、五歳のロサが訴えた。ベロニカはブロッコリーをもう一つフォークで刺し、ロサの皿に入れた。それからふたたび思案顔になり、さらにもう一つ、ブロッコリーをリキの皿に入れてきた。彼女自身の皿には、もうブロッコリーは残っていなかった。

しかしベロニカは、いつもしかめっ面をしている彼女にしては珍しく、満足そうに笑った。

「これで三人、おんなじだ」

そのたった一言で、リキはベロニカを信用した。

しかし二年後、ふたたびパラミリタレスが村を襲う。このときの部隊は、北部の大荘園を根城にする自警団（アウトデフェンサス）だった。アウトデフェンサスが村に現れたとき、ベロニカは素早くリキたち三人を納屋のわらの中に押し込んだ。納屋の中に隠れていた四時間ほどの間、屋外では機関銃の音や女の悲鳴、倒壊する家屋の軋み音などが響いていた。薄い壁一枚を隔てた母屋の中からは複数の男たちの笑い声が聞こえ、それに対峙するようなベロニカの罵り声と呻（うめ）き声が、断続的に洩れ聞こえていた。リキの傍（かたわ）らでホルヘが震えていた。ロサも必死に泣き声を堪（こら）えていた。

やがて、周囲が静かになった。リキは真っ先に小屋を飛び出て、小さな母屋に回り込んだ。玄関の扉は開いたままだった。靴跡がおびただしく残った居間の床に、素っ裸のベロニカが転がっていた。泥埃にまみれたオリーブ色の肌……陰毛の生い茂った内腿に、白濁した液が飛び散っていた。あの時と同じ光景——一瞬、最悪の想像がリキの脳裏を横切った。

が、幸いにも杞憂（きゆう）だった。

リキが室内に足を踏み入れた気配に、ベロニカはいかにも気だるそうに首を向けた。一瞬、その放心したような茶色の瞳が、リキのそれと絡んだ。ややあって、ベロニカは口元にわずかな笑みを浮かべた。ようやく身を起こした。

「なんてことないさ。事故にあったようなもんだ」

そう自分に言い聞かせるようにつぶやき、周囲に散らばっていた服をゆっくりと寄せ集めた。肩口が破け、ボタンの弾け飛んだシャツに袖を通し始めた。

「殺されなかっただけでもめっけもんだ……なんてことないさ」

ホルヘとロサが母屋に飛び込んできて、泣きじゃくりながらベロニカに飛びついた。ベロニカは二人の頭を撫でたあと、リキたち三人に荒らされ切った家の中を片付けるよう、しっかりとした口調で指示してきた。

片付けの途中で、雑巾を絞るバケツの水が汚れきってしまった。しかしベロニカはもう一つのバケツに水を汲みに行ったきり、帰って来ていない。リキは仕方なくバケツを提げ、家の裏手を流れている小川まで足を運んだ。

ベロニカは、その小川の縁にいた。

土手にしゃがみ込み、ぼんやりとせせらぎを見つめていた。その脇に、空になったままのバケツが転がっていた。

無言で近寄っていくと、ベロニカが急にこちらを振り返った。その両頬を、ぼろぼろと大粒の涙が伝っていた。唇を噛み締めたまま必死に嗚咽を堪えていた。

三人の子持ちとはいえ、彼女は当時まだ二十八歳だった。

雲雀の軽やかな鳴き声がどこからか聞こえてきた。泣いているベロニカの周囲には、明るい太陽が燦々と降り注いでいた。

リキはなんと言っていいか分からず、押し黙ったまま突っ立っていた。

――と、彼女が口を開いた。

「おいで。リキ」

言われるままにそばに寄っていくと、ベロニカは不意にリキを抱きしめた。そのあまりの力強さに、背骨が微かに軋んだ。

驚いて顔を上げると、彼女は泣き笑いの表情になっていた。両手でリキの顔を挟み込み、

「リキ。あんたは相変わらず泣かない子だね」

そう言って再び涙をこぼし、もう一度リキを抱きしめた。


三ヶ月後、リキたち一家は、サン・アントニオ村を後にした。

二度あることは三度あると、ベロニカは言った。「それに三度目は命まで奪われるかもしれない。なにはなくても、まずは命あっての物種（ものだね）だからね」

行き先はメデジンだった。わずかな貯えさえ奪われていた一家は流民のような状態で、当時は国内で二番目に大きかったこの商業都市にたどり着いた。

ポプラールという貧民地区が、メデジン市の外れにある。その外れに位置する高台の上に、一家四人で廃材とブロックを集め、バラックを建てた。赤錆（あかさび）の浮いたトタン屋根に、戸板に鍋蓋（なべぶた）の取っ手をつけただけの玄関の扉。電気も水もガスもない、二間だけの掘っ立

て小屋だった。夜はローソクの明かりで食事を摂り、水は近くの共同井戸まで汲みに行く。とはいえ、リキはその境遇をべつだん惨めにも思わなかった。惨め、という感情は比較の中でしか生まれてこない。この貧民地区の外れのファベーラはどの家も似たようなバラックで、一様に赤貧(せきひん)の生活だった。

住民はみな、それぞれの住んでいた地方で過酷なビオレンシアの被害に遭い、着のみ着のままこのファベーラに流れ着いてきていた。

ベロニカはその持ち前の行動力で、すぐに職を見つけてきた。彼女にはまだ肉感的な体つきと男好きのする顔立ちがあった。

自宅から眼下の貧民街ポプラールを抜け、さらにアセベロという駅(エスタシオン)まで三十分ほどかけて歩いて行き、市街電車(メトロ)に乗る。そのアセベロから中心部に向かって六駅目に、パルケ・ベリオという繁華街がある。その裏通りにある酒場(バール)でウェイトレスを始めた。日給は、千ペソ。当時のレートで約五ドルだ。日々の食料を買うと、あとはほとんど残らない。当然のように生活は苦しかった。

リキにとってこの新生活には、嬉(うれ)しいことがひとつあった。学校に行けるようになったことだ。コロンビアでは、義務教育の中学校まで授業は午前と午後の二部制だ。午前中に学校に行けば午後は休み、午後に学校なら午前中は休みとなる。授業のない時間は、学校で出来た友達や近所の子どもと一緒になって遊んだ。とは言っても、子どもたちはみな似たり寄ったりの境遇で、誰も金など一銭も持っていない。板切れに小さな車輪をつけて坂道を下ってみたり、ボロ布を丸めたボールでサッカーに興じたり、石蹴りのゲームなどをしたりした。

夕方になって家に帰ると、いつもちょうどベロニカが仕事に出かけていく時間だ。ホルへとロサとベロニカが作り置きしていた鍋料理を食べ、あとは三人でしばらくふざけ合うと、奥の部屋で床に就く。ベロニカが帰ってくるのは、いつも夜半過ぎだった。メトロの終電まで仕事をして、ふたたび三十分をかけて長い坂道を登ってくる。

時おり、リキは彼女の帰ってきた気配に目を覚ましていた。

微かに戸口の開く軋み音が聞こえ、ややあって樽の中の水を汲む音に変わる。ベロニカは手桶から水を飲んでいる。ギッという、椅子に腰掛ける音。

それからしばらくして、深く長いため息が、隙間だらけの壁から微かに洩れ聞こえる。

そんなとき、リキは毛布を被ったまま想像した。暗く狭い台所で、足をガジュマルの根のように浮腫ませたまま、じっと古びた丸椅子に腰掛けているベロニカ……。

奥の部屋に入ってきたとき、たまに酒臭いときもあった。気のいいお客に飲まされたのだ。

やがてそんな生活も一年が経ち、二年が過ぎようとしたころ、ベロニカは月に一度ほど、朝方近くになってクルマの排気音とともに帰ってくるようになった。

そんな翌日は、ベロニカは決まっていつも上機嫌だった。鼻歌を歌いながら洗濯物を干したりしていた。

彼女は当時まだ三十だった。母親という役割だけで人生を終えるには、あまりにも若すぎた。

ファベーラの子どもたちの性的な目覚めは早い。リキは十一歳になっていた。同年の女の子の中には、すでに初体験を済ませた子どもが何人もいたし、ホルヘという十三歳の義兄もいた。ベロニカが朝方まで何をやっていたのかは、うすうす理解していた。それはそれで仕方のないことだ、とリキは考えた。反面、軽い心の疼（うず）きのようなものも感じた。

メデジンに移り住んでからも、地方でのビオレンシアの嵐は依然として吹き荒れていた。寡頭勢力（オリガルキア）の体制支配は依然として弱まる兆候さえ見せず、それに対抗するゲリラ勢力はさらに闘争を激化させていた。時には、都市部でもそうだった。

一九八五年には、国内第三のゲリラ勢力であるM19のコマンド部隊が、首都ボゴタにある最高裁判所を占拠した。コロンビア正規軍は戦車隊まで動員し、国家機能の中枢が集まるボリーバル広場はたちまち戦場と化した。銃弾が飛び交い、ロケット砲が裁判所壁面を貫通し、建物は炎上した。戦闘は二日間に及び、この事件で最高裁長官は死亡、最高裁判事も一人を除きすべてが死亡した。弁護士、職員を含めるとその死者総数は百人を超えた。

黄金の上に寝ている乞食……。

この国を、かつて誰かがそう評したことがある。

そのころから、リキたち一家の住んでいた高台一帯はマンリケ地区と呼ばれるようになっていた。各地のビオレンシアから逃げてきた流民が引きも切らず住み着いて、一大ファベーラを形成しつつあった。都市整備の枠外に置かれたままのファベーラは、犯罪の温床地帯と化してゆく。それを予防しようとしたメデジン市が、インフラの整備を始めたのだ。水道と電気を通し、道路を拡張した。そういう経緯で、この極貧地区にも初めて正式に町の名前がついた。

当時のメデジン市には、この国では今まで顧みられたことのなかった貧民層の福祉向上を図るほど、予算がふんだんにあった。

資金源は、麻薬だ。コロンビアの東部及び南部ジャングルで栽培されるコカの葉が、リキたちの暮らす都市に史上空前の量の札束を落とし始めていた。

七〇年代後半から八〇年代にかけて、国内に群雄割拠していた麻薬シンジケートは、麻薬の供給先である北米大陸のマーケット拡大もあり、急速な発展を遂げ始めていた。その代表的なものが、このメデジン市に本拠を置くメデジン・カルテルと、さらに南方の商業都市・カリに本拠を置く、カリ・カルテルだ。この二つのカルテルのみで、最盛期の八〇年代末にはコロンビアの国民総生産の四割に当たる四百億ドルの外貨を荒稼ぎしていた。

とはいえ、表沙汰に出来ない商売で儲(もう)けた裏金は、一度洗わなければならない。マネーロンダリングだ。カルテルの麻薬王(ナルコ)たちは清掃業や自動車販売業、牧場、不動産業、金融業などの会社を無数に起こし、裏金をそれらの企業から出た巨額の利益として計上した。結果、途方もない法人税がメデジン市に入ってきた。ある資料によると、一九七六年から一九八〇年のわずか四年で、コロンビア国内の四大都市の銀行預金の総額は、二倍以上に跳ね上がったという。それら増えた預金のほぼすべてが、白い粉(ブランコ)によってもたらされた富だった。

麻薬王(ナルコ)たちは有り余る金にあかせて世界各国に別荘を作り、メデジン市内には自分専用のサッカー場や遊園地や動物園などを建設した。国内外のモデルを集めてセックスパーティを催したり、自分たちの名を冠した四輪レースを主催したりと、〝成り上がり〟そのものの乱痴気騒ぎを繰り返した。

一方で、これらアンティオキア州の悪党たちは、自らの保身に関しては病的なほどに過敏だった。我が身を守るためならどんな手段でも使った。市長や国会議員を買収して自分たちに有利な法律を作り、裁判官を抱き込み、脅しあげ、逮捕状を効力のないものにした。新聞社を乗っ取ってナルコ擁護の論陣を張って市民を扇動し、さらに大統領選の候補者には資金を提供した。

反対に、自分たちに逆らう勢力に対しては、徹底的な弾圧と殺戮を繰り返した。私兵部隊を使って新聞社を襲い、自分たちの息のかかった候補者の選挙区に乗り込んでいっては対立候補を殺し、その支持基盤である地区の住民たちを脅しあげた。

一九八四年には、麻薬資金の追及をしていた法務大臣が白昼堂々と惨殺された。メルセデスの運転手付車両（ショーファード・カー）で移動中、バイクに乗ったシカリオからサブ・マシンガンで蜂の巣にされたのだ。

ちなみにM19の最高裁判所襲撃事件にも、このメデジン・カルテルが関わっていたとされる。事件の半年前に、M19の最高指導者カルロス・ピサロはカルテルの最高幹部パブロ・エスコバルと会合していた。パブロは二百三十万ドルの資金と大量の武器をピサロに提供した。結果、最高裁判所が炎上し、麻薬犯罪に関する重要書類はすべて灰燼（かいじん）に帰した。司法機関はナルコを起訴することができなくなった。

この八〇年代半ばから九〇年代初頭にかけ、世界では共産主義の崩壊が始まっていた。ソ連はロシア共和国を中心とする独立国家共同体になり、ベルリンの壁は崩れ、ルーマニアのチャウシェスク大統領は処刑され、中国は経済開放路線を取り、ヴェトナムではドイ・モイ政策が始まった。

ＦＡＲＣにしろＥＬＮにしろM19にしろ、その発足当時から政治理念としては共産主義を標榜（ひょうぼう）していた。反政府ゲリラは理念を根底から揺るがされた。組織内のモラルは低下し、組織を支えてきた貧困層も共産主義に絶望し、次々と離反していった。

資金難とモラルの低下から、反政府ゲリラは営利目的のために政府要人や外国人の誘拐をしばしば繰り返すようになった。コカの栽培にも手を染め始める。最高裁襲撃事件にもみられるように、時には麻薬マフィアと結託して事件を起こすようにもなった。

麻薬マフィアだけが、うまく体制側・反体制側を取り込み、この国で空前絶後の繁栄を続けていた。

九〇年代半ばには、当時の大統領がカリ・カルテルから多額の賄賂を貰っていた事実がすっぱ抜かれ、世界中の軽侮と失笑と顰蹙(ひんしゅく)を買った。彼は外遊をしても、それら訪問先国の要人は誰一人として面会してくれないという国辱そのものの扱いをうけた。

現在、この元大統領は刑務所に入ることもなく、かつての宗主国スペインで優雅な金利生活を送っている。

この時期の約二十年間、大人たち、特にこの国の八割を占める貧民層の大人たちには、社会の中に信じるべき拠り所(よりどころ)が何もなくなってしまった。

それは子どもたちも同じだ。彼らは理屈ではなく、肌で社会の腐敗を感じ取りながら大きくなっていった。

ファベーラで育ってきた子どもたちは、特にそうだ。強盗やスリ、殺人、暴力沙汰が日常的に横行している世界で育ってきた彼らには、国や体制というものに対する不信感と反感がごく自然に芽生えてくる。テレビやラジオなどで、汚職と腐敗と理不尽さがはびこる外部の社会を見聞きもしているので、自分たちの将来に絶望もしている。

懸命に努力しても、どうせ無駄なんだ。

おれたちは一生、この泥沼から抜け出せないのさ。

怒りでもあり、諦観（ていかん）でもある。

ファベーラの子どもたちは、社会は自分に敵対するものだということを骨身に沁みて悟りながら育ってゆく。当然、その社会から我が身を守るために、彼らもまた狂的な暴力の信奉者になってゆく。

建国以来コロンビアを悩ませつづけてきた暴力と憎悪の連鎖の本質が、ここにある。

ファベーラの子どもたちには、この国で唯一栄華を極める麻薬マフィアに、漠然とした憧れを持つ者が多かった。近所の子どもたちとギャング団を結成し、親の苦しい生活を助けたり兄弟を食わせたりするために、手っ取り早く金を稼げる手段——しがないコカインの運び屋や、わずか二千ペソで仕事を請け負う裏町の殺し屋（シカリオ）に身を投じていった。

リキの義兄・ホルへもそういう道を歩んだ。

十六歳で近所の遊び友達と小さなギャング団を結成し、大柄で力も強かったホルへはそのリーダーに納まった。しばらくはマンリケ地区の他のギャング団や、隣町ポプラールの弱小ギャング団とままごとのようないざこざを繰り返していたが、やがてその喧嘩（けんか）が角材の殴り合いになり、バタフライ・ナイフでの闘争に取って代わり、敵対するギャング団の中には銃を持つ者も現れ始めた。

ホルヘも対抗した。一度目は、麻薬マフィアの末端組織からコカの運び屋を引き受ける代わりに、銃を六挺(ちょう)――アルゼンチン製のベルサと、パラベラム弾を千発、譲ってもらった。運び屋を二度、三度と繰り返しているうちに、それがホルヘたちギャング団の仕事となった。単なるセミ・オートマティックの羅列ばかりだった銃器の中に、ブラジル製のタウルスＭＴ－12ＡＤやＵＲＵモデルⅡなどといった軽機関銃(サブ・マシンガン)が混じるようになるのに、そんなに時間はかからなかった。

装備による脅しと、組織としての定期的な収入の確保。周囲の弱小グループの吸収。ホルヘの率いる組織は発足からわずか一年で三十人のメンバーを抱え、マンリケ地区では最大のギャング団へと成長していた。

ホルヘは、メンバーが何かヘマをしでかしたときも相手を徹底的に責めることは決してなかった。いつもその当人に、言い訳が出来るように逃げ道を残しておいてやるような優しさがあった。逆に言えば、ホルヘのそういう資質が、仲間をしてリーダーの座に座らせつづけたのだと言える。

ホルヘはこの時期から、稼いだ金を定期的にベロニカに渡すようになっていた。月に一万五千ペソの場合もあれば、八千ペソの場合もあった。それはリーダーであるホルヘ自身の、月々の稼ぎによって違った。

おれはさ、ちょっと誇らしいんだよね。

ホルへは、リキにそう洩らしたことがある。

「母ちゃんには心配ばっかりかけてたしな。でも、これで少しは鼻が高いよ」

リキには、そう言って笑うホルへが眩しく感じられた。

ベロニカは依然として働き詰めだった。平均五時間弱の睡眠で、週一回の休みも取ることもなく、この六年間頑張りつづけていた。まだ三十四歳だというのに顔は不自然に浮腫み、黒髪にはちらほらと白いものが出てきていた。

ある日、その容色の衰えから、彼女は夜のウェイトレスの仕事を馘になった。彼女は家に帰ってくるなり憤懣をぶちまけた。

ふざけるんじゃないよ。はした金で散々こき使うだけ使っておいて、最後にはこれかい。ヒトを馬鹿にするにもほどがあるじゃないかっ。

ホルへはギャング団の仕事でいなかった。十三歳になったばかりのロサは母親の立場にひどく同情して涙を浮かべ、しきりにうなずいていた。

ホルへとロサ。四つ違いのこの兄妹は、性の違いこそあれ、その気質においては瓜二つだった。ロサも十二歳のころから学校をサボったり、男友達と夜遅くまで出歩いて帰って来なかったりと、やや社会規範的にはだらしなく善悪の観念もゆるかったが、親しい人間に対する同情心やいたわりの気持ちは、呆れるほどふんだんに持ち合わせていた。

ベロニカとはまた違った意味で、この二人もコロンビア人の典型そのものだった。

リキは、ベロニカたちと一緒に暮らし始めてからの八年というもの、いい意味でも悪い意味でも〝よその子〟扱いをされたことは一度もなかった。サン・アントニオ時代と同じように、食べものが少ないときはみんなで等分に分け合い、等分に家事を手伝った。そんな環境に、子ども心ながらにも居心地の良さのようなものを感じていた。

一つだけ、リキが他の二人と違っていた点があるとすれば、学校の勉強が出来たことだ。学期末にもらってくる成績表は、毎回抜群に良かった。ベロニカはリキの成績表を見たあとは、いつもひどく上機嫌になった。小鼻が大きく膨らんだ。

リキ、あんたは頭がいい。

そう言ってリキの頭を撫でたあと、決まってホルヘとロサをこっぴどく叱りつけた。

「あんたたちも少しは見習いなっ」

だけでなく、近所の井戸端会議で、

「リキはね、とっても頭がいいんだよ。たぶんあの子は天才だよ」

と、わが事のように自慢し、言いふらしていた。

ベロニカは学校に行ったことがなかった。幼い頃に教会で習った日常的な文字の読み書きと計算が出来るだけだ。そういう土地で生まれ育った。

　だからよりいっそう、リキのことが自慢だったのだ。

反面、リキは、そんなふうに家族や近所の人間から見られる自分が恥ずかしかった。だから成績表を見せるのは仕方がないにしても、テストで百点をとっても、いつも帰宅途中にゴミ箱の中に投げ捨てていた。

　ベロニカは、その時々の境遇に地団駄を踏むようにして悔しがったり、怒ったり、罵ったり、悲しんだりを繰り返しながらも、どんな状況でもへこたれない女だった。夜のウェイトレスを馘になったあと、すぐに新しい仕事を見つけてきた。午前中はパン屋で生地をこねくり回し、店先でパンを売り、午後からは駅前の広場清掃人のバイトを見つけてきた。ふたたび必死に働き始めた。

　考えてみれば不思議な話だった。ホルヘが定期的に持ってくる稼ぎを考えれば、ベロニカがそこまで躍起になって仕事をする必要はどこにもなかった。それに、収入が増えても、生活のレベルは相変わらず質素なものだった。

「あの子はもう、どうしようもない」

　学校も勝手に辞め、ますますギャング団の活動にのめりこんでゆくホルヘに、ベロニカはいつもため息をついていた。しかし、そう言ってため息をつく割には、ホルヘの毎月持ってくる金を拒絶するでもなく、ちゃんと受け取っていた。

「あの子はどうせ、あたしが貰っても貰わなくてもギャング団は辞めない。だったら無駄遣いさせないだけ、貰っておいたほうがいい」

ベロニカは銀行に口座を開き、その金を貯金し始めた。

ホルヘはといえば、彼女が突き放すようにこぼしたとおり、相変わらず裏街道の人生をまっしぐらに突き進んでいた。彼を頂点とした三十人の配下は、他のギャング団との抗争により傷つけたり傷つけられたり、刺したり刺されたり、あるいは銃撃戦を繰り広げながら、ますます暴力の深みへと足を踏み入れていった。

やがてコカ販売の下請けを巡る争いでしばしば死人まで出るようになり、そういう抗争での偶発的な事故ならまだしも、ホルヘはある日、ついに最後の一線を越えた。

その日の夕方、ホルヘは最近買った中古の単車・ホンダのホークⅡに乗って帰ってきた。

当時、彼がそんなに早く帰ってくることはほとんどなくなっていたので、家に居たリキは不思議に思った。玄関から入ってきたホルヘは真っ青な顔をしていた。入って来るなり便所に駆け込み、激しく嘔吐(おうと)を繰り返した。その間中、両膝ががくがくと笑っており、便器についている指も小刻みに震えていた。

殺しの仕事に、初めて手を染めた日だった。

フロレスタという南部の町まで出向き、標的が店から出てきたのを待ち構えて、胸に三発ぶち込んだのだという。何の恨みもない相手を、意図的に殺めた。

一時間後、ようやく全身の震えが止まったホルヘは、リキを捕まえて言った。

「仕方がなかったんだ。受けなけりゃ今後ブランコを回さないって言われた。そんなことされたらおれのチームは壊滅だ」そう語るホルヘの下瞼には、明らかに泣いた跡があった。「リキ、分かってるよな。母ちゃんにもロサにも絶対に言うなよ。おれとお前だけの秘密だ。男同士の約束だからな」

月末、ホルヘが母親に渡したお金はいつもより多く、三万ペソだった。何も知らないベロニカはその金を銀行に預けにいった。

リキがハイ・スクールに通い出したとき、彼女は初めて貯金の目的を告げた。というより、三人の子どもを自分の前に並ばせ、はっきりと宣言した。

「あたしはね、リキを大学まで行かせるつもりだ」彼女は言った。「だからホルヘ、あんたの持ってきた金はそのために貯金してある。これからもそうだ。それがあんたたち兄妹のためだ。もし将来リキが偉くなったら、あんたたち二人を助けてくれる」

だからリキ一人のために貯金を使うのは不公平ではない、と彼女は説明した。

ホルヘもロサも、意外にすんなりと納得した。

当時十四歳になったばかりのロサは、妊娠していた。ステディなボーイフレンドの子どもを身籠ったのだ。もうすぐ相手の家に同居することになっていた。そして相手の家から腹ボテになった体を抱えたまま、中学校に通う。彼女の関心はすでに相手の家族にあった。

ホルへはホルへで、いろいろと思うことがあったようだ。彼のギャング団はコカの販売だけでなく殺しの仕事まで請け負うようになっていた。そこまで活動を拡大しなければ、肥大化する他のギャング団との抗争には打ち勝ってはいけなかった。

ホルへはもう、裏の世界で生きてゆくことを完全に決めていた。

この年、米国に本拠を持つ世界的な経済雑誌『フォーブス』は、メデジン・カルテルの大御所パブロ・エスコバルを、世界で七番目の富豪にランキングした。むろん、表向きに公表されている正業の収入のみでの評価だ。帳簿に載らない裏収入も合わせれば、パブロの財力はコロンビア一国まで乗っ取らんばかりの勢いだった。パブロはこの当時、超一流の経済人としてふるまっていたし、事実、表の顔だけを取り上げればそうだった。旧市街（セントロ）の広大な土地を買い取って、そこに『ジョアン・パブロⅡ』と銘打った空港を作り、無償でメデジン市に提供した。

このパブロをはじめとして、カルロス・レーデルやロドリゲス・ガチャといった麻薬マフィアの首領も、この国はじまって以来の空前の繁栄をつづけていた。

彼らの姿は、まともな仕事では赤貧の生活から永遠に抜け出せない若者たちに、強烈な磁力として映った。彼らナルコたちもまた、そのほとんどが下層階級の出身だったからだ。

ホルヘはリキに言ったことがある。

「だからおれは、嫌だろうが怖かろうが、この仕事で頑張ってゆくしかないんだよ」

年を経るごとにギャング団の抗争は激化していった。一九八〇年代末から九〇年代前期にかけてが、コロンビアでのストリートギャングがもっとも凶悪化した時期だった。特にメデジンのファベーラは、ストリートギャングたちの総本山だった。市中でマシンガンを発砲し、敵対組織のアジトを襲い、あるいは逆に寝込みを襲われ、かれらギャング団の若者の多くは二十歳の誕生日を迎える前に死んでいった。ホルヘのチームも毎月死人や負傷者が出た。刑務所行きになったり、コカに手をつけてジャンキーになる者も続出し、チームの発足から二年後には、当初からいるメンバーは半分も残っていなかった。それでもメンバーが減らないどころか次第に増えていったのは、ギャング団に憧れる若者たちが引きも切らずホルヘの元を訪れてきたからだ。

統計によれば、当時のメデジンのギャング団のメンバーが生きたまま成人を迎える確率は、四割に満たなかったという。生き残った者だけが悪の道をさらに突き進んでカルテルの一角に食い込み、さらにその中の一握りだけが、パブロ・エスコバルやロドリゲス・ガチャなどのような栄華を手に入れることが出来る。それ以外の者はすべて〝悪党への階段〟を上る途中で、犬死同様に屍（しかばね）を路上に晒（さら）す。

ホルヘにも、そういう自分の未来はぼんやりと見えていたに違いない。時おり、放心したように暗い目をしていることがあった。

「もしおれに何かあったら、母ちゃんの面倒を見てもらってもいいか？」

一度、リキにそう言ったことがあった。

ベロニカも――まさかホルヘが人殺しにまで手を染めているとは思っていなかったようだが――息子の荒（すさ）みようは、微妙に感じ取っていたらしい。

ある日の午後、ベロニカは珍しく家に居た。

駅前の広場（プラサ）で祭り（フィエスタ）があり、清掃人のバイトが休みになったという。

彼女は相変わらず忙しい日々を送っていたが、昼中心の仕事に変わってから一年が過ぎていた。付き合い酒も飲まなくなり、夜にちゃんと睡眠を取れるようになったからだろう、顔の浮腫も少しずつ取れ、肌や髪の色艶（いろつや）も次第に回復してきていた。

ベロニカはそのとき、窓際の古びた丸椅子に腰掛け、ぼんやりと夕暮れを眺めていた。リキは当時十七歳だった。本を読みながらも、時おりそんな彼女の横顔を窺っていた。ベロニカの向こうに見えるアブラ峡谷に、太陽がゆっくりと沈み始めていた。

常春の街・メデジンの夕暮れは、とても美しい。

落日の瞬間、マンリケの高台から望むメデジンの市街は、血の滲（にじ）むような夕陽の照り返しを受けて、鮮やかな山吹色に染まる。無数の悪魔が蠢（うごめ）き、暴力と貧困が支配するこの街に、遠くから教会の鐘が高らかに響き渡り、一瞬だけ神々の祝祭が訪れる。

ベロニカはやがて、台所にいるリキを振り返った。

「リキ、何の本を読んでいるんだい」

「『百年の孤独』」と、リキは答えた。「ガルシア・マルケスっていう人が書いた本だよ」

「面白いのかい」

「面白いとか、そういうんじゃないけど」

「どこの国の作家だい」

「ここだよ。コロンビア」

「ふうん……そうかい」

そうつぶやくように感想にもなっていない感想を洩らしてから、リキ、こっちにおいで、とベロニカは手まねきした。

リキが彼女の傍ら（かたわ）まで寄っていくと、ベロニカは窓際にあったもう一つの丸椅子を軽く叩いた。促されたとおり、リキは腰掛けた。

ベロニカはしばらく黙り込んだまま、じっとリキの顔を見ていた。

やがて口を開いた。

「――リキ、いつかあんたたちに話したよね。やがて偉くなったあんたが、ホルヘやロサの面倒を見てくれるかもしれないって。だからあんただけを大学にやるのは不公平じゃないって」

なんと答えていいかわからず、リキはただうなずいた。

ベロニカもうなずき返し、さらにゆっくりと言葉をつづけた。

「でもね、あれは嘘だ。ホルへとロサを納得させるための方便だ。あの子たちは、あんたが大学に行こうと行くまいと、どうせ今みたいな生き方をすることになったんだ。やがては今のあたしみたいになる。何の夢も希望もない、ろくでもない生き方だ。でも、好きでそういう道を選んだ」

「………」

「だからあんたは、もし大学を出ていい仕事に就いて、どこかでいい暮らしを始めたとしても、あの二人を気にすることはない。もちろんあたしのことも。ここで暮らしたことはさっさと忘れて、あんたはあんたの好きなように生きればいい」

このときのベロニカは珍しく多弁だった。思わず口を開きかけたリキに、さらに彼女はかぶせてきた。

「リキ、人間はね、引き摺られるもんだよ。あたしはバカだし学もないけど、それくらいは分かっているつもりだ。あんたはね、優しい子だ。このままホルへやロサと兄弟の付き合いをつづけていたら、やがてあんたは引き摺られる。それは明日かもしれないし、ずっと先の将来かもしれない。でも、いつかはそうなる。知らぬ間に、自分ではどうしようもない泥沼に足を踏み入れちまうんだよ」

リキは何かを言おうと懸命に言葉を探した。しかし、何も言葉が見つからなかった。

そんなリキの様子に、ベロニカはかすかに笑いかけた。

「そう。何も言わなくていい。あんたには、もう分かっているはずだよ。ホルヘもロサも、そしてリキ、あんたもあたしの子だ。今も昔もロクに構ってやれてやしないけど、あたしはみんなをとても愛している。でもね、あんたはあたしの子であると同時に、やっぱりあの日本人の子どもでもあるんだ。一緒に育ってきたはずなのに、あんたのその頭の良さ、顔つき、雰囲気……やっぱりね、あたしが産んだ子どもなんかとはぜんぜん違うんだよ」

ベロニカは、相変わらず微笑を浮かべたままだった。

「分かるね、リキ。神様でもない限り、自分に見える世界のすべてには責任は負えない。なんとか助けてやれるなんて思わないことだ。どうしようもないことも世の中にはある。だったら、それを避けて通るのが賢い生き方ってもんだ。捨てるものは捨てる。悪いことじゃない。じゃないと、あんたの人生はすり潰されてゆくだけだよ」

でも、とリキは感じた。

そう言っている彼女自身、リキたち三人のために自らの人生を散々すり潰してきた。今もそうだ。赤貧の中で、ただ無意味に老いてゆくだけの人生。将来に対して夢も希望もない。何の見返りも期待せず、子どもを食わせるためだけに生きてきた。

その唇、鼻梁（びりょう）、目つき……昔はとても美しかった。若いころの彼女には動物的な美しさがあった。弾けるような笑い方。烈火のごとく怒って口にする、あばずれのような罵倒語。

だが、今だって美しい。

無意味に老いていく時間の中、変わらずに屹然（きつぜん）と立っていこうとしている。

不意に怒りがこみ上げてきた。

かつて覚えたこともない、すさまじい怒りだった。世界を覆っている理不尽さに、彼女を取り巻いている自分を含めた存在の卑しさに、腹の底からどす黒い怒りが湧き上がってくるのをどうすることもできなかった。

ぶち壊してやりたい——ふとそう思った。

苦い人生。ただ、ひたすらに苦い。皆殺しにしてやりたい。

何故そうしたのか分からない。気が付けば椅子から立ち上がっていた。いつの間にか彼女の身長を上回っている自分がいた。

そのときのリキは、ベロニカが今までに見たこともない表情を浮かべていたのだろう。彼女はぎょっとしたようにリキを見上げ、わずかに後退（あとずさ）った。

リキは構わず彼女のおとがいに指をかけ、抱きすくめた。彼女の口を吸った。唇を割り、相手の舌を求めた。

ベロニカは暴れた。リキを叩き、罵り、蹴り、喚き散らし、散々に抵抗した。肋骨に鈍い痛みが走り、内腿に膝頭が食い込んだ。それでもリキは彼女の腰と首筋に回した腕の力を緩めなかった。逆に押さえ込み、さらに彼女を抱き寄せた。

彼女が肘で強引にリキを押し返したとき、栓が抜けるような間抜けな音がして互いの口が離れた。

「リキ、あんた地獄に落ちるよ」そう言って睨みつけてくる視線は、ひどく悲しそうだった。「分かって、やっているのかい」

リキはただ笑った。笑ってもう一度彼女を抱き寄せ、その口を吸った。ベロニカはもう抵抗しなかった。自分から舌を絡ませてきた。リキは彼女のズボンのホックを外し、右手を局部に持っていった。指の腹が濡れた。

ことが終わったとき、すでに日は暮れていた。

窓の外にはメデジンの夜景が瞬き始めていた。リキもベロニカも素っ裸のまま、放心したように奥の部屋のベッドに横たわっていた。台所の窓から抜けてくる微風が、リキのほてった体を撫で、肌に浮いた汗を冷ましていった。

リキはベロニカの肩に服をかけた。ベロニカがリキの脇に手を当ててきた。

「おれと、ずっと一緒にいよう」

天井を見上げたまま、リキは言った。ベロニカは無言だった。不意にリキのペニスを咥(くわ)えた。泣きながらペニスをしゃぶりつづけた。

その夜、ホルヘが帰ってきたとき、リキは言った。

「ホルヘ、おれはもう、彼女を母さんとは呼べない」

ホルヘは一瞬きょとんとした顔をし、ベロニカを見遣った。ベロニカはリキの隣で、両手を腰の前で合わせ、古びた床を見つめていた。子どものように突っ立っていた。今から起こる事態を予想し、おそろしく緊張していた。リキはそのベロニカの背中に腕を回し、引き寄せた。

ホルヘの顔に、愕然(がくぜん)とした色が浮かんだ。

「そういうことだ」リキはもう一度繰り返した。「おれはもう、彼女を母さんとは呼べない」

おまえっ。

衝撃はいきなり腹にきた。ホルヘの拳(こぶし)がリキの脇腹を抉(えぐ)っていた。激烈な痛みだった。

それでもリキは立っていた。ついで胸倉を摑まれた。

おまえっ、おまえっ！

ホルヘはそう叫びながら、なおもリキの胸倉を揺さぶりつづけた。しかし、あまりの激情に何も言葉にならないようだった。ベロニカが叫び声を上げ、間に割って入ってきた。狂ったようにホルヘの肩や胸を叩き、リキを後ろ手に庇った。

「あたしの子どもだからって何をやってもいいのかい？　ちくしょうっ」そう喚き散らし、ホルヘを押しのけようとした。「叩くならあたしを叩けばいい。殴ればいい。しょうがないだろっ」

「おまえ、どういうつもりだ？」だが、ホルヘはそんな彼女にも構わず、リキを揺さぶりつづけた。「こんなことしでかして、どうするつもりだ。えっ、え？」

我慢しようと思っていた。殴られても耐えようと思っていた。

だが、この言葉の裏に隠されたベロニカに対する見方だけは許せなかった。

「どういうつもりだって、なんだよ？」気がつけばホルヘの両手首を逆に握り返していた。

「こんなことしでかしてってのは、なんだ？」

「――だから」

「おれが一時の気まぐれでしたとでも思っているのか？」リキは静かに言った。「おまえにとっちゃあ、ただの母親だ。でも、おれには違う」

ここだ――。言いながらも思っていた。

彼女にも覚悟を決めさせる。彼女はまだ及び腰だ。このおれから、金輪際逃れられないようにしてやる。

「おれは、おまえからどんなにナンパに誘われても断ってきた。そんなことしたくなかった。ベロニカに知られたくなかったからだ。他の女とやっているなんて、思われるだけでも嫌だったからだ」

「――」

「そんなおれに、どういうつもりだって、なんだ？」分かっている。理屈ではホルへのほうがもっともだ。でも、今はおれが正しい。「そんな彼女に対して、こんなことしでかしてってのは、なんだよ？　ベロニカに謝れ」

ホルへの顔が歪んだ。

「リキ、おまえ……分かっているのか。おまえが三十になったとき、母ちゃんは五十近くだ。四十だと、六十に近いんだぞ」

思わず鼻で笑った。息子という立場は、女をどこまでも残酷に扱う。

「だから、なんだ？」そう吐き捨て、ベロニカの脇に手を伸ばし、もう一度引き寄せた。

「それくらい、おれが考えなかったとでも思うか」

途端、ベロニカが両手で顔を覆い、わんわんと泣き出した。

ベロニカはその後、夕方の清掃人の仕事を辞めた。

リキが強引に辞めさせた。パン屋の仕事はともかく、もうこれ以上日に焼け、排気ガスを吸い込み、手足が汚れる仕事はさせたくなかった。

「でも、あたしはどうすんのよ」ベロニカは文句を言った。「あんたが大学に行くためにもお金は必要だ。それもあればあっただけいい。どうすんのよ?」

だいじょうぶだ、とリキは答えた。「ホルへの仕事の知り合いで、中学生の子どもを持っているマフィアがいる。週に三回、家庭教師をすることになった。かなり割のいい仕事だ。たぶんそれで収入はトントンになる」

半分は本当で、半分は嘘だった。

むろん、嘘の部分はホルへと口裏を合わせた。たしかにマフィアの子どもの家庭教師はやる。だが、家庭教師のバイトだけでは、とても収入減の埋め合わせには足りない。だから、その相手のマフィアからの仕事依頼の窓口も務める。

半年ほど前、ホルへのギャング団の対外的な窓口だった若者が、抗争で死んでしまった。報酬と殺しの条件の交渉役だ。それからというもの、口のうまくないホルへは、そのマフィアのボスにいいように使われていた。リキは前々からそれとなくホルへに誘われていたのだ。

「ただし、おれがやるのはその交渉役だけだ」リキは釘を刺した。「おまえのグループの活動には一切参加しない。当然、顔も出さない。ベロニカに怪しく思われる。バレたら心配をかける。それでも上がりの五パーセントは保証するんだな?」

だいじょうぶだ、とホルヘは答えた。「ただし、今までより十パーセント以上の上積み条件で仕事は請け負ってくれ。じゃないとおれも他のメンバーに顔が立たない」

仕事を始めた。また、窓口の仕事を始めることにより、ホルヘの仕事の実態も知った。殺しの請負は月に数件ほど。以前まではそれぞれ三十万ペソほどで請け負っていたこの仕事を、四十万ペソにまで引き上げた。扱うコカの種類も、それまでは粗製コカ(バラート)の比重が多かったものを、精製コカ(ブランコ)を主力に変えた。ホルヘのグループの実入りは格段に増えた。窓口の仕事と家庭教師のバイトで月の収入は六万ペソほどになり、そのすべてをリキはベロニカに渡した。

「すごいね、リキは」ベロニカは首を振り、しきりに感心した。「あたしがパン屋の仕事で稼ぐ一月ぶんを、あんたは週三回のバイトで稼ぎ出す」

やっぱりアタマの出来が違うんだね、と。

ホルヘはといえば、以前にもまして女の家を泊まり歩くようになっていた。家に寝に帰ってくるのは週に二回ほどまでに減っていた。だからリキはホルヘに言った。

「もう少し家に帰ってこいよ。ベロニカが心配している」

いや、いいんだ、とホルヘは笑った。それから足元の小石を軽く蹴ると、リキの顔をちらりと見て視線を外した。

「……おれさ、実を言うと見たんだ」

「何を？」

「先週末、たまたまプラドの骨董通りで、母ちゃんを。石鹸を手に摑んだまま、そこの店主と値段の件で言い合っていた」

リキにとっては初耳の話だった。

「どうやらえらく値の張る石鹸みたいで、母ちゃんは、しまいには五千ペソ札を相手に強引に握らせて踵を返した。そこでおれと出くわすカタチになった。母ちゃん、咄嗟に石鹸を後ろ手に隠したよ。でもたぶん、やっぱりおれが見ちゃったのは知っているから、もじもじしながらまた石鹸を見せてきた。母ちゃん、珍しく早口で言い訳をしたよ。『ほら、リキは東洋人だから肌が弱いだろ』って。『だから今度の誕生日プレゼントだ』って」

そこでホルへはまた笑った。

「でもさ、石鹸なんだよ。そのプレゼントが。その瞬間、ああ、母ちゃんは幸せなんだなあ、って思った」

消え入るように小さくなっていく声。気づいた。この無骨で大柄な男は今、身を小さくするようにしてうつむいている。涙をこぼすまいと必死に堪えている。

「もちろん、おまえとの関係がずっと続くとは母ちゃんだって思ってない。おれだってそう思う。やがて、おまえはおれたちから離れてゆく」

「………」

「でもさ、そんな時期があって、その間だけでも母ちゃんが幸せそうだったなら、おれはね、もう死ぬほど嬉しいよ」

そして、こう締めくくって笑った。

「生まれて初めて見た。あんな女くさい母ちゃん」

二度あることは、三度あるという。コロンビアにも同じ諺があった。

ホルヘは以前にも増して家に金を入れるようになった。二万ペソが三万ペソになり、やがてそれが五万ペソになった。リキが裏の仕事で効率よく依頼を請け負っていたこともあり、ホルヘは裏家業に精を出しつづけていた。

もう一つの理由としては、貯金が増えれば増えるほど、ベロニカの機嫌が良くなるからだ。リキを大学にやること、そしてそのための金を貯めることが、ベロニカの生きがいに変わっていた。

あたしだって、生まれて一度ぐらいはいいことが出来るんだ。

当時の彼女の口癖だった。

一方、ホルヘのギャング団は拡大の一途を辿っていた。

リキがハイ・スクールの三年になったとき、しわ寄せが来た。

その朝、珍しくホルヘは前の晩から家に居た。五万ペソを持ってきて、そのまま家に泊まったのだ。いつものようにリキは学校に行った。

　午前の部の授業に出席していると、突然教室のドアが大きな音を立てて開いた。見ると、隣家のおばさんが息せき切って飛び込んできた。

　リキっ。大変だよ！

　つい一時間ほど前、リキの家が襲われたという。襲ったのは十人ほどの若者で、白昼堂々サブ・マシンガンを携帯し、一斉に押し入った。一、二分ほど、怒号と掃射音が周囲の住宅に響き渡り、あとはシンと静まり返った。

「ベロニカとホルヘは？」

「ホルヘは即死だ。あの悪魔たちが立ち去ったあと、あたしの旦那が最初に現場に踏み込んだんだ」ここまで走ってきたのだろう、全身汗で濡れ鼠のようになり、両頰から涙を流しながらおばさんは訴えた。「体中に銃弾を撃ち込まれていた。ベロニカも重傷だ。たぶんホルヘを庇おうとして撃たれた」

　リキは真っ青になった。

　これ、使いな。

　そう言っておばさんはくしゃくしゃになった千ペソ札を渡してきた。病院までのタクシー代だ。聞けば、ベロニカとホルヘも近所の人間が協力してクルマを一台手配し、病院まで向かわせたのだという。こういう事件の際、この国の警察や行政機関は、まったくあてにならない。ファベーラで起こった事件ならなおさらだった。通報を受けたとしても、ロクに検分にも来ない。

すぐにタクシーを捕まえ、アセベロ駅の南にある病院に向かった。

ベロニカは集中治療室に入っていた。まだ面会はできなかった。ホルヘは院内の死体安置所に収容されていた。先に死体安置所に行った。聞いたとおり、ホルヘの全身には蜂の巣のように銃痕が穿たれていた。顔にも、眉間と右頬に二発食らっていた。

あの時と同じだった。サン・アントニオ村で骸に成り果てたリキの二親――。

やがて、ホルヘの配下の若者たちも駆けつけてきた。当時まだ十五歳だったパトも、入学当初はリキと同じハイ・スクールに通っていたニーニョも、すでにその中にいた。

「…………」

みんな黙り込んだまま、息をしないホルヘを見下ろしていた。

誰が襲ったのか見当はついていた。

隣町ポプラールのギャング団だ。以前からホルヘたちのシマであるマンリケ地区と、その境界線を巡って諍いを繰り返していた。しかもホルヘのギャング団は組織の膨張に伴い、徐々にその境界を相手のシマ側に押してゆきつつあった。

あいつらに間違いない、とニーニョがつぶやいた。パトもうなずいた。

リキは表立ってホルヘのグループと付き合ったことはなかったが、ホルヘの連絡係をしていたパトや、グループの稼ぎを管理していたニーニョとはしばしば話をする間柄だった。

リキは一人で死体安置所を出た。

その足でベロニカを担当した外科医の部屋を訪れた。

「打てるだけの手は打ちましたが、たぶん難しいでしょう」医者は気の毒そうに現状を伝えてきた。「腹部に三発。腎臓も被弾し、肝臓にも自癒能力以上に損傷を受けています。まず、もっても明日いっぱいか、と……」

深夜にベロニカは麻酔から目覚めた。ベッドの脇には夕方に駆けつけてきたロサもいて、ずっと泣きじゃくっていた。

ベロニカは目覚めたあとも、長い時間、焦点の定まらない視線を天井に向けていた。肌の色が心なしか黄色く、唇も紫色だった。

やがてその茶色の瞳がゆっくりと降りてきて、ベッドの脇に突っ立っていたリキを捉えた。

ベロニカは微かに笑い、

「――たぶん、これでよかったんだよ」と、気だるそうにつぶやいた。「ずっと、ろくでもない人生だった。だけどね、リキ、あんたとロサに看取(みと)られて死ねる。これ以上なにを望むんだい。これで、よかったんだよ」

そこまで言うと、ふたたび黙り込んだ。おそらくは体力が、それ以上のまとめ語りについてゆけない。

　ロサはベロニカの脇に腰かけ、相変わらず泣いている。

　ベロニカはもう一度リキを見て、苦しそうに笑った。

「あんたは、相変わらず泣かない子だね。どんなに悲しくても。昔からそうだった」

「………」

「リキ、あんたが何を考えているのか、ずっと分からなかった。今もそうだ。歳（とし）の差は関係ない。人間の種類が違うんだ。あんたはやがて、あたしたちの元を去って、遠い世界に行く。むしろ、いいきっかけだ。あんたの将来にとっては良かったんだ」

「母さん！」ロサが叫んだ。

　しかしベロニカはその呼びかけを無視した。しばらくして、また口を開いた。

「だから分かるね、リキ。仕返しをしようなんて思わないことだ。人を恨んじゃいけない。自分の心を檻（おり）に入れちゃいけない。憎しみはね、檻だよ。いったんその檻に入ってしまったら、終わりだ。どんなに正しい生き方をしようが、どんなに真面目（まじめ）に働こうが、心に憎しみを飼っている人間を、神様は明るく照らしてはくれない。一生、灰色の壁の中で息をすることになる。抜け出せなくなる」

　微かに吐く息でさえ、荒い。見えるようだ。喋るたびに失われてゆくベロニカの生命。

それでも身を削るようにして彼女は話しつづける。

「分かるね、リキ。だからあんたはもう、忘れるんだ。ここであったことや、サン・アントニオで起こったことは忘れて、もっと明るい、外の世界へ行くんだ。そして二度と振り返っちゃいけない。分かるね、リキ」

「………」

「分かるね、リ、リ、リキ？」

これ以上、彼女に口を開かせてはならない。身を削らせてはならない。だから、うなずいた。ベロニカは一瞬強くリキを見つめたあと、安心したように瞼を閉じた。


夜明け前に、ベロニカは死んだ。

臨終の間際、リキ、そばに来ておくれ、と彼女はつぶやいた。

言われたように枕元に身を寄せた。

「あたしを、抱いておくれ」

土気色に変わったベロニカの顔。言われたとおりにした。首の下にそっと手を回し、覆いかぶさるようにして彼女の半身を軽く抱いた。

あぁ、と彼女は吐息を洩らした。まるで子どもが親にしがみつくように、力のない両腕をリキの背中に回してきた。うなじに漂う微かな汗の匂い。……自分の頰が濡れたのを感じた。見ると、彼女の目尻から溢れ出た涙がこめかみを伝って、髪の生え際に吸い込まれていった。それでもベロニカは笑っていた。

「とてもいい気分だ」

それが、彼女の残した最後の言葉だった。

近所の住人と葬式を済ませたあと、マンリケ地区の外れにある高台の墓地に、ベロニカとホルヘを埋葬した。

その夜、パトやニーニョをはじめとしたギャング団の若者が、ホルヘとベロニカの墓前にガソリンを撒き、赤々と焚き火を燃やした。今までもそうしてきたという。非業の死を遂げたメンバーや親族に対する、弔いの儀式だった。

リキは盛大に燃えつづける赤い炎を見つめたまま、ぼんやりとベロニカの言葉を思い出していた。

憎しみはね、檻だよ。

もっと明るい、外の世界へ行くんだ。

もともと、行きたい世界などどこにもない。大学に行くこともベロニカの希望に沿っただけだ。ベロニカが喜ぶから、行こうと思っただけだ。

だが、そのベロニカが死んだ以上、もう誰にも義理立てする必要はない。

おれはもともと何も信用していない。目に映るもののほとんどを疑っている。静かに憎悪している。物心ついたときから、すでに檻に入っている——。

「パト、他に襲われた奴らは？」

気がついたときにはそう口にしていた。

「五人だ」パトが沈んだ口調で答えた、「うち二人が死んで、三人が病院送りになった……幹部ばかりだ。ホルへも死んじまったし」

燃えつづける焚き火の向こうに、人口二百万を抱えるメデジンの夜景が見えていた。日が暮れた眼下の大盆地が放射熱できらきらと瞬き、無数の光が陽炎になって揺れている。

その光の下で、今夜もギャング団同士が殺し合い、ナルコは女をはべらせて札束を数え、政治家は賄賂付きの会食に出かけ、ゲリラは市街テロを起こそうと暗闇に身を潜めている。すべての人間が、闇の中で欲と憎しみに蠢いている。絶望が盆地の中できらきらと輝いている。とても美しく、憎悪にしか値しない光景。

それまで黙っていたニーニョが、ためらいがちに口を開いた。

「リキ……あんた、助けてくれないか。このままだとウチは壊滅する。でも、組織を立て直す人間がいない」

リキはそれまでのわずかな付き合いからでも、このニーニョがそこらあたりにいるような考えなしの若者ではないことを知っていた。暴力ごとにはからきしだが、理屈を説明すればちゃんと理解でき、その理屈を行動に沿わせることができる。だから言った。

「ニーニョ、なら、おまえがやればいい」

ニーニョは悲しそうに首を振った。

「おれじゃあ力不足だ。おれはずっとホルへの指示に従ってきただけだ。言われたことはちゃんとやる。金の管理も組織の運営もやる。でも、おれには引っ張っていけない。そういうタイプじゃない」

「あんたが――」と、そのあとをパトが継いだ。「あんたがおれたちの仕事の大部分を請け負っていたことは知っている。前にホルへが言っていた。リキはおれの弟だけど、やっぱりすげえぞって。あいつの仕事の請け負い方は、間違いないって。アタマもいいし、ナルコともばっちり信頼関係を築いているって。ここにいるみんなが、それを聞いている。知っている」

「――」

「だからさ、ほんのしばらくの間でも構わないんだ。せめて組織を立て直すまで、おれたちの重石(おもし)になってくれないか」

ホルへ……。リキとベロニカが男女の関係になって以来、あまり家に寄り付かなくなった。昔以上にせっせと金を運んでくるようになった。

そんなリーダーを失った黒い羊たちの群れ。黒い羊たちが不安におびえている。リキは背後の若者たちに目を遣った。

「おまえたちも、同じ意見なのか？」

二十数人の若者たちが、いっせいにうなずいた。

少し考えた。

眼下では相変わらず夜景が瞬いている。放射熱にゆらゆらと揺れている。

「まず、ポプラールのギャング団を潰しに行こう。襲撃計画はおれが立てる」何故か自分の声が、鼻歌でも歌いながら近所まで買い物にいく、そんな気楽そうな声音に聞こえた。

「ただ、おれは銃器の扱いを知らない。だから誰か教えてくれ」

＊　＊

ランサーは中野坂上を過ぎ、天神下から青梅街道を右に折れた。行く手にセンチュリーハイアットが見えてくる。リキは日本に来たときはこのホテルを常宿にしている。組織の商売エリアに近く、治安のいい西新宿のホテルでも最も客層が良い。当然、警察から目をつけられることも少ない。このホテルでのリキの身分は、サンパウロのコーヒー実業家のジョアン・フランシスコ・松本だ。

パトはホテル前のロータリーを回り込み、ランサーをエントランスに横付けした。窓の外、ドアマンが急ぎ足で近づいてくる。パトが運転席から満面の笑みで振り返る。

「じゃあボス、週末にまた」

「ああ」

「来週の東京会合、楽しみですね」

そのいかにも浮かれた口調に、リキは少し笑った。自分の女に言い寄った間男への嫉妬心ではない。もしそいつから確証（ウラ）を取れれば、ゴンサロの出席する来週の会合では間違いなく血の雨が降る。それが、この荒事好きの男にはたまらないらしい。

「例の間抜け野郎、居場所だけは見張っておけ」

言い残し、クルマを出た。寄ってくるドアマンに荷物はないと告げ、そのままエントランスへと入ってゆく。大理石のフロアを横切り、エレベーターに乗り、最上階を押す。昇降機が上がり始める。

腕時計を見る。八時十五分。もっと早く帰るつもりだったが、意外に長引いた。カーサがお腹（なか）を空（す）かせて待っている。

エレベーターを降りて、廊下の一番奥まで進んでゆく。

プレジデンシャル・スイート。東南に面した部屋からは、都庁やパークタワーの夜景がすぐそこに迫って見える。カードキーを取り出し、部屋のドアを開けた。途端――

「おかえりっ。リキパパ」

カーサがすぐ目の前に立っていた。ややつんのめったような姿勢のまま、小鼻を膨らませている。リキが帰ってくるのを今か今かと待っていた。じっと耳を澄ましていた。カードキーが差し込まれた微かな音を聞きつけ、奥のリビングから駆けてきた。

「遅かったね。お仕事、大変だった？」

そう、リキの腰にまとわりつきながら弾んだ声を上げる。リキは曖昧にうなずき、スーツの上着を脱ぎながらリビングに向かった。背後から、犬ころのようにカーサがついてくる。リビングではテレビが点いていた。ごく小さな音を立てている。カーサは決してボリュームを大きくしない。誰かが来たときにすぐに気づくように。

上着をソファの背もたれにかけようとして、気づいた。

低いテーブルの上に西和辞書が開かれたままになっており、辞書の隣にボールペンとホテルのレターセットが転がっている。

カーサに手紙を書く相手はいない。コロンビアでのカーサの日常的な話し相手は、自宅の黒人メイドと、週に二回日本語の会話を教えにやってくる年配の日系コロンビア人だけだ。五年前にリキが雇った日本語教師をそのまま継続して使っている。

カーサにはローミングした携帯電話を持たせている。寂しくなったときは、それでメイドに電話をすればいいし、日本語教師の住所をカーサは知らない。だから手紙を書く相手はいないはずだ。

奇異に思ってレターセットの便箋を覗き込むと、

さくら、さくら、おはよう、こんにちは、こんばんは、わたし、あなた

と、ミミズののたくったような下手くそなひらがなが、何度も何度も繰り返して書いてある。七十歳を過ぎた家庭教師が教えている言葉。本当はもう少し若い教師を新しく見つけてやりたかったが、リキが探した限りでは、メデジンに家庭教師を引き受けてくれるいい日系人の伝はなかった。

リキはカーサを見て笑いかけた。

「ずっと、ここで勉強してたのか」

カーサは、ううん、と首を振った。それから急に早口になった。「テレビも見たよ。カトゥーン。『どりゃもん』。あと、メイドさんとも友達になった」

ドラえもん。日本の有名なアニメであることは、リキも知っていた。メイド、とはおそらくベッドメーキングの客室係のことだろう。

「あとね、ミランダともいっぱい話した」

自宅にいる黒人メイドの名前。だから わたしも意外に忙しかった、暇ではなかった、と

言いたい。リキはまた少し笑った。

レターセットを片付けようとして、気づいた。ひらがなで埋まった便箋の最後のほうに、

りき　こばやしりき　りきぱぱ　おとおさん

と書いてあった。

リキはそのレターセットをテーブルの下に仕舞った。

「腹が減ったろ。ご飯を食べに行こう」

「はーい」

部屋を出て、一階にある中華料理店に向かった。昨日は二十七階のフランス料理だった。このホテルには十軒ほどのレストランが入っている。だから夕食は日替わりで違うレストランに行く。

……三日前に日本に着いた夜、カーサの希望どおりホテル内の日本料理店で天麩羅(テンプラ)料理を食べた。

初めての外国という興奮もあったのだろう、カーサは終始はしゃぎっぱなしで、海老(えび)やアナゴ、サツマイモのフリートをさかんにパクついていた。しかしある時点から不気味なほどに静かになった。顔を上げてみると、カーサの顔が妙に強張っていた。目にも力がない。いきなり頬を膨らませたかと思うと、両手で口を押さえた。後の祭りだった。小さな

指の間から、大量の吐瀉物（としゃぶつ）が吹きこぼれた。リキは慌てて立ち上がった。ウェイターも驚いて飛んでくる。カーサは泣きながら吐きつづけた。

ごめんなさい（ロ・シエント）、本当にごめんなさい（ロ・シエント・ムチョ）。

そう言いながらも、嘔吐を繰り返した。ウェイターが手早くテーブルの上を片付けている間、リキはナプキンで、なおも泣きつづけるカーサの口元を拭った。

水を飲ませたあと、気になってカーサの額に手を当てた。かなりの熱があった。初めての長時間の飛行機。初めての日本。初めての料理。それでなくともカーサは体が弱い。浮浪児（ガミン）のころ、わけの分からぬ病原菌を大量に体の中に取り込んでしまっている。

すぐにカーサを抱きかかえ、部屋に戻った。ベッドに寝かしつけ、レセプションに電話をかけて医者を呼んだ。医者はカーサの上半身を裸にし、しばらく聴診器を当てて診察した後、単なる疲労と、過度の緊張からくる興奮状態が重なってこうなったのだろう、と言った。思わず胸を撫でおろした。

ビタミン剤の注射を一本打ったあと、医者は部屋を出て行った。それまでカーサは目を閉じたままだったが、医者が出てゆくと不意に瞳を開き、リキを見てきた。

「パーパ、だっこ」

そうつぶやいて、両手をリキのほうに伸ばしてきた。彼女の希望どおり、リキは添い寝をした。カーサがすりすりとリキの胸に顔を埋（うず）めてきた。

「……リキパパ、今日は一緒に寝てもいい？」

リキは日常、カーサと一緒に寝てやることはない。カーサが夜中に自分の部屋を抜け出し、せがんできても、いつもやんわりと拒絶する。血の繋がっていない親子。カーサはまだほんの子どもとはいえ、女だ。

このホテルでもそうだった。ツインのベッドに隣り合って寝ていた。

一瞬迷ったが、そのいかにも心細そうな視線に結局はうなずいた。

寝巻きに着替え終わったカーサと、シーツの中に潜り込んだ。カーサはリキの体に亀の子のように抱きついてきた。しばらくして眠りに就いた。

中華料理店に入ると、すぐに個室に通してもらった。通常このクラスのホテルに警察関係の人間が来ることはほとんどないが、それでも目立たないに越したことはない。この日本では、所轄の警察関係者に賄賂を渡せるほどの基盤はない。外に出ず、いつもホテル内で夕食を食べるのも、どこにいるか分からない警察から目をつけられないための用心だ。

ウェイターが注文を取りに来たとき、カーサは真っ先にタンメンを頼んだ。メニューの写真を指差して、「これ、おねがいしまーしゅ」とたどたどしい日本語で言った。

「カーサ、麺は伸びるから、あとで持ってきてもらうことにしよう」

「えーっ。最初に食べたい」

「麺だけだとあとで腹が減る。でも麺を食べると、そのときはお腹がいっぱいになるだろう」リキは繰り返し諭した。「その前に、もう少し何かを食べてからにしたほうがいい」

「……はい」

カーサの麺好きは一年ほど前からつづいている。以前に日本からカップ麺を取り寄せてやったことがある。彼女はそれが大好きになった。特にカップヌードルというブランドの、塩味が大好きだった。

だからメデジンの中華料理屋に連れて行ったときなど、いつもイの一番に、麺、麺と繰り返す。

マーボー豆腐とチャーハン、酢豚の皿を片付け終わったころ、ようやくタンメンが運ばれてきた。

カーサは箸がうまく使えない。リキが器用に箸を使っているのを見て、なんとか自分もうまく使おうと三ヶ月ほどは躍起になっていたが、結局は諦めた。今はレンゲとフォークを使い、口に運んでいる。ただし、啜る、という食べ方は見よう見まねで覚えつつある。フォークに麺をくるくると巻き付けたあと、汁を満たした大きめのレンゲの上に載せ、一気に吸い込む。カーサはなんでもリキの真似をする。

人心地ついた後、カーサがためらいがちに口を開いた。

「リキパパ、たまには外に遊びにいってもいい？」

外、とはホテルの外、という意味だ。

返事をする前に、リキは少し考えた。

確かにこの四日間、カーサは一人では、一歩もホテルの外に出ていない。リキがそう言いつけたからだ。

来日二日目に日本での口座を開きに、カーサを連れて五つの銀行を回った。そのそれぞれの口座に、コロンビアの銀行から二十万ドルずつ振り込む手続きを行った。暗証番号をすべて、カーサの好きな数字である2と3を組み合わせて3223にして、それをカーサに伝えた。

なんでリキパパの口座なのに、あたしの好きな数字にしたの？　不思議そうな顔をしてカーサは聞いた。

何かあったとき、カーサも引き出せるからだ。リキは答えた。

何かあったときって？

たとえば、パパがいないとき。

ふうん……。

カーサがホテルから出たのは、そのときだけだ。

カーサはオモチャにあまり興味を示さない。ゲームや人形を買ってやろうとしても、不得要領な答えが返ってくるばかりで、欲しいと声に出して言ったことは一度もない。何故かは分からない。

だから、昨日、そして今日と、カーサがこのホテルでどういうふうに過ごしていたのかは、容易に想像がつく。部屋で日本語の勉強をしたり、テレビを見たり、あるいはホテル内の廊下を一人、意味もなくうろついたりしていたのだろう。

この日本へは、兎(コネッホ)ゴンサロとパパリトへの対応も含めて四週間の予定でやってきていた。リキは昼夜を問わず不在になることが多い。その間、カーサはホテルで一人ぼっちだ。

来日する前に、新大久保や池袋あたりに屯(たむろ)する南米売春婦のうち、気立ての良さそうな女をニーニョやパトを通じてメイドとして雇おうかとも考えたが、結局はやめた。

コロンビアの女性にはお喋りが多い。何も考えずにぺらぺらと喋りまくる。さらにこの日本にいるコロンビア人娼婦は、商売上の必要性から横のネットワークがおそろしく密になっている。在日娼婦の狭い世界では、リキたち親子の件はすぐに噂になるだろう。ゴンサロをはじめ、コカと女を同時に扱う商売のやり方をする組織は多いから、子連れで来日している自分の立場がどこからか洩れる恐れがあった。

考えた挙句、リキは口を開いた。

「外って、どこらあたりをだ？」

「オテルの近く。公園(パルケ)とか、この前リキパパと行った駅(エスタシオン)の近くとか……」

おそらくは部屋から見える新宿中央公園や、新宿駅西口のことを言っている。

ちなみにオテルとは、ホテルのことだ。フランス人もそうだが、コロンビア人もHをうまく発音できない。

「よし……外に遊びに行ってもいい。ただし、道に迷わないようにあまり遠くに行っちゃ駄目だ。必ず帰り道を確認しながら、街の角も曲がるようにするんだ。それとホテルのカード。もし迷ったときは、知らない人に聞かずにタクシーをつかまえる。そして運転手にホテルのカードを見せる。分かるな」

カーサはうなずいた。

「最後にもう一つ。駅のあっち側には行かないこと」

「どうして？」カーサは首を傾げた。「この前、リキパパと一緒に行ったよ」

確かに行った。だがそれは、伊勢丹や三越のある新宿通り界隈までで、さらにその先の靖国通り方面までは足を向けていない。コロンビアの治安の悪さよりははるかにましとはいえ、子どもが一人で歌舞伎町のエリアに足を踏み入れるのは、やはり心配だった。

「あそこら辺りまでは、安全なんだ」リキは説明した。「でも、それ以上あっち側に行くと、危ない」

さらにカーサは首を傾げる。

「ファベーラみたいなとこ？」

「ファベーラとは違う。メデジンの中心部（セントロ）に、ヌエバ通り（カジェ・ヌエバ）があるだろう。ちょうど、あんな感じだ」

するとカーサは、なあんだ、という表情をして笑った。

「カジェ・ヌエバなら知ってる。あたしよく行ってたし、安全。リキパパも知ってる。だいじょうぶ」

リキは少し慌てた。

「似ているだけで、一緒じゃない。それにここは日本だ。外国だ。カーサは日本語がまだカタコトだろう。やっぱり危ない」

カーサは不満げだ。リキはさらに言葉をつづけた。

「じゃあ、こうしよう。駅向こうに靖国という通り(カジェ)がある。ヤスクニ、だ。あとで地図を見せて教える。この前行ったところまでは行ってもいいが、それ以上向こうは絶対に駄目だ」

今度は、カーサは大きくうなずいた。

「分かった」

しばらくしてようやく最後のタンメンを食べ終わった。

カーサが小さなあくびを洩らした。時計を見た。すでに十時近い。メデジンの自宅ではカーサはいつも九時には床に就く。子どもにとって睡眠は大事なものだとリキは考えている。だからメイドにその時間帯には寝かしつけるよう言ってある。

目の前のカーサは早くも、上半身全体で小刻みに舟を漕ぎ出している。相当に眠いようだ。

リキは立ち上がると、手を差し伸べた。

「カーサ、部屋に戻ろう」

すると彼女は目を開き、両手を伸ばしてきた。

「パーパ、だっこ」

甘えている。リキはカーサを胸元に抱き上げ、部屋に戻り始めた。

4

午前二時――。

パパリトこと、カルロス・エドゥアルド・モラレスは独房の中にいる。新宿北署の六階にある代用監獄――留置場の中に、依然としてぶち込まれたままだ。

暗闇の中で、思わずため息をついた。

今晩は、午前一時までだった。連日の取調べは、日が進むにつれて時間が長くなってゆく。暴力を振るわれるわけではないが、粗末なパイプ椅子にじっと座らせられたまま、今日は十六時間が経った。タケダやマツバラが署内にいるときは付きっきりで取調べし、そうでないときは交代の刑事がやってくる。聞かれることはいつも同じだ。

誰に指示されてやった？

あいつを、なんのために殺した？

それだけの質問を、ふっと気が抜けた瞬間に、延々と繰り返される。一言一句同じだ。それ以外のときは、黙り込んだままパパリトを見つめている。

昔、メデジンの中華料理店に勤める中国人から聞いたことがある。古代の中国で行われていた、時間がある限りにおいて最も効果的な拷問は、「雫垂らし」だったということを。囚人を素っ裸にして台に縛り付け、体のある部位の一点にだけ、定期的に水滴を垂らしつづける。最初のうちはなんともないのだが、一刻が過ぎ、半日が過ぎ、やがて二日、三日と経つうちに水滴の感触が次第に耐えがたくなり、ついには発狂してしまうのだという。

この定期的な、かつ決まりきった言葉責めも、その類のものだと感じる。

実際、まったく同じ言葉を定期的に繰り返され、あとは完全な無言のままでいられると、次第にこちらの感覚がおかしくなってくる。精神を狂わされてくる。実際、今晩の終わりごろには、苛立ちが昂じて怒鳴り散らす寸前だった。

もう一度、ひっそりと静まり返った独房の中で、ため息をつく。捕まってからというもの、組織からの連絡は一度としてない。パパリトはこの一ヶ月近く、ずっと孤独の中にいる。パイプベッドの上にうずくまるようにして、膝小僧を抱えた。

それでも確信はある。

〝日本人〟は裏切らない。

組織の人間なら、みんな知っている。どんな手段かは分からない。分からないが、必ず助けの手は差し伸べられる。エル・ハポネスの組織に所属して十年、リキ・コバヤシはどんな状況に陥っても部下を見捨てたことはない。自分はただ、その救いの手を待っていればいい。

そう。ちょうど、あのときのように……。

アメリカ合衆国の援助を受けた麻薬捜査局によりメデジン・カルテルが壊滅状態になった九〇年代半ば、パパリトは市の東南部にあるベジャビスタ刑務所に収監されていた。当時二十歳。初めてのお勤めだった。

犯罪国家コロンビアの刑務所はどこも飽和状態で、特に犯罪の総本山であるメデジンの監獄など、収容率二百パーセントを超す収監環境の劣悪さだった。

過度な生存密度は、ヒトに限らず、すべての動物に精神的な負荷をかけてゆく。それが犯罪者の巣窟ならなおさらだった。パパリトが生まれ育ったファベーラにも増して、ここでは狂気と憎悪が支配していた。強者が弱者を支配する。弱者はさらなる弱者を慰み者にする。鶏でさえ鶏舎の中にスシ詰めにすれば、突きの順位を作る。男同士の強姦にはじまり、リンチ、拷問、さらには殺人が日常的に支配する世界――。

そんな世界の中に、〝エル・ハポネス〟はいた。一囚人として、三年の刑に服していた。すらりとした二十代半ばの東洋人。しかも人に聞けば、どこの国でも圧倒的多数を占める黄色人種の中国人ではなく、コロンビア国内にその純血種はもう百人もいないだろうと言われている日系人だった。さらに言えば、生真面目で実直な人種として通っている日系コロンビア人が犯罪をしでかし、刑務所に収監された例などほとんどなかった。そういう人種的な意味で、非常に目立つ存在だった。パパリトに限らず、すべての囚人がこの東洋人に興味津々のようだった。

危ういな、とパパリトは感じた。

カマを掘る相手としての格好の存在。

その優男ふうの見目の良さからしても、牢名主クラスの絶好の餌食になる。逆に言えば、この男自身もそうやって身を守っているはず……。牢名主の庇護の下、この世界で生き延びている。

しかし、不思議なことにそんな噂は皆無だった。

昼休みの自由時間など、いつも平然と一人で運動場の隅に佇んでいた。

入所して三ヶ月が過ぎたころ、偶然この男の正体を知った。

当時のパパリトにはわりあい仲の良い囚人がいた。ポプラールという町のギャング団の一員だったという男で、出所を間近に控えていた。絶対にこの話を広めないという条件付きで、こっそりと教えてくれた。

……当時その隣町のマンリケに、ホルヘという大柄な混血（ムラート）が仕切っているギャング団があったという。麻薬王（ナルコ）たちからの仕事の請け負い方がうまいせいで、結成後わずか数年のうちに急速に勢力を伸ばしていた。ポプラールの彼らのシマにも手を出してきたという。だから彼らは、その頭（かしら）を潰すことにした。少年ギャング団など、その規模の大小はあれ、グループを統率する男の力量次第だ。頭（ヘッド）さえ潰せば、しょせんはガキの集まりの組織など簡単に崩壊してしまう。

だから、そのムラートの家を調べ上げ、急襲をかけたという。サブ・マシンガンで相手の体が蜂の巣になるまで弾丸を撃ち込んだ。

敵対ギャング団の壊滅を祝って、三日ぶっつづけで酒盛りを開いた。その最後の晩、町の場末にある工場跡の彼らのアジトが襲われた。

あっという間だったという。抜け落ちた窓枠という窓枠から、部屋の中央にいる彼らに向かって一斉にマシンガンの掃射が襲った。皆殺しだった。

パパリトにこの話をした男は、たまたま一刻遅れて現場に着き、唯一まだ息のあった少年から最後の惨状を聞きだしたという。

「結局、おれたちの見立てが甘かったんだ」その男は、ため息をついた。「内実は、そのホルヘって野郎がグループを仕切っていたわけじゃない。そいつには血の繋がっていない義弟がいた。兄貴が派手な活動をする裏で、一切表には出ず、組織のボランチ役を引き受けていた」

そう言って、運動場の隅に一人佇む日系人を視線だけで指し示した。

「——それが、あの〝エル・ハポネス〟だ」

さらにパパリトはこの男からエル・ハポネスの履歴を聞いた。幼い頃に日本人の両親を準軍部隊（パラミリタレス）によって惨殺され、孤児になったこと。それをギャング団のリーダーの家族が引き取ったこと。ハイスクール時代は非常に優秀な生徒だったこと。とはいえ、その裏ではメデジンでも有数のナルコと個人的な繋がりがあったこと。

その二面性に、パパリトはうまく言えないが背筋が冷えるものを感じた。

やはり、ただの鼠じゃなかった。

「しかしあんたは」ふと気づいてパパリトは口を開いた。「あんたは、その皆殺しにされたメンバーの仕返しをしようとは思わなかったのか」

すると、この男は破顔した。

出来るわけないだろ、そんなこと、と。

「仕返しをしようにも、生き残ったメンバーはおれ一人だ。なにも出来やしない。それに親兄弟を殺されたら、おれが奴だって相手を皆殺しにしたいと思う。道理だろ」

　そしてこうも付け加えた。

　もし刑務所内でバレたら逆におれが殺される。だから今まで黙ってたんだ。

　出所日を迎えると、その男は逃げるようにして刑務所を出て行った。


　ある時、刑務所内の古株の男からはこうも聞いた。

　二年前のメデジン・カルテルの瓦解(がかい)に伴い、メキシコ人(エル・メヒコ)ことホセ・ロドリゲス・ガチャの残党が、大量にこの刑務所に収容された。連中は今も居る。徒党を組み、看守に賄賂を贈り、この狂気に満ちた世界でそこそこの待遇を得ている。組織が瓦解したとはいえ、それまでの稼ぎをスイス銀行に預けていた彼ら一味には、優雅な刑務所暮らしが出来るぐらいのストックは十二分にあった。

　しばらくして、その残党たちと日本人の間でいざこざが起こった。残党の幹部がこの日本人の四肢を舐めるように見遣り、「尻を貸せ」と持ちかけたらしい。

　日本人は静かに笑った。笑って首を振り、こう言ったという。

　ひどい腋臭(わきが)野郎に、か。

　元幹部は激昂(げっこう)し、配下の四人を使って日本人を嬲(なぶ)り殺(ごろ)し寸前まで痛めつけた。日本人は抵抗もせず、ただやられるままになっていた。

一週間後の午後、刑務所内という隔離社会であることを考えれば、信じられない事件が起こった。

運動場の裏庭で派手な爆発音が響き、驚いた看守や囚人たちが駆けつけてみると、死体が一つ転がっていた。正確に言えば、死体のいくつもの断片だ。捥げた脚や腕、内臓などが地面に飛び散っていた。殺されていたのは件の幹部だった。検視の結果、両手足を縛り上げられた挙句、手榴弾を口に捻じ込まれてピンを抜かれたらしい。当然のように頭部は頭蓋ごと木っ端微塵になり、脳漿やどす黒い血が壁じゅうにへばりついていた。

実質的に誰が手を下したのかは、刑務所中の人間が分かっていた。

しかし爆発が起こったとき、日本人はずっと運動場にいた。つまり、この刑務所内には協力者がいたということだ。しかも殺されたときの相手の状況を考えれば、複数名いたことは間違いない。それは囚人かもしれないし、看守かもしれない。

ただでさえやることのない刑務所暮らしだ。暇をもてあましている囚人の間で、いろんな憶測や噂が駆け巡った。

あの日本人は、刑務所長まで抱きこんでいるらしい。

B棟の誰それとC棟の看守が結託して、あいつを殺したそうだ。

……興味深かったのは、ガチャの残党がエル・ハポネスに対しての報復を一切行わなかったことだ。通常、コロンビア・マフィアの世界では「目には目を、歯には歯を」的な考え方がまかり通っている。そうしないと他の組織に徹底して舐められてしまうからだ。挙句、自分の商売を乗っ取られてしまうこともある。

だが、一ヶ月が経ち、二ヶ月が過ぎ、半年を過ぎても、日本人が報復されたという事実はなかった。

日本人は、相変わらず運動場の隅で一人佇んでいた。

刑務所にも、外部から面会者が訪れてくる。

やがて、滲むようにして背後の事実が部外者から洩れ聞こえてきた。

当時、カルテル崩壊後のメデジンの裏社会で、新興勢力がのし上がってきていた。『ネオ・カルテル』だ。パブロ・エスコバルやオチョア兄弟、カルロス・レーデル、ロドリゲス・ガチャといった、かつての〝ビッグ４〟の残党を尻目に、ストリートギャングたちの発展形である組織が急速に勢力を伸ばしてきていた。彼らはそのほとんどがファベーラ出身の若者たちで、かつてはナルコたちの下請けとして、粗製コカ（バラート）の売買や、十万ペソほどのはした金で人殺しを請け負っていた連中だった。

その新興勢力の一角に、このエル・ハポネス率いるマンリケ出身のギャング団も食い込んでいるという噂だった。

この国の麻薬マフィアには、その暮らしぶりや活動も含めて派手好きな人間が多い。現にカルロス・レーデルなどは何十エーカーもある自宅の敷地に、ライオンや、トラ、キリン、ゾウなど大型野生動物を収容した動物園を作った。パブロもメデジンの市街地のど真ん中に空港を造った。

ストリートギャング型の新興勢力にしてもそうだ。かつてのナルコたちほどの華々しさはないにしろ、キャデラックやメルセデスをカスタマイズして市内を乗り回し、ディスコティカのＶＩＰ室（ルーム）では無数の娼婦をはべらせ、そういう〝これみよがし〟な行為で、裏社会でさらに自分の名を売っていこうとする、ある意味無邪気ともいえる子どもっぽさがあった。

だが、この日本人が率いる組織からは、そういう稚気的な部分がすっぽりと抜け落ちているようだった。

彼の組織は表社会の歓楽街や社交場に浮かび上がってくることは一切なく、アンダーグラウンドの活動のみに徹していた。コカの仕入れルートもネオ・カルテル運営体を通さずにブラジルのアマゾン西部、ペルーなどから独自に行い、その精製した密輸先も北米ターゲットではなく、ヨーロッパや太平洋を挟んだ東アジア諸国――日本、香港、シンガポール、韓国、台湾――が主だという噂だった。オーストラリアやニュージーランド、フィジーやニューカレドニアなどの観光地にも、ごく少量を送り出しているという。

そのやり方を考えてみるに、一見、弱小組織が公権の圧力を恐れて細々と裏の商売を転がしているようにも思える。

しかしその一方で、あれほど獄舎内で威張り散らしていたガチャの残党たちが結局はエル・ハポネスに仕返しをしなかったという事実は、彼の組織が弱小どころか相当の実力を持っていることを如実に物語っていた。

エル・ハポネスは、自分の組織力をこれ見よがしに喧伝しなかっただけのことだ。名より実を取るとでも言えばいいのか、子どもっぽい見栄のはり方が、長い目で見れば百害あって一利無しなのをよく知っているからだと、パパリトは感じた。

暇をもてあました監獄暮らしの中、パパリトは、エル・ハポネスの組織の立ち位置と商売のやり方について考えてみたことがある。

北米相手の商売は、巨大なマーケットのせいで儲けも大きい代わりに、そのリターンとして常に相当な危険も孕んでいる。

アメリカ合衆国は〝世界の警察〟を自認している誇大妄想国家だ。頼まれもしないのに世界の紛争地帯にちょっかいを出し、かえってその地域の紛争をいっそう複雑化させる。イライラ（イラン・イラク）戦争しかり、ソマリアしかり、エルサルバドルしかりだ。

もちろん国家というものが個人の欲望の集合体である以上、自国利益を優先させるための強硬外交政策という側面も否定できないが、その錦の御旗の元には、常に「アメリカのやることが正義だ」という単純極まりないモノの見方がある。国家機構そのものが宗教たりえる国民を相手に勝ち目はない。何の恥じらいも疑問もなく、相手を殺しに来るからだ。

しかもその宗教国家が超大国としての実力と驕りを持っていれば、なおさらだ。

そう考えてみれば、現在このメデジンで伸してきているネオ・カルテルの増長も、アメリカが潰しに来るまでの一時的な繁栄でしかないことが分かる。そして利益集団というものが常に膨張をつづけることを宿命にしていることを考えれば、彼らネオ・カルテルがある一定以上の規模になったところで、合衆国は確実に潰しに来る。かつて、メデジン・カルテルを潰しに来たように。

しかしパパリトの見るところ、このエル・ハポネスの組織だけはそのアメリカの攻撃の網には入らないだろう。間違っても国家としての強権を発動しないような、太平洋の向こうにある国々やヨーロッパばかりを相手にしている。コカの仕入れもカルテルを通すことをせず、独自のルートで行っている。おまけにエル・ハポネスの組織の概要は、正確には誰も知らない。単なる噂だけだ。表社会に自分たちの存在をアピールすることもない。

だから、仮に彼の組織が膨張してきたとしても、合衆国がその組織を是が非にでも潰しにかかるとは思えない。標的にされるとしても、最も後回しにされるだろう。

賢い立ち回り方だと感じた。

そして、そう思いながらも、この日本人に妙な好感を抱きつつある自分に気づいた。久しぶりの不思議な感覚だった。

……パパリトはメデジン市南部のファベーラで生まれた。

貧民窟で生まれ育った少年の例に洩れず、十三歳で地元のギャング団に身を投じ、最初の数年はチーム内の使い走りをやらされていたが、やがて銃器や刃物を扱う際の落ち着きを見込まれ、ナルコたちからの殺しを請け負う殺し屋へと成長していった。ナルコに敵対する市会議員や弁護士などへの、殺しの依頼を受ける。報酬はたいがいの場合五十万ペソだ。相手の日常行動を調べ上げ、標的がよく訪れるレストランや劇場などをバイクで下見に行く。人の多さ、警備の状態など周囲の状況を鑑みながら、相手との位置取りと使用する銃器を決める。仕事当日の数時間前には、決まって行き付けの安酒場に行く。日中からマリアッチの甘ったるい音楽がガンガン鳴り響いているバールだ。

いつものように音楽が流れている。店主の好きな曲。パパリトの鼓膜を震わせる。

踊ればいい。踊ればいい。
生きとし生ける者はすべて踊りつづければいい。
やがては等しく死が訪れる。暗い墓穴へと入っていく。
蛆に食われ、地底の深くに沈んでいけばいい。

午後の陽光が粗末な軒下から差し込み、板張りのテーブルの埃をうっすらと浮かび上がらせている。熱いカプチーノを頼み、弾丸から弾薬を抜いて、その火薬をカプチーノに入れて一息で飲む。一瞬、臓腑がかっと熱くなり、その刺激のせいで、かえって気分が落ち着く。仕事前の苛立ちと不安が静まる。一種のおまじないだ。

　そういうふうにして、殺し屋稼業を数年つづけた。

　十九歳の頃には、すでに殺しの履歴は両手両足の指の数では足りなくなっていた。犯りたい女とセックスをして、コレステロールまみれの糞を垂れ、友達と思っている人間と笑い合い、いい服を着て、いい家に住み、うまい料理を食う。

　人間なんてこんなものだ、とぼんやり感じるようになっていた。偉そうなことを考えていても、金をしこたま儲けていても、一発の銃弾で死んでしまう。そういう意味では、他の動物と何の違いもない。

　必然、人間というものに興味を失くしていった。

　パパリトにとっての人間は、殺すもの。それだけだ。人を人くさいと感じることもなくなったある日、仕事でドジを踏んでこのベジャビスタにぶち込まれた。

　そんなおれが、何故かあのもの静かな日本人には奇妙なほどに惹かれている。泥臭いほどの人間的興味を覚えている……。

　刑務所内では二、三ヶ月に一度ほど、獄舎対抗のフチボル大会がある。サッカーだ。収容率二百パーセントを超える劣悪な獄舎環境で溜(た)まったストレス。そのガス抜きの場として、定期的に企画されている。ブラジル人やアルゼンチン人に劣らず、コロンビア人も大のサッカー好きだ。子どもの頃から慣れ親しんでいる球技でもあるので、このときばかりは囚人も看守もボール蹴りに夢中になる。主に二十代三十代の若い囚人たちで構成された十六チームが、三十分ハーフのみの試合でトーナメント戦を繰り広げてゆく。むろんラフプレーは続出するし、時にはえげつないファウルを巡って殴り合いの喧嘩になることもあるが、そういうハプニングも含めて囚人側も看守側も、この二日にまたがる大会を楽しんでいる。

エル・ハポネスをそれと認識してから一年ほどが過ぎたある日、このフチボル大会で日本人と同じチームになった。

パパリトの刑期が満了に近づき、出所を間近に控えた囚人を収容する棟に移されたのだ。そこに、三週間後に出所を控えたエル・ハポネスもいた。

そのときの大会ではパパリトが左のフォワードで、日本人は中央で司令塔(ミッドフィルダー)をこなしていた。生粋(きっすい)のコロンビア人に比べれば、エル・ハポネスは特に球扱いがうまいというわけでもなく、また、体格や体力的な部分でも明らかに劣っていた。それでもチームの攻撃はうまく機能していた。パパリトが見るに、エル・ハポネスは体力・技術の不足分を知力で補っているようだった。チーム全体の動きが実によく見えている。バランス感覚だ。そしてその全体のバランスから、攻撃の先手を読むイメージング能力もあった。だから、パパリトの裏を取る動きにも面白いように球が出てくる。ディフェンスのわずかな間隙（かんげき）を縫って、おいしいスペースにボールが抜けてくる。

息が合う感じ。言葉を交わさなくても、視線が一瞬絡み合う。お互いの動きを察知している。

相手との感覚が完全にシンクロしてゆく。この醍醐味（だいごみ）。この快楽——。

気がつけば、子どものときと同じように夢中になってボールを追いかけていた。

一回戦、二回戦と勝ち進み、惜しくも三回戦の準決勝で敗れはしたものの、パパリトはひどく充実したものを感じていた。

三回戦でチームが負けたとき、日本人と初めて口を利いた。いや、正確には初めて個人的な感想を口にした。一緒のチームになった時点で、フォーメーションの打ち合わせや相手チームの弱点に関しては、お互いに意見を交換していた。だが、それ以上の言葉は交わさなかった。気楽に話しかけるには、それまでの経緯からパパリトはあまりにも相手を意識しすぎていた。

しかし、これでこのチームも終わりだと思ったとき、そしてこの日本人の出所まで、おそらくはもう二度と口を利く機会もないと感じたとき、自然と言葉が口を突いて出てきた。

「あんたと組めて、良かった」運動場の片隅で、右手を差し出しながらパパリトは言った。

「久しぶりに楽しかった」

日本人も軽く手を握り返し、

「おれもだ」と、笑った。「あんたは、勘がいい。そして勘がいい奴とプレーを組むと、気分がいい」

ついパパリトも苦笑した。もっと何かを伝えたいと思った。ずっとこの男の噂を聞き及んでいたこと。リキ・コバヤシという本名も知っていること。純血の日本人であること。部外者からはエル・ハポネスと呼ばれていること――。

だが、結局は口に出さずじまいだった。そういうことをこの男の前でべらべらと喋るのは、何故かためらいを覚えた。

決勝戦の喧騒をよそに、二人の間に、わずかに沈黙が落ちた。

日本人は、微かに唇の端を歪めた。

「……本名、カルロス・エドゥアルド・モラレス」

「え？」

「だが、誰もあんたをその名では呼ばない。パパリト、と呼ばれている。ファベーラ生まれの通例どおりだ」

ふたたびパパリトは黙り込んだ。日本人は静かに言葉をつづけた。

「一九七六年七月、市街南部のフロレスタ生まれ。十五のときから殺し屋稼業をつづけている。そのわりには今回が初回のお勤め。容疑は軽機関銃の不法所持と死体遺棄罪」

「……………」

「さらに言えば、今回の服役中、あんたは人を一人、殺している。ポーカーでイカサマをやった挙句、あべこべにいちゃもんをつけてきたアルヘンティーノだ。果物ナイフで喉元を一突き……だが、ナイフに付着していた指紋はそいつのイカサマ仲間のものだ。死亡推定時間のアリバイもなかった。だからそいつが捕まった」

そう言って、日本人はまた笑った。

「見事だよ。一石二鳥。後処理も含めて周到な手際だ。だから長年の稼業でも、今回しか、尻っぽをつかませなかった。しかも証拠不十分で殺人容疑は逃れることが出来たから、一年半の服役。まずは上々だ」

背後から一層の歓声が上がった。見ると、C棟選りすぐりの囚人チームが三点目を入れたところだった。コロンビア一部リーグのディポルティヴォ・トゥルアにいた元ボランチが仕切っているチーム。しかも残り時間は三分だから、この三点目は決定的だった。

パパリトは相手を振り返った。

「……で、あんたは何が言いたい?」

日本人はもう一度笑った。

「あんたがこの一年、おれのことを嗅ぎ回っていたのは分かっている。だからおれの正体も大体は知っているだろう」

そう言って不意に地面にしゃがみ込んだ。落ちていた小枝を摘(つま)み、地面に数字を書き始めた。書きながらふたたび話し始めた。

「事務所の電話番号だ。出所して、もし気が向いたら電話をくれ」

パパリトは地面に書かれた数字の羅列をすばやく脳裏に焼き付けた。そして咄嗟にそういう行動をとった自分に、呆れた。

おれはこの男の噂以外、何も知らない。それは相手も同じだろう。なのに、この日本人は当然のように自分を誘ってきて、自分もまた、ごく自然な成り行きのようにその申し出を受けようとしている。

「なんでなんだ？」つい自分に問いかけるように聞いた。「あんたとはたった今、しかもほんの少し話をしただけじゃないか。そんな相手を、何故気安く誘う」

「あんたの噂。さっきのプレー」日本人は立ち上がり、地面の数字を靴底で消し始めた。

「十年経っても気に入らない相手もいれば、一日で気に入る相手もいる」

「…………」

「気が乗らなければ、是非にとはいわない」

地面の電話番号は完全に消えていた。パパリトは心の中で数字をもう一度反芻(はんすう)した。

出所してから三ヶ月後、散々悩んだ挙句に電話をかけた。

パパリトはエル・ハポネスの組織の一員になった。

組織の構成員は、当時で約百名。そのうちの四十名がエル・ハポネスの設立したコーヒー輸出会社に勤務し、五十名が、これもまた日本人が設立した切花製造会社に勤め、さらに残りの十名が、この二つの会社をまとめる持ち株会社に所属していた。

メデジン市の主幹産業は今も昔もコーヒー取引業で、現在ではそれにカーネーションや薔薇(ばら)、ひまわり、菊などの切花産業が肩を並べ始めている。この表向きの商売は、エル・ハポネスにとってしごく真っ当な〝隠れ蓑(かくれみの)〟と言える。しかも裏の商売との兼ね合いを考えれば、コーヒー、切花とも、その売り上げをほぼ百パーセント国外輸出に依存している。法律に則(のっと)って、当然のように海外への販売ルートと現地法人を確保することができる。あとはその販売ルートと拠点にコカを扱わせるだけでいい。マネーロンダリングの観点からしても、現地法人からの売り上げの上乗せという方法をとればいい。

コカを扱う組織の表向きの商売としては、これ以上はない理想的な企業形態だ。

自動車販売業や雑貨店経営といった表向きの商売をやって、クラブやディスコティカで連日連夜バカ騒ぎを繰り広げている他の新興ナルコと比べてみれば、そのビジネスセンスの差は明らかだった。

パパリトは当初、本部である持ち株会社に入社した。代表取締役社長である日本人の運転手として、メルセデスのS500を転がし始めた。運転席から、この日本人、リキ・コバヤシの商売のやり方を見聞きした。

リキは、表の商売でも決して手を抜くということをしなかったし、部下にも徹底してそれを求めた。

「まずは表の商売だ」後部座席の自動車電話（モトローラ）で、リキはよく口にしていた。「表の商売をきっちりとやれ。それがすべての基本だ。それで初めて裏の商売もうまく回り始める」

リキの配下は、すべてビジネスマンとしての肩書きを持っていた。例えば現在のニーニョは日本支店の所長だし、パトは倉庫管理主任だ。そして、すべての人間が給料制だった。出来高制や報酬制は採らない。金につられて仕事のやり方が強引になったり、粗くなることをリキは嫌っていた。

本来はシカリオとして雇われたパパリトでさえ、そうだ。持ち株会社所属の「総務部秘書課」付きのネームカードを常に持たされ、月に百万ペソの給料を貰っていた。コロンビア人の平均月収の約三倍、ファベーラの人間の平均月収の約十倍だった。

ちなみに日本滞在中の現在では「先進国手当」なるものが月に千ドル支給され、さらに日本の首都・トキオに住んでいるので「都市勤務手当」がさらに五百ドル上乗せになっている。コロンビアの一般人からしてみると、夢のような待遇だろう。

リキは、パパリトを含めた部下たちの日常生活の規律にも、事細かに口を出してきた。

部下が麻薬マフィアのような派手な振る舞いや格好をすることを好まず、平日は常にスーツを着用するように言ってきた。それも吊るしのスーツではなく、ちゃんとした仕立て屋で、シングルか三つボタンのスーツをオーダーメイドするように言われた。ダブルなんかは駄目だ、と。パパリトは二十二になって、初めてスーツというものに袖を通した。

入社した場合の堅苦しい制約は他にもあった。

本部採用のわずかな大卒者以外は、新入りの若者はそのほとんどがファベーラの出身だった。そういう彼らには、まずはその生まれ育ったファベーラを出て、リキが一棟まるごと所有している集合住宅に最低三年住むことが、入社条件の一つになっていた。

いわゆる社員寮だ。パパリトも入社後の三年はそこに住んだ。集合住宅は、メデジン市東部のロス・バルソスという街路樹に埋もれた高級住宅街の中に、ひっそりと佇んでいた。三十平米の1LDK。完全個室でトイレ、バスルーム、キッチンとも完備していたから個人としての生活環境は充分調っていたし、集中ロック方式のエントランスには守衛まで常駐していた。それだけの設備でありながら家賃は月二万ペソとタダ同然で、これは魅力だった。しかも、女も売春婦以外なら連れ込んでいいという。

生理現象だからだ、とリキは説明した。それは我慢させても仕方のないことだ、と。

ただし、ファベーラ時代の男友達を招待するのは禁止された。この入寮規約を破ったものは即刻馘で、同時に社員寮を出てゆくこととなる。また、入寮規約の中には、ゴミの分別やその分別したゴミを出す日なども事細かに記されていた。夜九時以降は窓を開け放ったまま騒がないこと。サルサやマリアッチを大音量で流さないこと。専用パーキングには自家用車を置いてもいいが、排気音の大きなアメ車やバイクは持ち込まないこと。他には、近所の住民と会ったときも礼儀正しい一市民としてちゃんとした挨拶をすること。万が一自己紹介をすることになった場合は会社のネームカードを提示し、本当の仕事は決して明かさないこと、なども事細かに記されていた。

そういう瑣末(さまつ)な規約の場合でも、ある特定の人物への周辺住民からの苦情が三回重なると、守衛がリキに知らせ、即刻馘となる。

事実、パパリトもこの寮に入る際、シカリオの仕事で使っていた単車・ヤマハＳＲ４００を売り払い、中古のマツダ２３２（ファミリア）に乗り換えた。ゴミ出しの規約も、九時以降の部屋での過ごし方も、周辺住民との接し方もすべてを守って、ここで三年間を過ごした。

入寮当時はその規約のあまりの細かさにウンザリしたが、実際に生活してみると、そう苦痛なこともなかった。それどころか、意外に快適な日常だった。

平日は仕事が終わると事務所の同僚とバールに行き、酒を飲みながら晩飯を食う。食い終わると、同じ同僚とそのまま独身寮へ帰る。なんとなく物足りなければ誰かの部屋を焼酎(アグアルディエンテ)持参で訪れ、どうでもいい世間話や会社の噂話などをだらだらとつづける。社内的に見ても入社数年目という立場は皆同じなので、その同じ目線から生じてくる興味や悩みは似たりよったりだ。共通の話題はいくらでもあった。

眠くなれば、ゆったりした気分で自分の部屋に戻ればいい。かつてのように夜盗や敵対ギャング団の仕返しを警戒しながら帰路につくこともない。

パパリトは、大学はおろか高校にも通ったことはなかった。が、たぶん全寮制のプライベート・スクールでの学生同士の関係はこんな雰囲気なのだろうな、と漠然と感じた。正直、心地好かった。

反面、ファベーラ時代の友人たちとは次第に疎遠になった。

十三歳で身を投じた地元のギャング団。

とはいってもすぐ近所のギャング団のことだ。創立メンバーはパパリトが幼い頃から接していた近所の兄貴たちばかりで、パパリトと同時期に入った五、六人の新規メンバーも、すべて彼の幼馴染(おさななじみ)だった。中には兄弟揃ってギャング団に加入している遊び友達もいた。

パパリトはベジャビスタにぶち込まれるまでの十代のすべてを、このギャング団と共に過ごした。野良犬の血を啜って血盟を誓い、ギャング団同士の抗争——例えば銃撃戦などでは窮地に陥った仲間を助けるため、危険を顧みずにごく自然に足が一歩前に出た。十六、十七、十八歳と年を重ねるにつれ、入団当初からのメンバーは少なくなっていった。ギャング団同士の絶え間ない抗争と、ナルコからの危険な下請け仕事で、昔からの友達は次々と命を落としていった。生き残りメンバーの結束は、以前にも増して固くなった。

物心ついたとき以来の悪童仲間――パパリトの家もファベーラの例に洩れず、父親はとうの昔に蒸発し、母親が女手一つで家計を支えていた。食べるものもなく、しばしば空きっ腹を抱えていた少年時代……そんなときに助けてくれたのはいつも同年代の遊び仲間だ。友達の家に行って黙って食卓に座る。すると、その友達の母親がパパリトの皿にも家族と同じ分量の食べ物をよそってくれる。逆に、パパリトの家にも友達がご飯を食べにくるときがある。パパリトの母親も同じことをする。そうやって、お互いに助け合って成長してきた。

おれはこいつらのためだったら、いつでも死ねる――。

そんなことを何の疑問もなく思っていた自分がいた。むろんそれは、他のメンバーたちも同じ気持ちだっただろう。その気持ちが永遠に続くものだと思っていた。

パパリトがベジャビスタにぶち込まれた当初は、毎週のようにメンバーが面会にやってきていた。

なにか困っていることはないか。入用なものはないか。

そんなことを言いながら、次回にはそのつど入用になったものを持参してくれていた。

が、やがてその回数は三ヶ月を過ぎたあたりから二、三週に一回になり、半年後には月に一回ほどになり、一年を経る頃には二、三ヶ月に一度ほどになった。最後の半年間に面会に来たのは一度きりだった。

　むろん理由はあった。結成時に二十人近くいた初期のメンバーは、度重なる抗争による死亡、売人稼業の傍らで陥った麻薬中毒、指名手配による西部アマゾン地帯への逃亡などで、パパリトの入所当時には四人までに激減していた。

　だから現在のメンバーの大半は、その穴埋めのために入団することを許した年下の連中ばかりだった。結成当時から中核を担っていたパパリトとは、立場や意識に決定的な違いがあった。彼らが好き好んでパパリトに会いに来るはずもなかったし、古株の連中はそれら新入りを教育・訓練するのに忙しいのに加え、パパリトの抜けた穴の分も仕事をしなくてはいけない。自然、足は遠のいた。

　この服役中に、パパリトが最も親しかった初期メンバーの一人が死んだ。危険な仕事だとは充分承知の上で、パパリトのシカリオ稼業を引き継いでくれた若者だった。誰かがナルコからのシカリオ仕事を引き継いでおかなければ、パパリトが出所してきたときにグループ内での彼の立場がなくなるからだ。仲間内では、石（ピエドラ）と呼ばれていた若者だった。子どもの頃から不思議と額と後頭部が張り、才槌頭（さいづちあたま）をしていた。滑稽（こっけい）な外観からそんな不名誉なあだ名をつけられても、いつもニコニコとしている。底なしのお人好しでもあった。晩御飯をお互いの家で食べ合った幼馴染だ。

入所して三ヶ月経ったある日、いつものようにピエドラが面会にやってきた。妙に鼻が赤く、時おり鼻水を啜るような仕草をした。咄嗟にパパリトは悟った。

「おまえ、コカに手を出したな？」

一瞬、ピエドラの動きが止まった。

集団面会室の大部屋で、看守に聞こえないよう、さらに声をひそめてパパリトは言った。

「なんでそんなことをした？」

しばらく困ったような顔をしていたピエドラは、やがて曖昧な笑みを見せた。

「でも、そんなやってないから大丈夫だぜ」

嘘だ。こいつはもう、鼻の頭が擦れるほどコカをやっている。しかもこの感じからして若者がよく吸引しているバラートではなく、精製度の高いブランコに手を出している。シカリオの報酬としてナルコから廻ってきた極上品のコカ。

「何故売りに出さない」パパリトはなおも詰問した。「それは報酬だぞ。そのためにグループ内にヤクの売人がいる」

「だから、ほんの少しだって」ピエドラは泣くような顔で繰り返した。「ほとんどを売人に渡している。全然だいじょうぶだって」

その瞬間、パパリトは痛いほどに感じた。

こいつには、もともとシカリオなど無理だったのだ――。

いくら綿密に仕事の計画を立てたところで、殺しの本番前には決まって恐ろしいほどの不安感が心を蝕(むしば)んでゆく。極度の緊張状態に、時おり気が触れそうになる。だから、パパリトは火薬をカプチーノに入れて一息で飲んでいた。そうやって不安の裏返しである猛(たけ)り狂う気持ちを、無理矢理に押さえ込んでいた。

この世界ではコカを常用するシカリオは多い。コカに含まれるアルカロイド成分が強烈な鎮静剤として作用するからだ。また、ナルコたちもそのことを知っているからこそ、シカリオへの報酬として現金ではなくコカを提供してくる。鎮静剤として使うのもよし、そのまま換金するのもよし、ということだ。

手元に報酬としてもらったコカがある。本番前の緊張状態を鎮めるためにちょっと使ってみたいと思うのは、人情だろう。

だが、一度でもその強烈な感覚を覚えると、このまったりとした快楽から二度と抜け出せなくなる。限度を超えた快楽の行きつく先は、どんな世界でも地獄でしかない。止め処(とど)もなく溢れ出る快楽に絶えず自分を振り回され、最終的には己の人生までコントロール出来なくなってしまう。本番前に一度の頻度が週一回になり、やがて毎日になり、一日のうちでも朝昼晩と絶え間なく常用するようになる。悪魔に魂を売り渡してしまう。

そしてそれこそが、報酬としてコカを提供するナルコたちの本当の目的だった。時間が経つにつれ服用量が増えてゆき、ついにはヤク欲しさに冷静な判断が出来なくなる。中毒症状に陥ったシカリオは、コカを得るためにはどんな危険な仕事でも喜んで請け負うようになる。ナルコ側から見れば、使い捨てに出来る都合のいい〝鉄砲玉〟だ。

だから、銃のテクニック以前に、このコカの誘惑に耐えられるかどうか——その意志の強さが、メデジンでは本物のシカリオの条件となる。

パパリトが刑務所に入って一年が過ぎようとする頃、ピエドラは死んだ。メデジンの市会議長が市庁舎から出てくるところを撃とうとして、逆に射殺された。議長は麻薬マフィア取締り強化の条例を採決したばかりで、市庁舎の周囲には警察官や護衛のガードマンがうようよといた。その中で白昼堂々狙撃するなどということは、誰が考えても自殺行為だった。ジャンキーでなければ請け負わない、危険極まりない仕事……。

この事件を知った当日、パパリトは泣いた。獄舎の中ではじっと我慢をして、午後の運動の時間に物置の片隅でひっそりと涙を流した。

それから猛烈に怒った。数ヶ月後、他の三人の幼馴染が面会に来たとき、彼らを散々に責め立てた。

何故あいつにシカリオを引き継がせたのか。

ジャンキーになってゆくのを見ていて、誰もなんとも思わなかったのか。

かつての悪童仲間はみんな黙っていた。いつの間にか極太の金のブレスレットやネックレスをつけるようになっていた。アルマーニのTシャツを着て、ナイキやアディダスのシユーズを履いている。

ジーンズの尻ポケットにも、これ見よがしにクルマのキーが挿さっていた。聞くと、四十年も前のシヴォレー・インパラを二千万ペソもかけてカスタマイズしたのだという。

——こいつらは、と思った。

もう、転がり始めている。かつてのナルコたちのミニチュア版だ。貧窮の暮らしから抜け出すための手段だったギャング団が、いつのまにか〝成り上がり〟そのものを誇示するためだけのスタイル集団と化している。そしてその無法者のスタイルを維持するために、ギャング団の規模を大きくし、さらに危険な仕事を請け負ってゆく。

パパリトが出所した日、この三人はローライダーにカスタマイズした紫色のインパラで迎えに来た。そのままギャング団の事務所へと連れて行かれた。事務所、とはいっても、ファベーラの中に建っている一軒の掘っ立て小屋だ。そこでメンバー全員と対面した。わずか一年半の間に、若年層のメンバーも約半数が入れ替わっていた。ファッションも様変わりしていた。鼻ピアスにヤギ鬚(ひげ)、二の腕や胸に施された刺青(いれずみ)。MBLレプリカのだぼだぼのタンクトップの上着に、これまただぼだぼのアーミーパンツ……生粋のラティーノのくせして、アメリカの西海岸やシカゴのラッパーのような格好を気取っている。

あるのはスタイル。スタイルだけだ。決してその上の世界を目指そうとはしない……。

ぼんやりとそう感じた。

何をもって目指すべき上の世界と思っているのかは、自分にもよく分からなかった。だが、事業拡大とか、いい暮らしをするとか、金持ちになるとか、そういうものではなさそうな気がした。それ以前に、なにか大事なことを置き忘れている……。

結局、パパリトは昔のギャング団には復帰しなかった。そして三ヶ月考えた挙句、リキに電話をかけた。

とはいえ、ファベーラ時代の付き合いがそれで途切れたわけではなかった。実家に帰ったときは彼らギャング団とバールに繰り出して陽気に騒いでいたし、以前に付き合いのあった女の子ともしばしばセックスをした。

だが、そういう付き合いもファベーラを訪れたときだけだ。メデジン市の南西の外れに住んでいる幼馴染は、パパリトの住まいのある東部の高級住宅街を決して訪ねてこようとはしなかった。

一方、かつての女友達たちは、少なくとも当初は、パパリトが誘いさえすれば「すごいね、こういう部屋」と言いつつ、面白半分でやって来てはいた。パパリトの顔かたちは美男子といわれる部類に属する。男たちと違い、パパリトの部屋に行ってエアコン付きの快適な環境でセックスするのが目当てだったからだ。

だが、その女たちもやがて来なくなった。パパリトが誘っても、あなたの街に行くのはなんとなく気が乗らない、と口を揃えて言うようになった。でも、その理由を彼女たちは上手く説明できないようだった。

だって、近所に飲み屋もお店もないし。

知り合いも住んでないし……。

そんなあやふやな言い方を、彼女たちはした。

やがてファベーラ時代の知り合いは、誰も来なくなった。

たしかにロス・バルソスという高級住宅街には、メトロの駅前を除いて飲食店などは皆無だ。夜八時過ぎともなると、シンと静まり返り、街灯の黄色い光が路上に連なる街路樹を照らしだしているだけだ。この街は、ファベーラのように近所の掘っ立て小屋同然のバールに仲間と共に繰り出し、女の子の尻や肩に手を回したまま酒を飲み、夜明け近くまで乱痴気騒ぎをつづける、という環境とは無縁だった。

でも、それは表層だ、とパパリトはやがて思った。彼女たちの言い訳は、あくまでも表層に出てくる一事象でしかない――。

ロス・バルソスと、パパリトが生まれ育ったフロレスタとは直線にしてわずか十数キロの距離だった。が、いったいこれが同じ国の町並みかと首をかしげるほどに雰囲気の違いがあった。ロス・バルソスの住人は礼儀正しく、その暮らしぶりも決して近隣の住民に迷惑をかけない。道路で出会えば、ある程度の顔見知りなら、必ず笑みを返してくる。高学歴で、政府関係の省庁や外国企業に勤めている者がほとんどだ。彼らの親も、そのまた親もそうだった。彼らは、安全と清潔と秩序を買うために、この高級住宅街にバカ高い土地代を払って移り住んできている。だから、明らかによそ者と分かる人間に対しては、冷たい目をして彼らを見遣る。自分たちの暮らしの秩序を乱されたくないからだ。殺人事件や窃盗や夜中のバカ騒ぎによって、自分たちの治安をぶち壊されたくはないからだ。

この国には越え難い階級がある、とパパリトは感じる。

二十一世紀を迎えた現代でもそうだ。田舎では大農園の息子はやがて大農園を継ぐ。その大農園の下で雇われている小作人同然の農民は、どこまでいっても小作農でしかありえない。学校に行く経済的余裕もなく、農作業の手伝いに駆り出される。行ったとしても、せいぜい小学校どまりだ。仕事もそうだ。その土地に居つづける限り、就ける仕事の種類は限られている。しかも搾取の構造の底辺に位置する肉体労働の仕事ばかりだ。それ以上の階級に昇っていく術（すべ）はない。一生貧窮の中から抜け出せない。

だから見目のいい女などは、麻薬マフィアくずれの売春ブローカーに買われて日本や韓国、イタリアやフランスに出稼ぎに行く。娘の仕送りを当てにする親も、それを黙認する。

一見、現代的な様相を呈している都市部もそうだ。ファベーラの子どもはあくまでもその地域を抜け出すこともなく、成長し、やがてはトタン小屋の中で死んでゆく。唯一金持ちになる方法があるとすれば、非合法の世界でしかない。
そういう意味では植民地時代以来の五百年間、中世がずっとつづいている。ロス・バルソスの住人は元々が富裕階級の出身だ。彼らは、見るからにファベーラ出身の人間が近所に屯するのを嫌う。その服装、話しぶり、雰囲気……彼らには一目で分かる。育ちの根本から違うのだ。まるで異人種を見遣るかのような濃厚な嫌悪の色を、その瞳に湛える。

この、知性も教養もない貧乏人——。

パパリトの女友達たちは彼の部屋を訪れる途中、何度かそういう屈辱的な視線を街中で向けられた。だから、次第に来なくなった。

ヒトは、貧窮そのものには意外に耐えられるものだ。だが、その貧乏に付随する他者からの〝軽蔑の視線〟にはいささかなりとも耐えられない。

寮に住み始めてから半年が過ぎる頃には、ファベーラ時代の友人は誰も来なくなった。

パパリトもまたあまりファベーラに戻らなくなった。

飲み友達といえば会社の人間がほとんどになり、付き合う女の種類も変わった。本社の仕入れ部に出入りする営業職の女性や、コーヒー取引会社のパーティや切花産業のフェスタなどで知り合った女性だ。

一年が経ち、二年が過ぎた。すべての人間関係が、会社絡みから発したものに様変わりするにつれ、自分の中で、あれほど濃厚に沁み込んでいたファベーラ時代の記憶がゆっくりと色褪(いろあ)せてゆくのを感じた。

ファベーラの価値観。ファベーラの生き方。ファベーラの人生……色褪せて現実感が希薄になり、抜け落ちてゆく。どこか、自分が自分でなくなってゆく感覚——。

それでもいいと、どこかで思っていた。

それはそれでしかたのないことだ、と。

生まれた街に居つづけたら、一生あの世界から抜け出せない。貧窮の中、仲間内でささやかな見栄を張り、やがて老いてゆく。何も残らない。それだけならまだしも、近い将来かなりの確率で殺されてしまう。

だから、リキの誘いに乗った。

結果として得たのが、安定した暮らしと、将来への展望、そしてファベーラ時代との決別だった。

入社の条件として、ロス・バルソスという高級住宅街に引っ越し、スーツを着、ネームカードを常に携帯するように要求してきた日本人、リキ・コバヤシ。

……やがて、分かった。

わずか数年で、いつの間にか過去をすっかり置き去りにしてしまった自分——そうなることを、この日本人は見越していた。過去の情念が抜け落ちたその心の空洞に、組織の人間としての世界が新しく居座るだろうことを。

ある夜、ネオ・カルテルの集会に出たリキを自宅まで送っていくクルマのなかで、パパリトはつい口にした。

つまりは、そういうことですか、と。

私を昔の世界から引き剝がすために、ロス・バルソスに引っ越させたのですか。

後部座席の日本人は微かに笑った。笑いながらうなずいた。

「ずるい男だと、思うか」

パパリトは首を振った。

「そうは思いません」

「なぜ」

「引っ張られるからです」パパリトは答えた。「あのままあそこにいたら、やがて昔の仲間に引き摺られる。そうなれば私も、一緒に溺れてしまいます」

メルセデスのルームミラーの中、日本人の目がいっそう細くなった。まだ笑いつづけている。

不意に、怒りのようなものがこみ上げてきた。

「でも、そうやって自分一人が助かったからって、だから何なんだ、とも思います」気が付けばそんな青いセリフを口走っていた。言葉遣いもナマになった。「もともとおれ自身、それほどのモノなのかって。今の立場や自分の実入りが、昔と引き換えにしてまで手に入れるほどのモノなのかって」

フロレスタのファベーラから仲間とともに眺めた、血の滴る（したた）ような赤い夕暮れ。だが、おれが切り捨てたのは仲間ではない。置いてけぼりにした世界でもない。その世界を内包して生きてきた昔の自分自身だ――。

日本人はしばらく黙ったままだった。シガリージョに火をつけ、後部座席の窓を少し下げた。

「たしかにな」日本人は煙を吐き出しながら、やがてつぶやくように言った。「だが、おまえはもう選んでしまっている。言い訳だ」

メルセデスは走りつづけている。その吐き出された煙が、窓の外に吸い出されてゆく。

「今さら、後戻りは出来ないだろ」

「…………」

窓の外にゆるゆると吸い出され、暗い夜の闇に置き去りにされてゆく。

運転しながらも思った。後ろに座っている日本人。

周囲の噂で聞く。実の親を殺され、育ての親兄弟も殺され、今の世界に身を投じた。そういう意味では自分よりはるかに悲惨な過去を背負っている。

悲惨な分だけ、過去を憎んでいる。そして愛している。その相反する感情は、パパリトにも分かる。憎しみと愛は、常に表裏一体だ。

何故この道を選んだのか、日本人は話したことがない。自分の過去を一切語らない。言い訳が一切ない。単に、今を生きているだけの存在のように見える。少なくともパパリトはそう感じる。

流れに逆らって泳ぎ続けるしかない川の中……やがて泳ぎ疲れ、溺れるしかない。自分は大丈夫でも、溺れかけた仲間に腕を摑まれ、足を摑まれるかもしれない。これまた一緒に溺れるしかない。

それを無意識のうちに感じていたからこそ、この日本人の誘いに乗り、岸辺に上がった。溺れることのない磐石（ばんじゃく）な岩の上に成り立った岸辺。

自分が身を投じてみて、よく分かった。他の麻薬マフィアの組織と違って、何故この日本人の組織からは滅多に裏切り者が出ないのか。

日本人は決して、溺れかけた部下を見捨てない――。

数年前、カルタヘナで、組織の人間が麻薬所持で捕まった。船会社経由でコカ密輸のアテンドをしている人間だった。自宅から出てきた輸出用のブランコは、約二十キロ。言い訳のきかない量だ。だが、日本人はあの手この手を使ってカルタヘナ検察側からの起訴を揉み消した。そのために、日ごろから莫大な額の賄賂を警察・検察組織にばら撒いていた。

不起訴まで持ち込めなかった場合でも、国内トップレベルのお抱え弁護士を使い、ほとんどの場合、執行猶予付きの判決を勝ち得てくる。最悪、実刑をくらっても、せいぜい三年以内の減刑にまで持ち込む。

ただ、ここまでであれば、他の良心的な組織もある程度まではやっている。

極め付きは、国内第三の都市、カリでの出来事だった。

太平洋側南部の港、ブエナベントゥーラから南太平洋諸国へコカを密輸しようとしていた部下が、捕まった。パト・フェルナンだ。問題は、このブエナベントゥーラがあるカウカ州の州都が、カリだったということだ。メデジン・マフィアの影響力がまったく及ばないどころか、あわよくばメデジン勢力の衰退を望んでいるカリ・カルテルのお膝元である。当然そのカリ・カルテルから多額の賄賂を受け取っている警察組織も、同じ考えだった。

この警察組織に対し、日本人は実に驚くべきことをやってのけた。

被告のパトを乗せて警察署から裁判所に向かう護送車両を、白昼堂々カリの市内で襲撃したのだ。作戦に従事した組織の実行部隊は十二名。パパリトも当然のように部隊に参加していた。

ラ・エルミタ教会前の大通りで、護送車の前後左右を四台のクルマで押し囲み、まずはフロア周りをサブ・マシンガンで一斉に掃射した。こういう場合、この国の腐敗しきった警察官たちはからきし意気地がない。すぐに戦意を喪失し、車内で両手を上げた。パパリトたちは素早く護送車のドアを破り、パトを確保した。

救い出されたパトは組織から渡された偽造パスポートを片手に、すぐに隣国ブラジルに渡った。リキがそう指示した。ブラジルはアマゾナス州の密林に、組織の持つコカの精製工場がある。三年間そこに身を潜ませていたパトは、容疑が時効となると同時にメデジンに舞い戻ってきた。現在はこの東京で、切花倉庫の管理主任の肩書きに納まっている。ちなみにこの三年という時効の短さも、日本人がコロンビアの法曹界に働きかけ、実現させたものだ。パト一人を救うために日本人が支払った金額は、後処理費用も含めて二十万ドルにのぼった。約六億ペソだ。

部下一人を救うために支払う対価としては、べらぼうな金額と手間だ。組織としての損得を考えた場合、まったく採算に合わない。

それでも敢（あ）えてこの日本人は行動した。危険を冒してパトを奪還し、この犯罪者が胸を張って帰国できるよう、三年をかけて様々な手はずを整え、警察と法曹界の埃を鎮めた。

このときばかりは組織の人間のすべてが、ある種の感動すら覚えていたようだった。

日本人（エル・ハポネス）は、どんな状況になっても決して裏切らない。部下を見捨てない。

必ず、救いの手を差し伸べてくれる。

だが、パパリトの見るところ、日本人は必ずしもこの行為を個人的な感情や美意識のみでやっているわけではなさそうだった。個人の感情としても部下を切り捨てるのは嫌なのだろうが、それ以上に信義の問題としてやっている。

最近になって、パパリトにもようやく分かってきた。

非合法の組織を率いるリーダーにとって究極必要なのは、優しさでも度胸でもない。事務的能力の高さや腕っ節でもない。そんなものはしょせん、参謀クラスや実行部隊に属する連中の美徳にしか過ぎない。

部下との間に絶対的な信頼関係を築く能力があるか否かだ。信頼関係のみが組織を強固なものにしていくということを、この日本人は知っている。

そんな考えのリーダーに対し、もし部下の側から信頼関係を裏切ればどうなるか……。

結果は火を見るより明らかだ。警察（ポリーシア）に捕まって、組織の内情をペラペラと唄うような部下を、この日本人は決して許さない。

愛は十倍に、憎悪は百倍にして返せばいい――。

アンティオキア州の古い歌だ。道ばたで泥んこになって遊ぶ子どもでも、この歌詞は知っている。そしてナルコたちの合言葉である。

現に、日本人がかつてベジャビスタにぶち込まれた原因は、部下の裏切りだった。実働部隊ではない。持ち株会社で経理担当をしていた、ポパイヤン大学出の男だ。アメリカ麻薬取締局（ＤＥＡ）がエル・ハポネスの尾っぽを捕まえようとしてどうにもできず、挙句、表の商売の脱税容疑に目をつけた。禁酒法時代のアル・カポネ逮捕と同じやり方だ。アンティオキア州の検察を動かし、この経理の男を脅し上げた。男は合衆国亡命を条件に組織の裏帳簿の存在を打ち明けた。しかし、裏の仕事については関与していなかったので、日本人をそれ以上の容疑で引っ張ることは出来なかった。

経理の男は合衆国に高飛びした。

しかし半年後にはその首が塩漬けになってメデジンに届いた。

日本人が十五万ドルもの懸賞金を懸けたからだ。嬲り殺しにする映像も付いていれば、プラス五万ドル。それをネオ・カルテルのルートを通じて、合衆国側のマフィアに通達した。

パパリトは後に、生首と共に送りつけられてきたというヴィデオ・テープを見た。生きたままテーブルに縛り付けられ、チェーンソーで最初に両足を、次に両手を切断される。舌を切られ、鼻を削がれ、最後には眼球を抉り出されて息絶えた経理の男……。

エル・ハポネスはその生首を墓地に埋め、立派な墓石を立てた。裏切りと、それまでの組織への貢献は別だと言った。だから丁重に弔ってやるのだ、と。

以来、組織の裏切りは一度として起きていない。

パパリトは暗い独房の中、もう一度膝小僧を抱えた。

そして部屋の隅の闇を見つめたまま、少し笑った。

おれは裏切らない。裏切りようもない。たぶんこの地球上のどこに逃げても、エル・ハポネスの手は伸びてくる。だが、その報復を恐れているからではない。

……あのときのリキ。カーサを抱きかかえ、静かに涙を流していた。

おれにはエル・ハポネスの組織以外、居たいと思える場所がない——。

5

なぜ女だてらに剣道を習わせたのか。

時おり、妙子は自分の両親のことを不思議に感じる。

少しは活発な子どもになって欲しかったのか。

確かに子どもの頃は、引っ込み思案な子どもだった。というより、同じ年頃の子どもと遊ぶのが、なんとなく億劫だった。何故かは分からなかった。外で遊ぶより、家でぼんやりと過ごすことが多かった。

小学校に上がり、七歳で剣道をやり始めて、それが少し変わった。自分が意外に運動神経がいいことに気づいた。練習や試合で、大声をふりしぼることにも慣れた。自分にもこんな大声が出せるものかと驚いた。そんな発見が、少しずつ自信に繋がった。

友達も出来た。自宅のある世田谷から一緒に原宿に出かけたり、プリクラを撮ったり、カッコいい男の子の噂話をする同性の友達。

確かに楽しかった。でも、正確に言えば、楽しいような感じだ。中身のない楽しさ。

公立の小学校時代、いじめが流行っていた。

人気者だった女の子が、ある日突然除け者にされる。理由はない。それまで仲の良かった女友達が寄ってたかってその子を苛める。椅子に画鋲を置き、体操着を便器に突っ込む。先生の居なくなった放課後の教室でその子を取り囲み、押したり、蹴ったり、輪の中で嬲り者にする。そんな徹底的ないじめが数日つづいたあと、数週間の〝完全無視〟の期間へと移行する。休み時間も彼女には誰も話しかけないし、一緒に給食を食べる相手もいない。

そしてその子が教室の壁紙同然の存在に成り下がり、何の感情も表に出せなくなった頃、唐突にその子へのいじめは止む。集団の攻撃は他の標的へと移って行く。かつて苛められた女の子も、いつの間にかその攻撃に参加している。

まるでイナゴの大群のようだと子ども心にも感じた。

――今、妙子は送別会の席にいる。

妙子は今夜、主賓として宴会場の上座に座らされている。右脇には組対課の課長、左脇には副署長、さらにその横には交通課の課長という上司に囲まれ、正座をしたままかしこまっている。署長と刑事課の課長はいない。本部でのマージャン接待の予定が重なっていた。

妙子の正面、四列に流れている宴席には、刑事課と組対課の総勢四十名と、かつての所属部署であった交通課からも、課長、係長、それに交通安全係の婦警七名が出席している。そのうちの一人、矢口秋子がビール瓶片手に妙子の前に横座りしている。早くも涙ぐんでいる。

「妙ちゃん、本当に辞めちゃうんだね……」そうつぶやいて、右手に持っているビール瓶の腹を意味もなくいじいじと触っている。「――なんだかあたし、泣きそう」

意地悪な意味でなく、つい笑い出しそうになる。彼女は思ったことをそのまま素直に口にする。決して感情に嘘をつかないし、大げさな表現もしない。ぼうっとした感じの雰囲気もいい。周囲の人間をほっとさせる。交通課に配属されたときから、同性異性を問わず職場のみんなから好かれていた。

彼女とは、同期でこの警察署に配属された。交通安全係のミニパト時代には二人でコンビを組んでいた。以来の仲だ。

四年前、管轄内で悪質なひき逃げ事件があった。被害者は即死だった。交通巡査員であった妙子と秋子も、刑事課一係の捜査に参加することになった。現場に残されたタイヤの痕跡から車種を特定し、一台一台しらみ潰しに調べ上げていく仕事。かなり根気の要る作業だった。真夏の炎天下、二人とも汗みどろになりながら管轄内を懸命に歩き回った。結果、容疑者の車両を発見した。捜査会議での発表は、いつも妙子の役まわりだった。

あたし、そういうの得意じゃない。そう言って秋子はいつも尻込みした。「妙ちゃんみたいに、ピッとした発表もできないし」

結果、彼女だけが刑事課に引き抜かれた。ノンキャリの憧れの職場。そのときも秋子は泣いた。悔しくて泣いたわけではない。

「よかったね、妙ちゃん」

彼女は、妙子が以前から刑事課への配属希望を出していたことを知っていた。同僚の希望が叶ったことをわがことのように手放しで喜び、同時に、一番仲のいい妙子が一階の交通課から二階の刑事課へと席を移すことが寂しくなって、泣いた。

でも、と妙子は思う。

現場調査では、むしろわたしよりこの娘のほうが汗を拭き拭き、一生懸命がんばっていたのだ。

自分とは違う世界の住人——明るい世界の住人。生まれたときからそうだったのだ。ヒトが生まれ落ちたとき、その後の運命などはある程度決まっているものだ。

秋子は目の前でうつむいている。この底抜けの善人ぶりにはどこかで間抜けさを感じながらも、つい妙子までもらい泣きしそうだった。

「そんなこと言わないでよ、秋子」と、逆に笑みを浮かべた。「あんたはこれからもだいじょうぶ」

「けどさ——」

「変な言い方だけど、わたし自身、何もしないでしばらく考えてみたいこともあったし、ちょうどいい時期なのよ」

と、さらに秋子が口を開くよりも早く、

「まだ二十八で、ちょうどいい時期もクソもないだろ」隣の副署長が笑いながら口を挟んできた。今年四十七歳になる叩き上げ。ノンキャリ組の出世頭でもある。次いで、軽いため息をつく。「刑事（デカ）としてのキャリアはこれからだってときだったのに、よ——」

束の間、周囲の陽気なざわめきをよそに、三人の間に沈黙が落ちた。

妙子はそれには応えず、ただ曖昧に笑った。秋子も黙り込んだままだ。秋子はこういうとき、決して人の尻馬に乗らない。そうよ、そうよ、などとは絶対に言わない。そういう部分も好きだった。

だが、この副署長は違う。そのあとに妙子に対してつづけたかった言葉を、あえて飲み込んだ。

遠くに見える組対課の席。銃器薬物・暴力団対策係の係長である武田が、苦虫を嚙み潰したような顔でぽつねんと杯を傾けている。妙子にはその武田の周りだけ、黒く塗り潰されているように見える。

あながち妙子だけの錯覚でもない。先ほどから見るともなく見ていれば分かる。宴席の署員たちは、たとえ同じ組対課であろうと滅多に武田には話しかけない。それどころか、近くに寄っていくことさえしない。

この男が怖いからだ。関わり合いになりたくないからだ。

それは隣の副署長も例外ではない。ノンキャリア組の希望の星であり、署内には怖いものなしのこの副署長でさえ、武田に対してだけは奥歯に物の挟まったような言い方をする。唯一、松原という男が武田と親しい。ただそれは松原が以前、武田に命を救われたからだ。

新宿北署組対課の銃器薬物・暴力団対策係は、その言葉通り、暴力団や外国人マフィアの取締りを行う。暴力団同士の抗争や発砲事件はもとより、それら暴力団や外国人マフィアの資金源となる薬物対策や拳銃の摘発、フロント企業や総会屋の取締りなどを受け持つ。組対課はその新設当時から、銃器対策係を重要な位置づけにしていた。数年前に警察庁長官が狙撃された事件もあり、日本の警察は拳銃の取締りに一層の力を入れるようになっていたからだ。

この警察組織全体の潮流により、松原は当時、暴力団内部への潜入捜査を行っていた。銃の密売人としての役回りだったが、その身分を疑われ、暴力団関係者に付け狙われていた時期がある。

武田は周囲の反対を押し切って、摘発したばかりの「首なし」の拳銃を十挺、そっくり松原に横流しした。むろんこの行為は明らかに違法で、組織の記録にも残っていない。松原はこれを暴力団に売りつけることにより疑いを晴らし、彼の命は繋がった。だから松原は未だに武田に恩義を感じている。

でも、と後に妙子は感じたことがある。

武田の強引な手法が警察という固陋な組織機構の中でまかり通ったこともさることながら、松原の仮の身分が危険になった途端、匿名の〝タレ込み〟があり、西武新宿線のコインロッカーの中から所持人不明の「首なし」のベレッタが二挺、タウルスが八挺見つかった。あまりにもタイミングが良すぎる……。

上座に挨拶に来る人間が途切れた。妙子は席を立った。

宴会場を抜けて階段を下り、料亭のフロントで下駄箱からパンプスを取り出し、外に出た。

エントランスを出た脇、植え込みの陰に立筒型のスタンド灰皿が置いてあった。スーツのポケットからシガレットケースを取り出し、煙草に火をつける。

今朝の起き抜け以来の煙草だ。吸い込み、肺の中に溜め、一瞬くらりとするのを待って、それから細く長く煙を吐き出す。セーラムの青白い煙が、植え込みの向こうのヘッドライトの瞬きのなかに溶け込んでいく。

吸うようになったのは、ここ一年ほどの間だ。職場では吸わない。だから誰も妙子が煙草を吸うことを知らない。

人間、一人の時間が増えるとろくな事を覚えない。今、妙子には付き合っている男はいない。

高校二年以来、妙子は付き合う相手に不自由したことはなかった。最初に付き合ったのは剣道部の先輩だった。試合時には常に主将であり、クラブの部長でもあった。先生方からの信任も厚く、後輩の面倒見もよく、剣道は高校三年ですでに二段だった。まさに品行方正を絵に描いたような好青年。

付き合ってくれ、と言われ、その申し出を受けた。特に嫌いなタイプではなかったし、女子部員の面倒もよく見てくれていることには、好意を持っていた。

ただ、今になって考えてみればそれだけの話だ。

将来のことや、クラブ活動のこと、友達のこと。そんなことをデートするたびに話す。ままごとのような付き合いは、相手が高校を卒業するまでつづいた。

別れを切り出したのは、妙子のほうだ。

付き合いだした当初から感じていた。自分の目に見える現実を何の疑問もなく受け入れてしまっているその感覚に、どこかついていけなかった。

自分のほうがおかしいのか、とは思わなかった。世の中にはわたしのような人間もいる。

別れを切り出したとき、先輩は何故か泣いた。悔しさなのか、情けなさなのか、それは分からない。妙子は相手に対してすでに関心をなくしていた。気の毒だとしみじみ感じただけだった。別れるときに、涙ながらに相手はこう語った。

「おれは結局、おまえのことを何も知らなかったんだな」

……そんなにわたしのことが知りたかったのか。知ってどうするのだ。

短大に入ってからも剣道はつづけた。試合のときに、一瞬だけ、何も考えられなくなる時間が訪れる。そんなときは必ず勝利する。勝ち負けが問題なのではない。自分が自分でなくなる瞬間。すべてのしがらみから、ほんの束の間解き放たれる。

――ひょっとしたら、わたしは生まれたときから自分にウンザリしているのかもしれない。

世界に、厭いている。

剣道の腕はますます上がった。勝ち負けにこだわりもせず、一瞬の忘却を感じるためにやっているだけだから、必要以上に気負いもないし、対戦相手への恐れもない。

十九の夏には都の大会で準優勝し、その経歴がモノを言ったのか、卒業後には警察官のⅢ類試験にもすんなりと受かった。

短大時代と社会人になってからも、男は相変わらず寄ってきた。妙子はもう二度と高校時代に付き合った先輩のような男は選ばなかった。

自分と同じように、どこかおかしいものを抱えている男ばかりを選んだ。それは表面に現れる、雰囲気としては、倦怠感として見えることが多い。

相手のことを必要以上に詮索しないし、自分のことを必要以上に話すこともしない。そういうことに意味はない。

単に一緒にいて、息をしている関係のようなものだ。手ごろな定食屋にご飯を食べに行き、セックスをし、たまには一緒に眠る。

ある男が笑って言った。

「妙子、おまえは楽でいい」そう言って、妙子の人差し指を軽く吸ってきた。「おまえは何も求めないし、何もくれない」

だから好きだ、と。

またある男は、こうもつぶやいた。

「結局さ、みんな衒うんだよ。自分を必死にごまかして生きている。見ているとおかしいよね」

そういう男たちとの付き合いの中で、ゆっくりと気づいていった。

小学校時代、何故わたしだけが苛められなかったのか。男たちは何故、わたしに次々と言い寄ってくるのか——。

妙子の周囲に存在したかつての少女たち。わざとらしい笑み。自己演出しか意識していない服装。世の中の何かを、さも信じているような素振り。そのくせ自分の立ち位置だけは常に意識している。何かに支配されている。観念に頭を押さえつけられている。見る人間が見れば、鬱陶しいだけだろう。窒息しそうになる。ひたすら貧乏臭い。みっともない。ある意味、それは近親憎悪に近い感情だ。子どもにはそこまで分からない。だが感じることは出来る。だから苛められる。

長じてその振る舞いが変わらなければ、付き合う男にも愛想を尽かされる。煙を吐き出しながら、ふたたび一人で笑う。

だけど、それが一体なんだと言うのだ。

わたしにだって中身は何もない。取り繕うか取り繕わないかの違いだけだ。

秋子——。

署内で一番の仲良しだった秋子は違う。自然だ。天然女だ。揺れ動いたとしても、その心の動きがじかに妙子まで伝わってくる。観念ではなく、感覚で生きている。だから好きだ。

けれど、その好きという感情は、憧れのようなものだ。自分にはないもの。

秋子とは元々住む世界が違う——同僚としての付き合いなら、まだいい。なんとか誤魔化しながら付き合っていくことが出来る。でも、それ以上の深みに入っていけば彼女を汚染してしまう。わたしのこのモノの見方で。世間知で。だから仕事を辞めれば、それっきりの関係になる——。

背後で料亭の自動ドアが開く気配を感じた。素早く煙草を揉み消そうとした直後、妙子。

という呼びかけに、ぎくりとした。こういう呼び方をする人間は署内に一人しかいない。振り向くと、そこに武田がいた。ダークスーツに料亭のサンダルを突っかけ、目の前に立っている。しばらく妙子を見つめたあと、武田は言った。

「おまえ、煙草吸うようになったのか」

妙子は黙っていた。黙って見返していた。ふたたび武田が口を開いた。

「健康には、あまり良くなさそうだな」

目の前の男。時おり匂う、甘ったるい体臭。そして鼻の周囲が微かに赤くなっている。

心中でそっと呼びかける。

コカを常用するより、煙草のほうがまだマシでしょ。

たぶん、署内のみんなも感づいている。すでに裸の王様に成り下がっているこの男。

答える代わりに質問した。

「どうしてここにいるのが分かったの」

しかし聞かなくても分かる。先ほどの宴会場で妙子がちらちらと武田を窺っていたのと同様、武田も目の隅で妙子を捉えつづけていた。だから妙子が席を立ったあと、しばらくして追いかけてきた。

案の定、武田はあらぬ方向を見て、質問をはぐらかした。

「そろそろ宴会も締めになる。主賓が戻ってないのも具合悪いだろう」

目の下にも、数年前には見られなかった深い隈がくっきりと浮き出ている。

「これを吸い終わったら、行きます」

そう答え、目の前の男を追い払ったつもりだった。

だが、武田は動こうとしなかった。逆に、じわりと近づいてきた。かつては自分と肌を合わせていたこの男――少し笑みを浮かべ、いきなり腰に触れてくる。相手の手のひらが下に滑り、臀部（でんぶ）を摑んだ。

武田の薄笑いはまだつづいている。媚（こび）なのか。それとも自暴自棄なのか。

「なあ、今夜久しぶりに、どうだ」昔からどこかおかしかった。でも以前はこんな下卑（げび）た笑い方をする男ではなかった。「やらせろよ」

酒臭い息がうなじにかかる。妙子の中で微かに弾けるものがあった。

気がつけば煙草の火口（ほくち）を武田の腹部に押し付けていた。微かにシャツの焦げる音が聞こえた。痛みというものを覚えないのか、武田はまだ臀部を揉みつづけている。さらに押し付けた。今度は肉の焦げる匂いが鼻孔を刺激する。

ようやく武田が身を引いた。驚いた様子もなくシャツのボタンを開け、腹部を剝き出しにした。この男は下着を付けない。それは今も変わらないらしい。

臍(へそ)のやや右上に、黒い灰の跡に象(かたど)られ、丸く焼け焦げた痕が出来ていた。

「ひどいこと、しやがる」

武田はつぶやいた。灰皿に煙草を揉み消しながら妙子は言った。

「上着のボタンをかければ、見つからないでしょ」

武田はふたたび笑った。

「それは、そうだ」

——三年前、暴力団同士の殺人事件があった。刑事課強犯係と組対課銃器薬物・暴力団対策係の合同捜査となった。この男とコンビを組まされた。武田はやり手だった。当時から銃器薬物・暴力団対策係のチーフをしており、この男の活躍のおかげで、新宿北署の銃の検挙率は、第四方面本部はおろか警視庁全体でも常にトップクラスだった。そのときの捜査にも豪腕を発揮した。組事務所という組事務所に礼状もなしにずかずかと乗り込んでゆき、下っ端の組員が喚き散らしても素知らぬ顔で組長室に入ってゆく——。だからといって粗暴というわけではなかった。銃器薬物・暴力団対策係は日頃から暴力団との接触がある。風俗店取締りのお目こぼしと引き換えに、有力な情報を提供させる。武田の最も得意とする分野だ。一つの情報が二つになり、やがて三つになる。五つになり、六つになる。そういうふうにして、武田は瞬く間に容疑者の居場所を絞り込んだ。

武田はシャツのボタンを留め、口を開いた。静かな口調だった。

「今後の金は、あるのか」

その意味は分かった。辞めた後、妙子は女子寮を出なくてはいけない。たぶん妙子が世田谷の実家に戻る気がないことを察している。アパートを借り、生活をしなくてはならない。そのお金のことだ。

「だいじょうぶよ」妙子は答えた。「多少はあるわ」

警察官の給与は世間で思われているほど安くはない。加えて妙子の場合には刑事課の特別手当もあった。逆に支出は、賄い付きの寮費が月に二万だけだ。十年勤めれば、一千万の貯金も可能だと言われている。妙子の財形貯蓄には、知らぬ間に八百万の金が貯まっていた。

「それにもう、あなたが心配することではないでしょ」

「たしかにそうだ」武田は同意した。次いで顎を軽く撫でた。「嫌われたもんだ」

そのあっさりとした言い草には、いけないと思いつつも、つい笑った。

まだ、微かに風韻(ふういん)だけは残っているようだ。卑しくない部分。ほんの少しだけ洗い流されずにいる。

周囲に何も期待しない男。出世もほとんど念頭になく、昇進試験もろくに受けてない。上司とも必要以上に親しくならない。逆に嫌われ、煙たがられている。警察官の査定としては大事な結婚にも失敗している。これからも出世の見込みはない。かと言って、そんな反権力的なスタイルを誇示するわけでもない。

たぶん昔は、そういうところが好きだったのかも知れない。

「とにかく、そろそろ宴会場に戻ったほうがいい」武田は上着のボタンを留め、シャツの穴を隠した。「おれは二次会には出ない。仕事がある。だからここでお別れだ」

妙子はうなずいた。ようやく気づいた。先ほどの仕草——本気で誘ったわけではない。

「さようなら」そして付け加えた。「元気で」

「うん」

武田が踵を返し、店内に入っていった。大きな背中の下で、ぺたぺたというサンダルの音を鳴らしている。自動ドアが閉まり、その引き摺るような音も消えた。

不意に苛立った。

黒い噂。滲み始め、すでに署内では組対課以外でも公然の秘密となりかけている。

銃器対策係の実績を上げるために、武田はここ数年裏取引をやっている。前任の係長から引き継いだ表沙汰に出来ない仕事。暴力団に貸しを作り、相手に首なしの拳銃を用意させる。武田の部下がそれを見つける。署としての実績になる。銃器取締りに力点を置いている警視庁・警察庁本部からの、署内上層部の覚えはめでたくなる。だから署長以下のキャリア組は見て見ぬふりをしている。むしろ、暗に示唆して実績を上げさせている。この実績によって署の予算も増え、警視庁内での発言力も強まる。新しいパトカーを購入できる。組対課の増員予算を取ることができる。誰にも迷惑はかかっていない。だから表沙汰にならない限りは、ノンキャリアの現場の人間も、口を挟みにくい。みんな見て見ぬふりをしている……ポケットにシガレットケースを仕舞い、一つため息をつく。

二十三歳のときに付き合っていた男が言った。

究極、組織ってのは人間の欲望の集合体なのさ――。

ミニパト時代に駐車違反で知り合った。三十五歳の為替ディーラーだった。彼は笑ってこう付け加えた。

「学校、会社、国家……突き詰めていけば、みんなそこに行きつく。家族だって例外じゃない。骨肉の争いって言うだろ。愛憎さえ、見方を変えれば損得だ」

宴会場に戻ると、すでに席順はばらけ切っており、めいめいがあちこちで車座を作って談笑していた。

武田だけが席を動かず、一人でぽつねんと杯を傾けている。

上座に戻り、座布団の上に腰を下ろした。隣の副署長が妙子を見て、少し笑みを浮かべた。

「できれば止めたほうがいい」

「え？」

副署長は人差し指と中指を口の前に持っていき、煙草を吸う真似をした。

「肌に悪いぞ」

肩口や胸元に残り香がわずかに染み付いていた。日ごろから万事に鋭すぎるこの相手は、すぐにその匂いに気づいた。……そしておそらくは――。

副署長の左隣の交通課長は妙子にやや背中を見せたまま、新人婦警と笑い声を上げている。自分たちの世界に入っている。組対課長はトイレにでも行っているのか、中座したままだ。

案の定、副署長は武田のほうに微かに顎をしゃくった。

「もう会わないほうがいい。下手な同情はなしだ」

「………」

「もう誰も助けられない。引き摺られるだけだ」

やはり知っていた。

わたしと武田に関係があったこと。そして武田の体から、薬物中毒者に特有の匂いが微かに漂っていること。

「分かるよな」黙りこんだままの妙子に、さらに相手は念押ししてきた。「確かに気の毒な部分はある。だが、それも含めてああなったのは本人のせいだ。同情はなしだ」

妙子はうなずいた。言われるまでもなくそのつもりだった。今の職場を離れたら、もう二度と会わない。だらだらと会っていたら、この男が言ったように、やがては引き摺られるだけだ。

現に、二年ほど前から引き摺られ始めていた。

給湯室に妙子が入っていった途端、そこに屯していた婦警たちが一斉に黙り込むことがしばしばあった。男性刑事たちも、妙子の前では絶対に武田の話を口にしなかった。

みんな、気づいていた。

そして年に一度の健康診断。採血のときに二の腕に突き刺さる注射器の針。気づくと、その場に居合わせた署員の全員が妙子の二の腕を凝視していた。妙子が見返すと、いかにも気まずそうに視線を逸らした。

みんな、疑っていた——。

「もう関わりを持つ気はありません」妙子は答えた。それから副署長の目を正面から捉えた。「辞めたら、二度とこの世界には近づきませんし」

相手は視線を逸らした。当然だろう。この副署長はたしかにいい人だ。でも、武田がこうなるまで放っておいた責任の一端は、この男にもある。

依然としてざわめいている宴会場。みんな知っている。でも、知らないふりをしている。

隣の席に組対課長が戻ってきた。ちらりと妙子のほうを見てきて、宴席に座る。妙子より一つ下の二十七歳。だが、職階としてはすでに三階級も上のキャリア組だ。銀縁のメガネをかけ、頭髪をいつも七三分けにしているこの男。武田の上司だ。隣同士の席に座っていたのに、まだ挨拶程度しか交わしていない……。

相手に声をかけようとした瞬間、強犯係の主任が立ち上がった。二、三度大きく両手を鳴らした。

宴会場全員の視線が、その主任に集まる。妙子の直属の上司。

場のざわめきが充分静まったのを見計らって、主任は大声を上げた。

「はいっ。えー、ではみなさん、宴もたけなわではありますが、ここらあたりで中締めとさせていただければと思います。ではまず、このたびの主賓である若槻妙子巡査から、一言いただければと思っております」

拍手が鳴り終わるのを待って、妙子はその場に立ち上がった。

今この場にいる四十数名の視線が、一斉に自分に突き刺さる。

どうも、みなさん。――そう発した自分の声が緊張でくぐもっていた。

いけない。

最後ぐらい周囲の視線に怯(ひる)まずにいたい。気を取り直す。無心になればいい。

「ただいまご紹介に与(あずか)りました若槻です。この八年間、交通課と刑事課ならびに組対課のみなさまには本当にお世話になり、大変ありがたく思っております。今後もこの職場で得た貴重な体験を活かしながら――」

もう大丈夫だ。敢えて意識しなくても、形式に乗って次々と言葉が湧いてくる。口が勝手に動いてゆく。

今、妙子は冷静になっている。全員の視線を平然と受け止めることが出来る。そのほとんどの瞳の底に沈んでいる安堵の色。組織から不安要素が一つ、フェイドアウトしていく。

ほっとしている。

腐っている。

でも組織とは、人間の集団とは、そうしたものだ。

6

色ボケ野郎を確保した。

うまそうな肉とあれば見境なしにたかろうとする、いやらしい色ボケ野郎だ。

それだけならまだしも、おれの女の気を引こうとして大物ぶった口を利く、チンケな売人でもある。

今日、エル・ハポネスの許可がやっと下りた。待ちに待った命令だった。

さっそく南池袋四丁目の安アパートまでやってきた。階段裏で待ち伏せし、帰ってきた男の後頭部を、銃把でしたたかに殴りつけた。あっさり昏倒した相手を簀巻きにし、ランサー・エボリューションのトランクにぶち込んで阿佐谷の倉庫まで運んできた。

深夜二時——一階の倉庫にはむろん、二階の事務所にも誰もいない。

今、パト・フェルナンの目の前に、拉致してきた男がいる。口にガムテープを貼られ両手両足を縛り付けられたまま、冷たいコンクリートの上に芋虫のように転がっている。意識はすでに戻っている。怯えきった二つの瞳が、フェルナンを見上げている。

いい気分だ。思わずにんまりと笑う。

やり方はリキから一任されていた。これから夜明けまで、時間をかけてゆっくりと骨抜きにしてやる。大事な証人。明日の東京会合に引き摺っていく。殺しさえしなければいいのだ。

フェルナンは相手に数歩近づき、いきなりその下腹部に蹴りを放った。今夜はワーキングブーツを履いている。一トンの鉄塊が落ちても潰れない鉄板のプレートが、爪先に埋め込まれている。相手が白目を剝いた。構わず二度、三度と蹴りを放ちつづける。そのたびに相手の体に衝撃が籠る。籠るような蹴り方をフェルナンはしている。相手の体内にもっともダメージを与える蹴り方だ。

五度目で相手の両頬が大きく膨らんだ。胃の中で溶けかかった食物。逆流して口の中に溜まっている。が、貼られたガムテープのせいで吐瀉できない。大きく目を見開き、両頬に木の実を詰め込んだリスのような間抜けな表情を晒している。フェルナンはまた笑った。しばらくは自分のゲロを存分に味わわせてやろう。

そういやあ、と思う。

こいつのイタズラの道具もいたぶってやらないとな――。

股間に蹴りを放った。ぶにょりとした感触。急所にヒット。またしても相手が白目を剝く。さらに蹴りつづける。いい加減足が疲れてきたところで、男が気を失った。

ため息をつく。手間のかかる奴――。

倉庫の隅にある蛇口まで行き、バケツに水を汲んだ。

戻ってきてバケツの水をぶっ掛ける。相手が蘇生する。その瞳を覗き込む。完全に恐怖の色しか残っていない。

そろそろいいだろう、と思った。

「ゲロ、飲み込めよ」初めてフェルナンは口を開いた。「そしたらテープを剝がしてやる」

世にも情けなさそうな顔で、相手が数回喉を鳴らした。リスのような間抜け顔が去り、禿げ鼠のような元の貧相な顔つきに戻った。

フェルナンはしゃがみ込み、その口元から一気にテープを剝がした。

「あんた、誰だ」相手が咳き込むように問いかけてくる。「なんでおれにこんなことをする」

「パパリト、知ってるだろ」

「…………」

「おまえの組織にチクられた。奴は今、ポリーシアに捕まっている」次いで、相手の髪を鷲掴み（わしづかみ）にした。「なあ。知ってるよな」

相手が微かにうなずく。フェルナンはその左頬を思い切り殴りつけた。相手が悲鳴を上げる。

「パパリトに比べりゃ、こんな痛み、どうってことないだろが」

言いつつ、今度は拳を鼻頭に見舞った。鈍い音がして、鼻梁が潰れる。

「うぁ……」

痛みに耐えかね、今度はその四肢を芋虫のように捩（よじ）る。

「痛いか」

フェルナンは当然のことを聞いた。嬲っている。立ち上がりながら胸部に蹴りを放った。爪先のプレートから、ぷっ、という弾ける音が洩れた。肋骨が折れた音。が、手加減はしている。完全に折れて肺に刺さるほどではない。

くれぐれも殺さないように、とリキからは釘を刺されていた。もしやりすぎて殺したとする。エル・ハポネスは、そんな間抜けなミスを絶対に許さない。

「本当はおまえみたいなカケス野郎――」気がつけば吐き捨てていた。「この場ですぐに叩き殺してやりたいんだがな」

「何故だ」苦痛と屈辱にほとんど泣き出さんばかりになりながら、相手は繰り返した。

「どうしておれなんだ。組織の人間は他にもいる。どうして、おれなんだ」

「アニータだよ」フェルナンは自分の情婦の名前を口にした。「あいつはな、おれの女だ。おれの持ちもんだよ」

「………」

「あいつもあれが商売だ。金を出して買っているぶんには構わない」言いつつ、男の臀部を蹴り上げた。「だがな、こまそうとはするな」

うっかり忘れていた。ポケットに忍ばせてあるヴォイスレコーダー。指先を突っ込んで録音ボタンを押す。

「ま、おまえがあいつにベラベラ喋ってくれたおかげで、こっちは誰がチクったか探す手間が省けたけどな」くそ。殺さないようにいたぶるのは、やっぱり難しい……こめかみ、首筋。後頭部。致命傷になりそうな部分は不用意に殴れない。仕方なく鎖骨に蹴りを入れた。骨の折れる音。なに、ここなら折れたところで死にはしない――。さらにポイントを変える。もう一度股間を、二度、三度と蹴飛ばす。「な、このカケス野郎」

男は泣き喚き始めた。

「勘弁してくれよっ」情けないことに鼻水まで垂らしながら、そう訴えてきた。「あの女があんたの情婦だなんて知らなかったんだ！」

「言えよ」だが、フェルナンはそんな言い訳など聞いていない。「パパリトを売ったのは、誰の差し金だ？」

「………」

折れた鎖骨をふたたび蹴り飛ばした。激痛に相手が反り返る。

「言え」のたうち回る胴体を左足で押さえつけ、折れた鎖骨を右足で踏む。「ゴンサロ——あの腐れウサギの差し金だろうが」

相手は呻いているだけだ。さらに右足に力を入れる。鎖骨が不自然な形にへこんでいく。

「そうだっ、そうだよ」ついに相手が吠えた。「ゴンサロが指示したんだ。前々からエル・ハポネスとあの地回りのヤクザ組織が揉めているのは知っていた。だからヤー公を殺したのは、十中八九、あのパパリトだって」

ふむ、とフェルナンはうなずいた。

ネオ・カルテルの掟。組織間でどんな揉め事があろうとも、警察は絶対に絡ませない。ただ鼻薬を嗅がせるだけの存在にしておく。ナルコたちの活動は、すべてその条件の上に成り立っている。だが、ゴンサロのクソ野郎はいとも簡単にその掟を破った。おかげでパパリトはあんな目に遭っている。

「かわいそうに」つぶやいた。「何も悪いことはしちゃあいないのによ」

組織のための殺しは悪いことではない。フェルナンの価値観ではそうだ。

「なのに、ブタ箱に入れられちまった」

男はそんなフェルナンをしばらく見上げていたが、やがて媚びるように口を開いた。

「アミーゴなのか」

「あ？」

「だから、あんたとパパリト……」

「馬鹿を言え」思わず笑った。「大嫌いだよ。あんな生姜小僧」

「だったらなんで――」

「うるせえ」

ウンザリだ。本当にこのカケス野郎はぺらぺらとよく喋る。自分の立場が分かっていない。口を封じてやらなければならない。ワーキングブーツを口元に見舞った。一発で前歯が砕け散った。

あひっ、と声にならない悲鳴を上げ、男が床を転げ回る。ぼんやりとその様子を見遣りながら、パパリトのことを思った。

メデジンの寮で最初に出会ったときから、虫が好かなかった。

フェルナンより三つ年下の男。組織では新参者のくせに、入寮してきたときから大きな顔をしていた。よほどの自信家でないかぎり、そんな態度は取れない。反発を覚えた。
いかにも賢(かしこ)ぶった物言いも気に食わなかった。生意気に本なんぞを読む。それも哲学書だ。酔えば、フェルナンにはよく分からない抽象論をぶちかます。いったいここは大学の学生寮かと思った。心底げんなりした。

いよいよ気に入らなかったのは、そんなパパリトの日常的なふるまいが、一見優男の外見と相俟(あいま)って非常にさまになっていることだった。事実、女にもよくもてていた。アヒル顔のフェルナンの相手は、徹頭徹尾いかにも頭の悪そうな売春婦に限られているのに対し、パパリトはいつも育ちの良さそうな女を連れまわしていた。嫌みな生姜小僧。臭いに臭う。クソくらえだ。

仕事は出来る男だった。

エル・ハポネスの命令で、二度ほど一緒に組んだことがあった。敵対組織の幹部の暗殺。周到で鮮やかな手並みだった。準備にも殺し方にも、およそ無駄というものがない。なによりも感心したのは、証拠、それも状況証拠を含めて一切の手がかりを残さないその手法だった。結果、リキの組織が疑われることはなかった。

それまで組織でナンバーワンの殺し屋(シカリオ)だったフェルナンの自信は、揺らいだ。さすがにエル・ハポネスが直々(じきじき)にスカウトしただけのことはあった。

ますますこの男が嫌いになった。

だが、裏で足を引っ張ったり、陰口を叩こうとは微塵も思わなかった。何故そう思うのかは自分でも分からない。昔から仲良しのニーニョに、二人で組まされたときの不平不満をさんざん並べ立てただけだ。

……ただ、こんなことがあった。

ブエナベントゥーラでコカの出荷を仕切っていたとき、ヘマをしでかした。積み出しの協力金で地元の顔役と諍いになり、そいつを半殺しにしてしまった。

腹いせにチクられた。組織の鼻薬の効かないカウカ州。当然のようにフェルナンは捕まった。地元警察はフェルナンの口を割らせようと執拗に責め立て、最後には拷問まで受けた。それでもフェルナンはエル・ハポネスのことを喋らなかった。

リキとの十五年以上にわたる付き合いで、フェルナンにはよく分かっていた。もし口を割れば、自分はおろか、家族まで皆殺しにされる。親しい親しくないは関係ない。裏切れば、たとえその相手が昔からの友達であろうと、エル・ハポネスは必ず殺す。反面、口を割りさえしなければ、それがどういう形でかは分からないが、救いの手は必ず差し伸べられる。一ヶ月にわたる取調べ。生爪を剝がされ、ピンを体の至るところに刺し込まれ、なんども挫けそうになった。それでも我慢しつづけた。

おれには何もない。エル・ハポネスに組織を追われたら、どこにも行くところがない。そう思っていた。信じるしかなかった。

コカインの所持容疑のみで裁判所に護送されかけたその日、救いの手は差し伸べられた。マシンガンの掃射音が聞こえたかと思うと、護送車が急停止した。ドアの破られる音がしたとき、隣にいた護衛官はすでに戦意を喪失し、最初から両手を上げていた。ドアが開いた。防弾チョッキに目出し帽という姿の男が乗り込んできた。そのすらりとした四肢の伸び具合でパパリトだということが分かった。パパリトはフェルナンの腕をとり、外に誘導しようとした。が、何故か唐突に突き飛ばされた。銃声がした。床に転がったまま振り返ると、パパリトの大腿部(だいたいぶ)から鮮血が迸(ほとばし)った直後だった。パパリトは振り向きざま相手を撃った。護衛官の右手から拳銃が吹き飛んだ。手の甲に大きな弾痕が穿たれていた。護送車を飛び降り、なんとかクルマまでたどり着いた。

「痛いか」

クルマが急発進した後、ついフェルナンは聞いた。

「当たり前だろ」歯を食いしばったまま、パパリトが答えた。「だいたいな、おまえがボケボケしてなきゃこんなことにはならなかったんだ」

腹が立った。痛みに耐えかねて八つ当たりをしてきている。やっぱりこいつは気に食わない。こんな場合ながら思わず言い返してしまった。

「誰も庇ってくれなんて頼んでないぞ」

パパリトも怒り出した。

「ふざけんな、この鈍牛野郎」いつものパパリトに似合わず、口汚く罵った。「てめえなんざ今こうして生きてるからこそ、そんな戯けたセリフも言えるんだぞ」

「なにぃ」

思わず手が出かかった。が、パパリトの額に浮かぶ玉のような脂汗を見て、気が変わった。パパリトが自分を庇おうとして被弾したのは、疑いようのない事実だった。

クルマがようやくカリ中心部を抜け出した数分後、フェルナンはパパリトの止血をなんとか終えた。

それからふと思い出し、聞いた。

「なんで、あいつの胸部を狙わなかった」

「ん？」

「だから、動く腕なんか狙うより、ずっと簡単だろ」

そんなことも分からないのか、という表情でパパリトは顔をしかめた。

「もしポリーシアを殺したとする。身内を殺されたら、いくら軟弱なこの国の警察でも黙っちゃいない。一生あんたを付け狙う」

「…………」

「そんな目には、遭いたくないだろ」

——五年前のことだ。

パパリト。

今でも相変わらずスカした、いけ好かない生姜小僧だ。

おまけにこの事件以降、組織の誰もがパパリトがナンバーワンのシカリオだと認めるようになった。手負いになりながらも、相手の動く手のひらを撃ち抜ける技量と冷静さ。その後フェルナンが数年間ブラジルに高飛びしている間に、パパリトは組織の中でシカリオとしての地位をますます確実なものにした。フェルナンは二番手に落ちた。その順位付けは、この遠い島国に来てからも変わらない。目の上のたんこぶだ。唾でも吐きかけてやりたい。

だが、あいつはおれの命を救った。

目の前に転がったままのカケス野郎を見下ろす。無様に呻きつづけている。もう一度口元を蹴っ飛ばす。

こいつの組織のせいで奴はブタ箱にぶち込まれた。ひょっとしたらかつての自分のように、拷問を受けているかもしれない。

借りは、返さなくてはならない——。

愛は十倍に。憎しみは百倍に。

それが、アンティオキア州に生まれ落ちたおれたちの宿命だ。

7

夜の東京会合の前に、昼食の約束があった。

リキは鏡に向かい、ネクタイを締めている。今日の昼食時に会う相手にそこまでする必要はないが、どうせ夜までには着替える必要がある。だからシャツに袖を通し、ネクタイを締めている。

「としまえーん。としまえーん♪」

鏡に映り込んだリキの背後で、カーサが水着姿のまま、ぴょんぴょん飛び跳ねている。その脇には、ぱんぱんに膨らんだ浮き輪がある。水に浮かべるアヒルのオモチャも転がっている。

三つとも、昨日リキが買ってやったものだ。わざわざ新宿駅南口の高島屋と京王百貨店まで出向き、カーサの好みを聞きながらひとつひとつ一緒に選んでやった。カーサはそのときからはしゃぎっぱなしだ。

内心、ため息をつく。

やはり、メイドがいないと不自由この上ない。午後や夜に部屋を数時間空けるだけならともかく、今日のように夜明けまで帰れない場合は、まさかこの子をずっと一人にしておくわけにもいかない。おまけに昨日の買い物のように、なんだかんだと時間が取られる。

　幸いにも今晩の不在中は、これから会う相手が明日の朝まで面倒を見てくれることになっている。が、滞在中のこの先のことを考えると、正直暗澹たる気分になる。ただ、今回の日本行きには、どうしてもカーサを連れてこないわけにはいかなかった……。

「としまえーん。としまえーん♪」

　カーサは裸足でまだはしゃいでいる。今度はアヒルのオモチャを高々と掲げ、浮き輪の周囲をぐるぐると歩き回っている。

　ついにリキは言った。

「カーサ、まだ水着は早いだろ」そう言って、クローゼットのドアノブに吊り下げてある小さなワンピースを指差した。「早く脱いで、あの白い服を着なさい」

「えーっ」カーサはやや不満そうだ。「もうちょっと、このまま遊びたい」

「駄目だ」リキは少し強く言った。「時間もなくなってきている。まずは浮き輪を片付けて、デイパックに仕舞う。オモチャも入れる。それから着替えるんだ」

　しぶしぶ、と言った様子でカーサが浮き輪の脇にしゃがみ込む。埋め込み式の空気穴を小さな指で摘み上げ、栓を抜いた。ゆっくりと浮き輪がしぼんでゆく。カーサはその隣にしゃがみ込んだまま、悲しそうな顔でしぼんでいく浮き輪を見ている。

　ゆうべ、カーサは部屋に戻ってくるや否や、買ってきたこの浮き輪を膨らませた。今朝になるとややしぼんでいた。また懸命に膨らませていた。

二日前、カーサに今日の件を打ち明けた。

明後日（あさって）は午後から次の日の朝まで、あるおじさんにおまえの面倒を見てもらうから、と。

聞いた途端、カーサは表情を歪めた。直後には泣き出した。いやだ、いやだ、と泣きながら何度も繰り返した。不安なのは分かった。ここはコロンビアの自宅でもないし、面倒を見るのはこの子が馴染んだメイドでもない。

だが、それ以上に怯えていた。

また捨てられるのではないか。リキパパがもう帰ってこないのではないか——。

指の腹でなぞるように、その心の襞（ひだ）の動きが分かった。

だからリキは懸命に説得を試みた。

だいじょうぶだ。おれは絶対に翌日には帰ってくる。

ほんとう？　カーサは濡れた瞳で見返してきた。ほんとう？

リキはうなずき、こんなこともあろうかと思って持ってきていた一枚の写真を見せた。

「ほら」

と、その写真をカーサの目の前に差し出した。三年前、メデジンで撮った写真。自宅のリビングを背景に、リキと初老の男が写っている。

「この人はパパのアミーゴだ。今は日本に住んでいるが、コロンビアにいたときからのアミーゴだ。だからカーサの御守りを頼んだんだ」

ようやくカーサは落ち着き始めた。

しかし、リキはなおも不安だった。

面倒を見てもらう間、カーサを何かに夢中にさせておく必要がある。目の前のものに心を奪われたまま、自分のことを思い出さないように仕向けておく。

いろいろ考えた挙句、フロントに電話してこの付近に遊園地がないかどうかを聞いた。練馬区にある「トシマエン」というところが子どもの遊園地としては適当な上に、今の時期ならいろいろな種類のプールがあるという。

フロントに頼み、その遊園地のサイトをプリントアウトして持ってきてもらった。

ウォータースライダー、ハイドロポリス、波の出るプール、流れるプール、からくり水工場——コロンビアでは見たこともない数多くのプール施設。案の定、カーサは目を丸くした。

行ってみたいか。

リキは聞いた。

行ってみたい。行ってみたい。

カーサは二度、繰り返した。リキは言った。

じゃあ、このおじさんに連れて行ってもらおう。

カーサは一瞬躊躇（ちゅうちょ）したが、それでも大きくうなずいた。

阿佐谷の事務所に行ってすぐ、この初老の男に電話をかけた。

一緒に「としまえん」に行ってくれるよう事情を話すと、相手は受話器越しに乾いた笑い声を上げた。

「リキ、いったい今おれが何歳か知っているのか」

「六十四か五か、それくらいだろう」

「もう、立派なジジィだぞ」相手は言った。「そんなおれを、水着姿にするのか」

「別に犯罪行為じゃない。それに、あんたがカーサとこういう経験をしておくのも、今後を考えれば悪いことじゃない」

答えには、少し間があった。

「かも知れんな」

「よろしく頼む」

「ああ。じゃあ、明後日の昼に」

それで、電話は切れた——。その今日がきた。

リキはネクタイを締め終わった。

肩越しの鏡の中で、カーサが浮き輪を畳んでいる。ぺったりと薄くなった浮き輪。子どもの作業にしては丁寧に空気を抜いてあった。スヌーピーのリュックの中に丸めて仕舞った。ついで、アヒルのオモチャも中に入れた。

「カーサ、えらいぞ」リキは口に出して言った。「綺麗(きれい)に仕舞えたな」

カーサがこちらを振り向き、やや得意そうに笑った。

以前に精神科医から忠告されていた。

カーサがやるべきことをきちんとやれば、その都度ちゃんと褒めてあげるように、と。

上着に袖を通す。

背後ではカーサが水着を脱ぐのに手間取っている。両手両足をじたばたさせている。その皮膚の至るところに、ダニに食われた痕がまだ残っている。しかし、この一年半でずいぶん薄くなってきた。ぱっと見には目立たなくなってきている。

ようやく水着を脱ぎ終わり、裸になった。六歳にしてはあまりにも小さすぎる体格。背骨の浮いた背中が丸見えになる。その背中全体に散らばっている皮膚病の痕。ゼニタムシやタムシの名残だ。だが、これも皮膚科の病院に通ったおかげでずいぶんと消えてきている。

子どもの細胞は新陳代謝が盛んだ。成長するにつれ薄く小さくなってゆき、やがては消えてゆくだろう。願わくば、心の傷跡もそうであって欲しい。

思い出す。

一年半前の三月。

コロンビアの首都。サンタ・フェ・デ・ボゴタ――。

アンティオキア州のメデジンからは、東南方向へ四百キロの位置にある。アンデス山系の中央山脈分水嶺を越え、山麓（さんろく）を下っていくと平原に出る。その平原の中央に、コロンビア国土を南北に走る大河、マグダレナ河が流れている。渡河し、同じアンデス山系東部山脈の麓へと到る。東部山脈を登ってゆく。すると、その東部山脈の中央部に、突如として大盆地が広ける。南北五百キロ、東西百キロに渡る盆地で、その景観はもはや盆地というよりも平原というほうがふさわしい。事実、ボゴタ平原と呼ばれている。

そこにコロンビアの首都、サンタ・フェ・デ・ボゴタは存在する。人口は約八百万。

南緯四度三十五分の純然たる熱帯区分に位置するとはいえ、海抜二千六百メートルの平原にあるので、一年を通して気温は十五度から二十度の間に収まっている。リキの故郷メデジンは“常春（とこはる）の地”と呼ばれているが、それに呼応するように、この大（グラン）コロンビア共和国時代からの二百年にわたる都にも、季節は秋しかない。

湿度の低い大気はどこまでも澄み渡り、天空を見上げれば高原地帯特有のくっきりとしたインディゴ・ブルーの空が限りなく広がっている。その空に、白い絵具を水で溶き、筆を走らせたかのように、薄い横雲が高くたなびいている。

街路樹や公園ではカッコウや雲雀などのさえずりが聞こえる。そんな緑の中に、旧植民地時代からの教会やカテドラル、広場、石畳の路地などが散らばっている。かつては南米大陸の約三分の一の国土を持っていた共和国の首都――とても美しい街だ。

そんな街に、リキは一ヶ月の予定で滞在していた。

切花の国際見本市が、新市街(ウニ・セントロ)・テケンダマ地区のコンベンションセンターで開催されており、世界各国から切花業者がやってきていた。リキはそれら業者への販促活動という表の顔の仕事をこなしていた。

合衆国、カナダ、メキシコ、日本、フランス、香港――外国の顧客たちはコロンビアの風評を知っている。テロと麻薬と暴力が蔓延(まんえん)し、二十一世になった今日でも中世の社会構造をそのまま引き摺っている国家……麻薬マフィアの総本山・メデジンとはまた違った意味で、その国政を仕切るボゴタが、クーデターや都市型テロ、動乱などの暴力の巣窟だということもよく理解している。そしてそんなボゴタという都市の様相に怖気をふるいながらも、〝怖いもの見たさ〟という感情を抱いている。

コロンビアの風習として、遠来の客のもてなしはホスト自らがその役を買って出る。だからリキはそんな彼らへの接待の一環として、しばしば危険な旧市街を案内してやった。

ボゴタ市の北部にあるテケンダマ地区のような新市街とは違い、南半分に広がる旧市街には、あまり新しい建物はない。近代的なビルやショッピングモールの代わりに、コロニアルスタイルの煤(すす)けた石造りの屋並みと、複雑に入り組んだ石畳の路地がある。昼間はその歩道の陰に物乞いや浮浪児(ガミン)がずらりと居並び、縋(すが)るような視線を行き交う人々に投げかける。追い剝ぎや強盗、詐欺師(さぎし)、掏摸(すり)、あるいは一市民に擬態した反政府ゲリラの兵士も、昼夜の区別なく跋扈(ばっこ)している。隙あらば外国人観光客や金持ちを襲い、持ち物を強奪し、あるいは拉致し、身代金をせしめようと狙っている。

ひどい例になると、まず銃で相手を撃ち殺しておいて、おもむろに持ち物を奪う輩さえ存在する。

そんな街を、リキは三日と置かずに様々な商談相手を案内してまわった。むろん用心のためにいつも護衛を複数引き連れていた。パパリトをはじめとする裏の商売の従業員たちだ。

パパリトの運転するメルセデスで商談相手と旧市街に向かう。ヒメネス通りと七番通りの交差する最も繁華なエリアで、クルマを降りる。黄金博物館やサンタンデール公園、サンフランシスコ教会などの、この国の歴史を感じさせる建造物とともに、ユニオン・コロンビアーノ銀行やアビアンカ航空本社、ホテル・コンチネンタルなどの商業ビルが立ち並ぶエリアで、リキのボゴタ事務所もこの一角にあった。

メルセデスを事務所の地下駐車場に入れ、そこからお客を連れて歩いて周辺を巡る。事務所付近一帯だけではなく、少し離れた市庁舎や国会議事堂、カテドラル、ボリーバル広場まで足を伸ばし、サンタクララ教会やコロン劇場なども訪れる。

この国の接待の仕方とはいえ、正直疲れた。外国人顧客たちのこの国を見遣る、いかにも好奇心剝き出しの視線と表情に、軽くあてられるときもあった。

そんな市中観光の終わった夕暮れ、リキはよく護衛を連れずに事務所の周りを散策した。ある行動で得たストレスは、基本的にはその同じ行動を違った心持ちで反復することでしか解消できないものだ。だからそれにやや近い意味で、昼間に巡ったのとほぼ同じ場所を一人でぶらぶらと歩いていた。同じ場所での昼間の記憶を入れ替えるために。

そんなときに出会った。

十六世紀に建てられた、古い石造りのサンフランシスコ教会――その前にある石畳の広場を、ボゴタ特有の透き通ったような西陽が柔らかに照らし出していた。片隅に、二人の浮浪児(ガミン)が身を寄せ合い、うずくまっていた。

大きいほうは男の子で、小さいほうが女の子だった。それぞれが六歳と四歳ぐらいに見えた。

秋しか季節のないこの街で、男の子は垢(あか)じみて擦り切れた白シャツ一枚に、短パンという姿だ。女の子も似たようなもので、色褪せた薄緑色のTシャツ一枚に、至るところに穴の開いた長ズボンという形(なり)だった。二人とも顔は薄汚れ、髪の毛は同じようにくちゃくちやに渦巻いている。おそらくは兄妹。

女の子の傍らに、ダンボールと新聞の切れ端を重ねあわせたものが紐で縛ってあった。夜の寒さを防ぐためのものだろう。

リキがその前を通りかかると、男の子が立ち上がり近寄ってきた。

「セニョール、お金をください」男の子はおずおずと口を開いた。「昨日から何も食べていないんです。ほんの少しでもいいんです。お金を恵んでください」

だが、リキは歩みを緩めることもなく、その前を行き過ぎた。通り過ぎつつも、男の子がすぐにあきらめて妹の側に戻っていくのを目の隅で捉えていた。

サン・アントニオ村での少年時代。二十数年前、まかり間違えばこの子どもたちのようになっていたかも知れない自分……。

それでも施しをしなかった。

歩道の隅を見て歩けば、すぐにでも分かる。ありとあらゆるところにガミンがうずくまっている。パラミリタレスや反政府ゲリラ、強盗に両親を殺され、あるいは絶望的な貧窮ゆえに捨てられ、孤児になった子どもたちだ。彼らはこの国中に溢れている。食べ物を探し、都市部に流れ込んでくる。

もし一人に施しを与えれば、それを見ていた他の大勢のガミンがリキに群がってくる。いくら与えてもきりがない。次々に群がってくる。だから、この教会を礼拝に訪れる大人たちも、滅多なことでは施しを与えない。すべての子どもたちは、救いようもない……。

三日後の夕方、同じ場所でまたこの浮浪児の兄妹を見かけた。

男の子がリキに再び擦り寄ってきた。今度も無視した。

さらに四日後の昼間、今度はやや違う状況で二人を見かけた。

男の子が、似たような年格好の浮浪児と掴み合いの喧嘩をしていた。両者の足元に、食べかけた中割れパンが落ち、その中に挟んであったと思しきソーセージが無様に転がっていた。女の子は石畳の隅で膝小僧を抱えたまま泣きじゃくっていた。その片手に、ケチャップの脂の浮いた包み紙が握られている。誰かが兄妹にホットドッグを恵んだ。それを他の浮浪児が横取りしようとしたのだろう。

リキはその様子を少し離れたところから見ていた。

結局、男の子が相手を突き飛ばし、喧嘩に勝った。相手の浮浪児はすごすごと引き下がり、広場から消えた。

男の子は地面に落ちていたパンとソーセージを拾い上げると、荒い息のまま妹の元へ戻ってゆき、その脇に腰を下ろした。兄はパンの泥を払いソーセージを挟み込むと、妹に差し出した。女の子は二口、三口とホットドッグをかじり、兄に差し出した。男の子もかじりつく。そうやって一つの食べ物を交互に分け合って食べていた。

リキはそこまでを見届けてから、広場の前を去った。

さらに十日後、四度目に会ったとき、この兄妹は植え込みの低い壁を背にして、一緒に並んで座っていた。妹のほうは、何故かダンボールの切れ端を大事そうに胸に抱えていた。リキと一瞬目が合うと、すかさず男の子が立ち上がり、近寄ってきた。

今度も無視するつもりでいた。

が――。

「セニョール、絵を買ってもらえませんか」男の子は口を開いた。「安くてもいいんです。絵を、買ってもらえませんか」

思わぬ申し出に、つい足が止まった。

「おねがいします」脈ありと思ったのか、男の子はさらに早口で言い募った。「見るだけでもいいんです」

少し迷った。だが、結局は女の子の座っている植え込みまで足を進めた。

女の子は座ったままリキを見上げ、胸に抱いていたダンボールの切れ端を、恐る恐るリキに差し出した。

ところどころ薄く消えかかった黒いインキで、花の絵が描いてあった。その線は子どもらしくいかにも稚拙だが、ちゃんと花弁があり、茎があり、葉もあり、その葉の上には小さな虫も付いていた。ダンボールの片隅にはお日様も出ていた。懸命に描いたあとが見てとれる。

女の子の傍らに、半ば潰れ捻じ曲がった黒のサインペンが転がっていた。おそらくはゴミ箱から残飯を漁っているときにでも見つけたのだろう。

女の子はまるで自信のなさそうな、それでいて縋るような瞳でリキをじっと見上げていた。何度も通行人に見せ、その度に断られたのだろう。いつもの緑色のTシャツ。お腹のところに子豚が三匹寝転がっている。子豚は薄汚れ、よれよれになっている。

リキが絵を見つめたまま何の反応も示さないでいると、二人は次第に頭を垂れ始めた。早くも諦めかけている。

「買おう」気がついたときにはそう口にしていた。「いくらだ」

「百ペソです」男の子がためらいがちに答えた。だが、百ペソでは飴玉一個ぐらいしか買えないだろう。「高ければ、五十ペソでもいいです」

リキはポケットに手を突っ込んだ。あいにく紙幣しかなかった。そのうちの一枚を指先で選り分け、なおもその指で小さく折り畳んでいった。

「手を出すんだ」

言われたとおりに男の子が手を差し出す。リキは折り畳んだ紙幣を隠した手のひらを、その上に載せた。案の定、コインではない感触に男の子が怪訝な表情を見せた。

「札だ。たぶん二千ペソ紙幣だ」リキは説明してやった。「そのまま渡せば、周りにバレる。他の子どもに盗られるのは嫌だろう」

二人がほぼ同時に驚愕の表情を浮かべた。

「だが、全部を食べ物に使っちゃいけない」リキは言った。「食べ物に使った残りで、色鉛筆セットと画用紙を買うんだ。分かるな？」

リキの言葉に、兄妹が無言のまま激しくうなずく。驚きのあまり言葉も出ないようだ。

「明明後日の夕方、ここに来る。絵を見て、良かったらまた買おう」

ふたたび二人が揃って激しくうなずく。

リキはその場を離れた。

事務所に戻り、社長室に入ると、ダンボールの絵を棚の上に立てかけた。

花。

花と虫と太陽――。

窓際まで進み、外の景色を見下ろした。七階からの夜景。すぐ眼下にヒメネス通りと七番通りの十字路が見える。サンフランシスコ教会の屋根も見えた。石畳に兄妹の姿はない。

夕食も摂らずにその日の残務をこなし、おおよそ片付いたときには、十時近くになっていた。

もう一度窓際に立ち、十字路を見下ろした。黄色い街灯に照らし出された通りには、ほとんど人影がなかった。追い剝ぎや売春婦が我が物顔で跋扈する時間帯。マトモな人間はすべて自宅に引っ込み、ひっそりと息を潜めている。

教会の前を見遣った。

階段の前の石畳。植え込みの片隅に、二つの小さな塊がある。身体にダンボールと新聞紙を巻きつけ、冷たい石畳の上に寄り添うようにして横たわっている。

その存在を確認した後、ユニ・セントロにある常宿、テケンダマ・ホテルに戻った。

三日後の夕暮れ、ふたたび教会の前を訪れた。

リキを見るや否や、男の子のほうが駆け寄ってきた。女の子は植え込みの陰に座ったままだ。色鉛筆のセットと画用紙を胸にしっかりと抱き込んでいる。

「色鉛筆と画用紙、買いました」何故か焦ったように男の子が喋った。「ぼくたちのこと、覚えてますか。絵を描きました」

リキはうなずいた。男の子に誘われるようにして植え込みの前まで行った。

女の子は黙ったまま、胸に抱えていた画用紙をいかにも大事そうに差し出した。

また花の絵だった。だが、今度は色づけされた花の絵が描かれている。

花弁はピンク。茎は淡いグリーン。葉もそうだ。女の子が座っている背後の植え込みには、コスモスが咲いていた。たぶんこれを見て描いた。

「いい出来だ」リキは言った。「買おう」

初めて女の子が笑った。トウモロコシの粒のように小さな歯が、その口元から覗いた。

リキは予め小さく折り畳んでおいた千ペソ紙幣を、男の子の手のひらに載せた。

「千ペソ。今日は、食べ物代だけだ」リキは花の絵を丸め、小脇に挟み込みながら言った。「だが、花の絵はもういい。要らない」

途端に女の子はひどく落胆した表情を見せた。笑顔も消えた。男の子もなんと答えていいか分からないらしく、妹とリキの顔を交互に見比べている。

「ここに来る人たちは教会を見に来る」リキはそう言って、背後のサンフランシスコ教会を指差してみせた。「分かるな。植え込みの花を見に来るんじゃない」

二人の子どもは、よく意味が分からない、といった表情で微かにうなずく。リキはさらに結論を急いだ。

「分かるな？　みんな教会に来るんだ。だからこの教会の絵を描くんだ。そうすれば他の人にも売れる。お金を稼げる」

今度は、二人ともはっきりとうなずいた。四つの瞳が大きく見開かれている。リキの言う意味を、完全に理解した。

「明後日、また来る。うまく出来たら、その教会の絵も買おう」

兄と妹は、もう一度大きくうなずいた。

事務所の棚の絵が、二枚になった。

モノトーンの花の絵と、淡い色が付いた花の絵——。

二日後、ふたたび教会の前に足を運んだ。

いつものように兄が駆け寄ってきて、植え込みの妹の元に誘った。付いて行きながらも、リキはなんとなくおかしみを感じた。

どうやらごく自然に、兄は売り込み、妹は制作という役割分担が出来ているらしい。

女の子はこの前と同じように、大事そうに色鉛筆のセットと画用紙を胸に抱きかかえていた。大事な商売道具。

女の子は立ち上がり、絵を差し出してきた。

リキが言ったとおり、教会の絵が描いてあった。くすんだその外観どおりの、淡い色使い。全体の構図はやや歪んでいるものの、壁に埋め込まれたレンガの一つ一つや、石造りの階段まで丁寧に書き込んである。

だが、何かが足りない。子どもが売るのだから絵の稚拙さはいいとしても、これではまだ売り物にはほど遠い。これでは、まだ大人たちも物珍しさに惹かれて買ってはくれない。

しばらく見つめているうちに、分かった。

背景だ。

単に教会だけが描いてある。背景が白いままだった。

女の子は突っ立ったまま、リキの様子を見上げていた。小さな両手を握りしめ、緊張のあまり息を詰めている。

「買おう」

リキは折り畳んだ千ペソを男の子の手のひらに載せた。女の子が、ふぅ、と小さく息を漏らした。リキはさらに言った。

「今度は、この教会の絵に背景を付けるんだ」

「はいけい？」

二人がほぼ同時に口を開いた。男の子はともかく、この内気な女の子が声を発したのをリキは初めて聞いた。

「背景、だ」リキは繰り返した。「この絵だと、空だ」そして西の空を仰ぎ見た。「ちょうど今みたいな空の色を描くんだ」

教会の屋根の上に広がる夕焼け。インディゴ・ブルーの高い空が、西に近づくにつれ淡い色になり、エメラルド色からやがて黄金色に染まっていっている。

「この空の移り変わりを描くんだ。ごく自然に、色を変えてゆく」

女の子がおそるおそる、といった様子でふたたび口を開く。

「どう、描けばいいの？」

その声音に、幼さと必死さが滲んでいた。

リキはふたたび教会の絵を眺めた。単純な色で構成されている。単にベタ塗りするだけで、重ね塗りというやり方を知らないのだ。

リキは女の子の脇にあった色鉛筆のセットを開け、青と黄色の色鉛筆を取り出した。……自覚はしていた。数日前から、単に通りすがりの人間がやってやる親切の限度を、明らかに超え始めている。

それでも二つの色鉛筆を使い、絵の背後にざっくりと重ね塗りをして、グラデーションのかかった空を描き込んでいった。二人——特に女の子のほうは、そんなリキの手元を真剣な面持ちで覗き込んでいた。

「こうするんだ」

出来上がった背景を、あらためて女の子の目の前に差し出した。彼女は食い入るようにその絵を見ていた。さらにリキは黄色い鉛筆で背景のところどころに線を加えた。

「あと、こうやって色の濃いところと薄いところを、調整する」

「ちょうせい？」

「バランス。加減だ」リキは答えた。「できるか？」

一瞬の間を置いて、彼女はこっくりとうなずいた。

その晩、この高原の街には珍しく霧雨(きりさめ)が降った。

事務所の窓から教会の前を見遣ると、二人の影はなかった。橋の下かどこかに避難したのだろうと思った。

切花の国際見本市は、あと一週間で終わる。リキはこのボゴタを去る。もう面倒を見ることは出来ない。だが、それまでにあの二人が、観光客相手に多少なりとも小銭を稼げるような絵が描けるようになれればいい。

三日後に、ふたたび兄妹の元を訪れた。

予想外に見事な絵が出来上がっていた。夕暮れの中に佇むサンフランシスコ教会。ちゃんと重ね塗りの手法を会得（えとく）していた。しかも、その同じ手法を使って、教会の壁面や軒下の陰影まで描きこまれている。この前の絵から格段に進化していた。

自分をじっと見上げている煤けた顔の女の子を、あらためて見遣った。

この子は、頭がいい。

反面、いったいいくつなのだろうと感じた。ぱっと見には四歳程度にしか見えないが、浮浪児（ガミン）は絶えず栄養不足に陥っているので、成長の度合いが一般の子どもに比べて明らかに遅い。

「いくつだ」つい聞いた。「いくつだ。歳は？」

女の子は一瞬怯えたような表情を見せ、首を振った。自分の歳を知らないのだ。そしてそのことを恥じている。

「これはたぶん五歳」男の子が気を利かせて答えた。「ぼくは七歳」

「名前は？」

「ぼくはルイ」これも男の子が答える。「これはカーサ」

「カーサ？」

思わず問い返した。ルイはともかくとして、そんなふざけた名前があるだろうか。

案の定、女の子が力なく下を向いた。

「べつに変じゃないよ」まるで妹を庇うかのように、少年は強い口調で言い放った。「変な名前じゃない」

「そうだ」リキはあえて肯定した。「変な名前じゃない」

うつむいていた女の子の首が、じわじわと上がってきた。黙ったまま、リキを見上げる。

「今まででー番いい出来だ」リキは絵を褒めた。「だから、絵を買おう」

女の子の顔に、微かに笑みが貼りついた。リキも少し笑い返しながら、思った。だいじょうぶだろう。この絵のレベルで子どもが差し出せば、物珍しさも手伝って少しは売れるはずだ。

「今日は二千ペソだ」いつものように男の子の手のひらに、折り畳んだ札を載せた。そして繰り返した。「いつもより千ペソ上乗せだ。いい出来だからな」

ルイが誇らしげに笑った。カーサの笑みも顔全体に広がった。

「明日から同じ絵を描いて、ここで売ってみるんだ」リキは二人の顔を交互に見ながら言った。「たぶん、誰かが買ってくれる」

「おじさんは？」ルイが咳き込むように尋ねてきた。「おじさんはもう買ってくれないの？

来てくれないの？」

「だいじょうぶだ」リキはむしろ励ますように言った。「いい絵だから、みんな買ってくれる。ただし、買いやすいように少し安く売るんだ。五百ペソくらいで」

たぶん、それくらいの値段なら通行人も気まぐれに買ってくれる。それが日に二回売れれば千ペソだ。二人で屋台かどこかで買い食いをしても、なんとかやっていける。

しかし二人は不安そうな面持ちを隠そうともしない。不気味なまでに押し黙ったまま、じっとリキの顔を見上げている。リキはその沈黙に耐えられなくなった。

「分かった」ついにリキは譲歩した。「もう一度、明後日にくる。それまでに今度は朝の教会を描いておくんだ」

「やったーっ」

と、ルイが両手を上げた。カーサもまた笑った。

「ただし、さっきと同じ絵も描いて、通行人にも見せるんだ。いいか、売値は五百ペソだぞ。そして売れたら、またすぐに次の絵を描く」

二人とも大きくうなずいた。

その夜、事務所の窓から教会を見た。

人気のなくなった街灯の下で、兄と妹が肩を寄せ合って座っていた。カーサは画用紙を広げたまま、懸命に絵を描いているようだった。ルイはその絵を覗き込んで何かを喋っていた。

たぶんもういいだろう、とリキは思った。

見本市の最終日、ここに来る。絵を買う。今度は餞別も込みだと言って、一万ペソ奮発してやればいい。早めに予備の色鉛筆と画用紙セットを買っておくように忠告する。それで、おれの役目は終わりだ――。

翌日の夕方。

見本市から事務所まで戻ってきて、ふたたび窓から教会の前を眺めた。

いつもの場所に二人の姿はなかった。

事務所を出る九時前に、もう一度見た。

まだ戻っていなかった。

見本市の最終日がきた。この日は朝七時から事務所に来た。

この一ヶ月の書類をまとめ、それから会場に向かうつもりだった。あらかた仕度ができたところで、窓の外を覗いた。

教会の前。石畳。植え込みの脇に、小さな体がひとつ転がっている。

だが、ひとつだけだ。絶えず一緒にいたはずの兄の姿がない。

少女の小さな身体は、石畳の上にじっと転がったまま動かない。緑色のTシャツ。寒さを防ぐダンボールさえ身につけていない。手足を縮み込ませ、背中を小さく丸めたまま、死んだようにぽつんと横たわっている。嫌な予感がした。

社長室のドアが開き、スーツ姿のパパリトが姿を現した。この男がドアを開けるときには、すでに地下駐車場のメルセデスはアイドリング状態だ。

「社長、そろそろ時間ですが——」

「ああ、そうだな」ふたたび教会の前を眺めながら、リキはつぶやいた。「……たしかに、そうだ」

だが、直後には決心していた。

「ちょっと待て。出発は十五分遅らせる」言いながら上着を摑んだ。「そこまで出てくる。クルマは要らない。すぐに戻る」

怪訝そうな表情をしているパパリトを事務所に残し、エレベーターに乗り込んだ。路上に出て、ヒメネス通りと七番通りの交差点を渡り、教会の前まで急いだ。

金曜日の朝。通りを急ぎ足で行き交うビジネスマンの雑踏の向こうに、教会が見える。その前にある石畳の広場には誰も目を向けようともしない。みな自分のことで忙しい。ただ急ぎ足で通り過ぎていく。その人の流れを斜めに突っ切り、リキは教会の前に出た。

植え込みの脇に、依然として小さな体が転がっていた。こちらに背中を丸めたまま、ピクリとも動かない。真っ黒に汚れきった素足の裏が覗いている。その髪が力なく地面に垂れ下がっている。脇にある色鉛筆セットの蓋は開いたままで、中身も黒の一本しか残っていない。その隣であれほど大事にしていた画用紙セットも、破れ、千切れかけて転がっている。

嫌な予感がますます強くなる。

「カーサ」

そう呼びかけ、しゃがみ込みながら少女の肩を摑んだ。

「カーサ、どうした」

だが、カーサの背中は反応を示さない。肩に置いた手のひらに力を入れた。ころり、と少女の体が仰向けになった。薄目を見開いたまま、右手の人差し指と中指を口に咥えていた。思わずほっとした。生きてはいる。息はある。

だが、そのぼんやりと開いた目の周りには、幾筋も涙の伝った跡がある。泥埃が付着し、乾き、くっきりと跡が残っている。

「カーサ、どうした。カーサ」

リキはさらに呼びかけた。それでも少女は反応を示さない。指を根元までしゃぶりつづけ、ぼんやりと薄目を開いたままだ。リキは少女を抱きかかえた。

「兄貴はどこに行った。どうして一緒にいない。ルイはどこに行った」

途端、少女が表情を歪めた。ちゅぽっ、という音が口元から響き、濡れた二本の指が滑り出した。同時に瞳から涙が溢れ出る。

「黙ってちゃ分からない。何故一人でいる。ルイはどうしていないんだ」

「ルイ……お金。ケンカ。ナイフ。ぐさっ」

「ん?」

「ルイ、お金。ケンカ。ナイフ。ぐさっ」

少女は繰り返す。激しい泣き声を上げ始めた。

「ルイがお金。ケンカ。ナイフ。ぐさっ」

言われて気づいた。少女の腹部の子豚に、血がこびりついている。乾き、黒くなり、もともと付着していた汚れに埋没している。

リキは真っ青になった。少女はなおも泣きじゃくっている。

「どこだ、その場所は。どこで刺された」

「……あっち」小さな指が、東にあるモンセラーテの丘の方角を指し示す。今度も途切れ途切れに単語を並べる。「ノミ、公園。屋台」

モンセラーテの丘に至る、ヒメネス通りの延長。途中に公園があり、その場所でノミの市がよく開かれている。格安な食べ物を売る屋台も軒を連ねている。ここからの距離は一キロ弱――。

リキはポケットから携帯を取り出した。

「――はい」パパリトが出た。

「おれだ」リキは早口で喋った。「秘書に言って午前中の予定はすべてキャンセルさせろ。おまえはサンフランシスコ教会の前までクルマを廻せ」

「え、でも……」

「いいから言うとおりにしろ」リキは強い口調で繰り返した。「午前中の予定はすべてキャンセルだ。すぐに教会の前までクルマを廻せ。いいな、今すぐだ」

「はい。わかりました」

電話を切りポケットにしまった。

「こっちに来い」

カーサが泣きながらしがみついてくる。しかし単に上着の袖を摑んでいるだけだ。これでは立ち上がれない。だが、どうやっていいのか分からない。リキは子どもを扱った経験がない。もどかしく言葉をつづける。

「しっかり抱きつくんだ」

短い両手がリキの首筋に廻り、両足が胴体に巻きついた。コアラの子どもが母コアラに抱きつくような格好になった。右手で少女の臀部を支えながら立ち上がる。

拍子抜けした。

とてつもなく軽い。少女の身体は、およそ体重というものを感じさせない。昆虫の屍骸（しがい）のようだ。そもそも子どもとは、こんなに軽いものなのか——。

少女を胸元に抱きかかえたまま石畳の広場を横切り始めた。饐えたような臭いが鼻腔を突く。少女のシャツから滲んでくる、排気ガスと汗と涙がごちゃ混ぜになった臭い——ヒメネス通り沿いの歩道へと出る。

途端、行き交う人々の好奇の眼差しがリキに突き刺さってくる。無理もない。いかにも高価そうなダーク・スーツに身を包んだ東洋人が、泣きじゃくっている小さなガミンを胸に抱きかかえている。どう見てもおかしな構図だ。

だが、それらの人々も直後には目を逸らす。無関心を装い、歩くペースを緩めることもなく、二人の前を過ぎ去ってゆく。

少女は依然、声を押し殺したまま泣いている。指を吸いながら、リキの胸元に顔をうずめている。それでも誰も立ち止まろうとはしない。

この世界。

深夜に降る霧雨のように無慈悲で、冷たい。

分かるね、リキ——。

不意に、あの懐かしい声音が蘇った。

人を、恨んじゃいけない。自分の心を檻に入れちゃいけない。憎しみはね、檻だよ。一生、灰色の壁の中で息をすることになる。抜け出せなくなる。

ベロニカ……。

死ぬ間際、土気色の顔をして彼女は言った。

あたしを、抱いておくれ——。

そう……。

ただ抱きしめてやればいい。それだけで人は救われる——。

早くここに来てくれ。おれを助けてくれ。おれはもう、どうしようもない。この闇の世界から救い出してくれ。そしておれを、この子どもを優しく包んでくれ……。

ベロニカ。ベロニカ。

自分の右頰を涙が伝うのが分かった。

通りの向こうから、メルセデスがやって来るのが見えた。

リキは素早く右頰を拭った。

メルセデスが目の前に止まった。運転席から出てきたパパリトがリキを見て、一瞬ぎょっとしたような表情を浮かべる。しかし、それだけだった。次の瞬間にはクルマを回り込み、素早く後部ドアを開けた。

「この通りを東へやってくれ」カーサを抱きかかえたままクルマに乗り込みながら、リキは言った。「ボリーバル邸の手前、公園までだ」

向かっている途中、携帯が鳴った。表示番号は事務所からだった。しつこく鳴りつづけている。おそらくは秘書から。リキは携帯の電源を切った。

市内の東の外れにあるヒメネス通り沿いの公園に着いたとき、リキはもう冷静になっていた。

カーサを抱きかかえたまま、公園の端に軒を連ねた屋台群まで歩いていった。

呼びかける必要はなかった。リキとカーサを見るや否や、屋台で働く人々がわらわらとその中から出てきてひと塊になった。コロンビア社会の底辺を支える下層階級。抱きかかえられたカーサを指差して、口々に何かを喚いている。中には早くも目尻を滲ませている女性さえいた。

リキは彼らに向かって口を開いた。

「この子を知っているか」

だが、その問いかけに口を開く者はなかった。

「この子の兄貴は、どうなった？」

今度もみんな黙りこくったまま、互いに視線を合わせていた。

なんとなく自分たちの状況を理解した。リキの傍らに、同じようにダーク・スーツに身を固めたパパリトがいる。さらにそのパパリトの背後には、磨きたてられた黒塗りのメルセデス……。

「おれたちは怪しい者じゃない」リキは説明した。「教会の前で、よくこの子たちにお金を与えていた。お礼に絵を貰ったりした。朝見たら、この子が一人だった。ここで何か起こったらしいことを聞いた。それで来た」

気づく。目の隅で捉えた。パパリトが驚いた顔で自分の横顔を見ている。構うものかと思う。

ようやく群衆の中から一人の男が進み出て、おずおずと口を開いた。

「この子たち、前からよくここに来ていた。たまに小銭を持っているときは、おれたちから何かを買った」

「うん」

「でも、いつもは小銭がないから、屋台の後ろの残飯を漁っていた。おれたちも余り物が出たときには、この子たちに与えていた」

男の背後にいた人々が一斉にうなずいた。

「ところが、最近この子たちは妙にお金を持っていた。しかも、出してくるのは紙幣ばかりだ」

男はリキの目を見つめながら話をつづけた。先ほど理解したのだ。その金を与えていたのが、リキだったということを。だから口を開いた。

「よく夕食のセットを頼んでいた。今までは肉の一欠けとか、スープだけだったのにな。他の浮浪児たちが黙って二人を見ていたよ」

「………」

「集団で襲われたのは昨日の夕方だ。年かさの浮浪児たちだった。その子の兄貴はポケットの金を取られまいとして暴れた。あっと思ったときには、一人が男の子の腹を刺していた。二度、三度と――」

「もういい。止めてくれ」咄嗟にリキは言った。自分の胸の中で顔を埋めているカーサ。だが、この子にも耳はある。「で、その身体は今どこだ？」

「あそこの森だ」男はそう言って、公園の外れから東へとつづく暗い森を指差した。モンセラーテの森。今でも追い剝ぎや強盗が出没する。「ちょっと中に入ったところに、おれたちが埋葬した。木を組んで簡単な十字架を立てた。気づくと、この子はいなくなっていた」

あらためて胸元のカーサを見つめた。いつの間にか両手でしっかりと耳を塞いでいた。顔をしかめ、両目も閉じている。カーサは石のようにじっとしている。だが、リキの肋骨のあたりから、小さな心臓の、とく、とく、という鼓動が直に伝わってくる。分かった。

見ない。聞かない。分からない。

この子はまだ現実を受け入れていない。ルイが死んだという事実を信じようとしていない。

だから先ほども最後までは口にしなかった。埋葬の途中で、森から逃げ出した。市内をうろついた挙句、ルイがふたたび何事もなかったように戻ってくるのを信じて、教会の雑踏の前に一人ボロ布のように転がっていた。

泣くまいとした。無理だった。目尻から雫がこぼれ、後から後から頬を伝った。

目の前の群集は、そんなリキの様子をじっと見ていた。

リキは片手でカーサを支えたまま、一方の手を尻ポケットに入れた。財布を抜き出した。

「パパリト、中身を出せ」

パパリトが慌てて分厚い財布を受け取る。一枚、二枚と札を取り出したところで、パパリトは顔を上げ、リキを見た。リキは首をふった。

「全部出せ」

パパリトがごっそりと札束を抜き出す。すべて一万ペソ紙幣で、二十万はあるはずだ。

「みなさんに分けて差し上げろ」

言われたとおりに、パパリトが一人に一枚ずつ渡していく。すべてに渡し終わったところで、リキは口を開いた。

「みなさん、どうもありがとう。お札です」今度も敢えて埋葬という言葉は使わなかった。

「ささやかですが、今後も多少は手入れをしていただけると助かります」

意味は伝わったようだ。すべての人々がぎこちなくうなずいた。

「お願いします」

つい幼い頃の癖が出た。気づいたときには深々と頭を下げていた。日本人の癖。

……思い出す。

サン・アントニオ村での出来事。あの時も、おれは両親が殺された事実をしばらくは受け入れられずにいた。

踵を返し、カーサを抱きかかえたまま、クルマに戻り始めた。

――おれのせいだ。

歩きながらも思った。

あの教会の前では、他の浮浪児に見られぬようにと二人に札を畳んで渡した。だが、この子たちが札を差し出して何かを買う場面までは思い至らなかった。

当然、この子たちは今までよく行っていた場所で、その札を差し出す。そういう状況が二回、三回とつづく。似たような場所に集まってきている他の浮浪児の、格好の標的となる……そういう状況を想像することもなく、能天気に札ばかりを渡していた。

襲った浮浪児たちを恨む気にはなれなかった。大人も子どもも関係ない。人間、空きっ腹を抱え、未来への希望もなく追い詰められれば、いとも簡単に野獣に戻る。現に、この国の成り立ちがそうだ。

ルイは、おれが殺したのも同然だ。

メルセデスに乗り込む直前、パパリトがいかにもわざとらしい咳を発した。リキの注意を引こうとしたのは明らかだった。今までのやりとりを聞いて、リキとこの少女の関係をほぼ把握している。おそらくは棚に飾ってあった複数の絵も見ている。

「ボス、こんなこと聞くのはあれですが……」パパリトはためらいがちに口を開いた。「いったいその子ども、これからどうするつもりです？」

「おれが、育てる」

気が付けば、そうはっきりと答えていた。

――今、このホテルの部屋で、カーサははしゃいでいる。よく分からない鼻歌を歌いながら、パンツを身に着け始めている。

ふと気になった。

朝食の後、リビングのデスクでリキが仕事をしている間中、カーサはデスクの脇でずっと浮き輪やアヒルをいじって遊んでいた。

「カーサ、朝起きてから歯は磨いたのか」

白いワンピースに袖を通し始めていたカーサの動きが止まった。返事をしない。それで分かった。

「磨いてないな」

カーサが片方の腕に袖を通したまま、こちらを向く。

「でも、もうすぐお昼ご飯だよ」

「駄目だ」今さらながらと内心では思いながらも、リキは首を振った。しつけはしつけだ。

「人に会うんだ。ちゃんと歯を磨くんだ」

カーサが小さなため息をつく。袖を通しかけたワンピースを脱ぎ、パンツ一枚のまま洗面所に向かう。

念のためにリキもついていく。カーサは歯磨きが大嫌いだ。小さい頃から磨きつけていないからだ。見ていないと、本当に乱雑にしか磨かない。だからよく虫歯が出来る。

大理石貼りの洗面台は、やや腰高になっている。コップに立ててある歯ブラシを、カーサは懸命に爪先立ちになって手に取る。それからリキを見上げた。

「うにうに」

うにうに、とは、歯磨き粉のことだ。チューブから押し出されてくる歯磨き粉を、何故かカーサはそう呼ぶ。リキは歯磨き粉のキャップを取り、中身を歯ブラシにつけてやる。

カーサが歯を磨き始める。半ば着かけていたワンピースを脱いだのには、カーサなりのわけがある。カーサは歯磨きをするとき、歯磨き粉とよだれのない交ぜになったものを必ずと言っていいほど口元から垂らす。大事な服を汚してしまう。女の子ということもあって、服を汚すことを極端に嫌う。

そう言えば、リキに拾われるまで、カーサはずっと垢じみた子豚のTシャツ一枚だった。そのTシャツを捨てようとしたときも、散々泣いて抵抗した。

あのボゴタでの最終日、リキは結局、当日の予定をすべてキャンセルした。

モンセラーテの麓から常宿のテケンダマ・ホテルに直行し、見本市のセールス主任と秘書をそれぞれの部屋から呼びつけた。二人とも部屋に入ってきた瞬間、リキの胸元に抱かれて指を吸っている汚い少女を見て、ぎょっとした顔をした。

それでもリキはカーサを下ろそうとはしなかった。いい加減腕が疲れ、棒のようになっていた。だが、カーサを床に下ろそうとすると、少女はまるでこの世の終わりだと言わんばかりに激しく泣き叫ぶのだ。

ふたたび抱いてやると、指を口に咥えて静まる。じっと動かずに、自分の内に籠る。クルマの中からその繰り返しだった。ルイがあんなことになり、さりとてその現実を受け止めることもままならず、恐ろしく精神の安定を欠いている。

リキはその時点で、大事な最終日の予定をすべて諦めた。

二人の部下にその一日の変更プランを伝えた。見本市会場ではセールス主任に自分の代役を務めるように命じ、部屋から送り出した。

女性である秘書には残ってもらった。カーサと同じ女性――微かな期待があった。

今日会う予定だった商談相手に急いで謝罪の電話をしなくてはならない。その電話を立て続けにする小一時間ほどだけ、子守りをしてもらう。

だが、秘書にいったんカーサを預けようとした途端、その淡い期待は木っ端微塵に打ち砕かれた。少女はふたたび激しく泣き始め、離されまいと必死にリキの身体にしがみついてきた。ほんのちょっとだから、と何度言い聞かせても駄目だった。ただわんわんと泣き喚くだけだった。

結局、秘書にはホテル近くのショッピングモールに子供用の服を買いにやらせた。

気分が落ち着いてくるにつれ、はっきりと感じるようになっていた。

この子はひどくにおう。とにかく臭いことこの上ない。

カーサを抱きかかえたままバスルームに行った。バスタブにソープ剤を入れ、ぬるめの湯を勢いよく溜め始めた。

いつの間にかカーサは泣き止んでいた。バスタブの表面で盛大に盛り上がっていく泡を、興味深そうに見つめていた。

コロンビアでは、よほどの家でない限り自宅にはシャワー設備しかない。下層階級の家ならなおさらだ。ファベーラにあったリキの家もそうだった。近所の家も同様だった。この子もそうだろう。今までにこういう設備を見たことがない。たぶん、ソープ剤のいい匂いにも心を動かされているはずだ。

「入ってみたいか」

試しにリキは聞いてみた。少女は少し戸惑ったような表情を浮かべたあと、小さくうなずいた。

「でも、おじさんは入る必要がないんだ」リキはさらに誘導してみた。「カーサ一人で、入るんだ」

リキの身体にしがみついている両手と両足に、力が籠るのを感じた。それが答えだった。思わずため息をつきそうになった瞬間、折衷案を思いついた。

「じゃあ、こうしよう。カーサはこの中に浸かる。おじさんはバスタブの傍にいる。この部屋から出ない。この小さな部屋の中で一緒だ。どうだ？」

少女はしばらく考え込んでいる素振りだった。リキは我慢強く待った。やがて少女は微かにうなずいた。リビングへ取って返し、携帯とシステム手帳を上着のポケットに入れ、バスタブに戻った。

「いいか。服を脱ぐためだ。床に下ろすぞ」

だから泣くなよ、と暗に念押しをしたつもりだった。

「床に下ろさなくちゃ、風呂には入れない」

　そろそろと少女の身体を引き剝がし、床に下ろした。よし。あと、もうひといき——。

　次いで、Ｔシャツとズボンを脱がせ始めた。臭いが一層強くなる。狭いバスルーム。籠る湿気。強烈な臭気に鼻が曲がりそうだった。

　脱がせたＴシャツを洗面台の下のゴミ箱に放り込んだ。途端、カーサが悲鳴を上げ、素っ裸のままゴミ箱に駆け寄った。

「駄目だ」リキは言い放った。いいかげん我慢の限界だった。つい、いつもの部下に対するようなきつい命令口調になった。「新しいものを買ってやる。捨てるんだ」

　失敗した、と思ったときには後の祭りだった。少女はボロボロのＴシャツをしっかりと抱きしめたまま、またもや盛大に泣き始めた。泣きたいのはリキのほうだった。この子のおかげで今日一日の仕事の予定は滅茶苦茶だ。

　結局は、またリキが譲歩した。

　カーサはそのＴシャツを握り締めたまま、バスタブに浸かった。

　リキは洗い場に腰を下ろし、さっそくシステム手帳を開いた。携帯を取り出した時点で、あることに思い至り、ぎくりとした。

（ルイがお金。ケンカ。ナイフ。ぐさっ）

（……あっち）

（ノミ、公園。屋台）

少女は今朝リキと会ってから、まだそれだけしか言葉を発していない。あとは泣くかうなずくかでしか、自分の感情を表現していない。思わずカーサを振り向いた。少女はじっと俯（うつむ）いたまま、無言でバスタブに浸かっていた――。

カーサがようやく歯を磨き終えた。

リキはタオルを手に取り、カーサの腹部に付着した歯磨き粉とよだれを丁寧に拭き取ってやった。洗面台の奥にあるコップを手に取って水を満たし、カーサに与える。ぐるぐる、と口をゆすぎ、カーサが洗面ボウルに水を吐き出す。もう一度コップに水を満たし、与える。カーサが同じことを繰り返し、水を吐き出す。

そこまでを確認して、リキは言った。

「よし。じゃあ服を着ていい」

「はーい」

カーサがリビングに駆け戻ってゆく。いそいそとワンピースに袖を通し始める。

「リキパパ、その人何歳？」

「たぶん、六十四だ」

「じゃあ、おじいさん？」

「そうだな」

「どうしてお昼、あたしも一緒に会うの？」

「ん？」

「だって、今までリキパパとあたしと誰かと一緒、ご飯ないよ」

一瞬、言葉に詰まった。だが、

「パパのアミーゴだからだ」次の瞬間には、嘘が澱みなく口をついて出てきた。「それに、その人がプールに連れて行ってくれる。だからその前にご飯も一緒に食べる。カーサもパパのアミーゴに会いたいだろ？」

「アミーゴ、アミーゴ」カーサはボタンを留めながら唄うように繰り返す。「アミーゴ、アミーゴ」

ようやくボタンを留め終え、足元のリュックを片手にぶら下げた。かしこまった様子で、リキをじっと見上げてくる。

「忘れ物はないか」

「だいじょうぶ」

「サンダルもバスタオルも忘れずに入れたか」

「だいじょうぶ」

リキはうなずいた。

「じゃあ、出よう」

カーサの手を引いて部屋を出る。相手の歩調に合わせて廊下をゆっくりと歩いてゆき、奥のエレベーターのボタンを押す。すぐに昇降機が上ってきた。

「その人、日本人だよね」

エレベーターに乗り込みながらカーサが口を開く。

「そうだ」二階のボタンを押しながらリキは答える。「日本人で、パパのアミーゴだ」

「ふうん」

今朝のカーサは同じような質問が多い。初めて会う人間に対して少し気負っている。緊張している。この一年半で、ずいぶんと言葉を喋るようになってからも、相変わらずこの人見知りの癖だけは直らない。

……昨年の三月。

ボゴタからメデジンの自宅に連れ帰ってからも、カーサの精神状態は最悪だった。とにかく一言も声を発さなかった。意思表示には唯一、首を横か縦かに振るだけだ。誰かが家にやってくると、食事中でも決まってテーブルの下に逃げ込んだ。住み込みメイドのミランダにさえ、半径一メートル以内には近寄ろうとしなかった。大柄な黒人メイドのミランダは子どもが大好きだったから、そのたびにひどく悲しそうな顔をした。

もともと内気で人見知りする子だという印象はあった。だが、あの事件以降、さらに極度の対人恐怖症と失語症に陥っているようだった。

専用の子ども部屋を作ってやったにもかかわらず、そこには寄り付こうともしない。

自宅にいる間中、絶えずリキの後にくっついて回る。リキがトイレに入ったときは、トイレの外で膝小僧を抱えたまま、じっと蹲（うずくま）っている。

夜になり、カーサの手を引いて子ども部屋につれてゆき、ベッドに寝かしつける。完全に眠りに落ちるのを待って、自分の寝室へと戻る。

だが翌朝、リキが自分の寝室で目覚めてみると、決まってカーサがそこに居た。ベッドのすぐ脇の床で毛布に包（くる）まり、身を丸くして寝ている。夜半に起き出し、毛布を引き摺りながらリキの寝室までやってきている。

このいつもべったりの状態には、リキもさすがに音を上げそうになった。まるでプライベートな時間というものがない。

最も困ったのは、リキが会社に行こうとしてスーツを着始めたときだ。

いつも泣きながらリキに纏（まと）わりついてくる。強引に置いていこうとすると、今度は玄関まで付いてきて上着の裾を握り締めたまま、まるで打ち据えられた子犬のような悲惨極まりない泣き方をする。泣くことでしか、この子は感情を表せない。

かわいそうなのは分かる。だが、リキは正直、苛立ちと腹立ちと情けなさに、何度も怒鳴り出したくなった。

これでは仕事も何もできないではないか――。

結局はパパリトの運転するメルセデスに乗せ、会社へと向かう。内心、自分の甘さに何度も舌打ちをする。会社に着けば着いたで、驚きと好奇心を丸出しにした部下たちの無数の視線が、カーサを連れているリキに突き刺さる。

無様なこと、この上ない。

ただ、社長室に連れ込んでからは楽だった。リキが仕事をし、電話をかけている間、カーサは隣の椅子にちょこんと座ったまま、まるで置物のようにじっとしている。あるいは、リキが大量に買い込んできた玩具を床に並べ、無言で一人遊びに興じている。

来客や部下が部屋を訪れると、すかさずコの字型になったマホガニー製のデスクの奥に潜り込み、じっと息をひそめる。相手が帰るまでは絶対に出て来ない。まるでイタチだ。

だから、裏の商談や打ち合わせがある場合は、社長室に来た相手と連れ立って部屋を出て、会議室に場所を移す。このときばかりはカーサも追いかけてはこない。それでも別室に移っている間中、気にはなっていた。

そんな繰り返しがつづいた四日目の午後、ついに意を決して精神科医に電話をかけた。

児童心理学と発達心理学を専門とする医者だった。午前中に電話をかけて予約を入れ、そのときに三十分ほどかけてカーサの症状とそれに到る経緯を説明した。医者はカーサの描いた絵を見たいと申し出てきた。リキはメイドのミランダに電話して、その絵を持ってこさせた。

午後に、カーサを連れて病院に出向いた。

カウンセリングルームに通され、その担当医を見た途端、カーサはリキの後ろに隠れた。簡単な挨拶が終わると、若い医者はカーサににっこりと笑いかけた。

「いい物を、見せてあげるね」

そう言って、テレビのスイッチを入れた。

リキも知っているアメリカのカートゥーン『トムとジェリー』が、画面に流れ始めた。小さなネズミがいたずらをして、怒った猫がそれを追いかける。カーサはリキの膝の上に抱かれたまま、無表情に映像に見入っていた。

五分後、自動的にアニメが変わった。今度は『スヌーピー』だった。リキはその表情を見逃さなかった。しばらく見ているうちに、カーサの表情にわずかに微笑(ほほえ)みのようなものが走った。その漫画も、約五分で途切れた。すかさず医者は言った。

「あっちの部屋に行けば、今のアニメのつづきが見られるよ」

カーサはいやいや、と首を振った。さらに医者は言葉をつづけた。

「だいじょうぶ。ほら」と、隣のプレイング・ルームとの壁にある大きな窓を指差した。

「心配なら、いつでもこっちを見ることができる。パパとおじさんはここにいるよ」

カーサがいかにも心細そうにリキを見上げてきた。

「だいじょうぶ。ここにいるから」リキは言った。「心配なら、すぐに戻ってくればいい」

今度は渋々ながらうなずいた。

三人で連れ立ってプレイング・ルームに入った。緑色の床には緩衝材が入っているらしく、妙にふわふわして感じた。床の上には色とりどりの積み木やブロックが転がっている。わざとそうしてあるようだ。画用紙とクレヨンのセットも目についた。窓と反対側の壁には、大きな鏡がかかっている。

部屋の隅にテレビとDVDプレイヤーが設置してあり、医者はそのプレイヤーにディスクを挿入すると、テレビのスイッチをオンにした。『スヌーピー』の映像がふたたび流れ始めた。

ふたたびテレビに見入り始めたカーサに声をかけ、リキと医者は隣の部屋に戻った。

リキは午前中に電話口で伝えた内容を、さらに詳しく説明した。

その若い担当医は、ほう、とか、なるほど、と相槌（あいづち）を打つのみで、自分から口を開くことはほとんどなかったが、最後に質問してきた。

「あのお子さんは、絵を描くことは元々好きなのですね」

好きだと思います、とリキは答えた。医者はうなずいた。

「分かりました。では、その絵を拝見させてください」

リキはダンボールと画用紙に描かれた四枚の絵を、バッグから取り出した。

医者は順々にその絵を見てゆくと、何故かカーサが最初に描いたダンボールの絵を、もう一度じっくりと見直した。次いで二枚目のコスモスの絵も少し見直した。

教会の絵の二枚はまったく見直さなかった。リキは不思議に思った。

「何故、そちらの絵は見直さないのです?」

「好んで描いたものではないからです」医者は答えた。「題材も描き方もそうです。二枚目にもややその傾向が感じられます。上手い下手は関係ありません。感情で描いていない」

「…………」

「ところであなたのほかに、あのお子さんが日常的に接している、といえばやや語弊がありますが、頻繁に見かけたり、接しざるを得ない大人の方は、どなたでしょう?」

少し考えてリキは答えた。

「ミランダというメイドと、カルロスという運転手です」

医者はうなずいた。

ふたたびプレイング・ルームに戻った。カーサはじっとテレビに見入っている。しかしリキは気づいていた。医者と話をしている間、この少女はかなりの頻度でちらちらとこちらを見ていた。

「じゃあ、ちょっとアニメはお休みね」

医者はカーサに微笑みかけ、ＤＶＤを止めた。それから画用紙とクレヨンをカーサに差し出した。

「これで、パパを好きなように描いてごらん」

カーサはじっと医者を見つめたまま、手を出そうとはしない。医者はさらに言った。

「できるかな？」

ようやくカーサが両手を差し出し、画用紙とクレヨンを受け取った。医者はモデルのリキをカーサの目の前に座らせた。

十分後、絵が出来上がった。

画用紙の長方形いっぱいに、リキのバストアップが描かれていた。特に、顔がひどく大きかった。目があり、眉があり、鼻があり、口がある。

絵の中のリキは、実物の自分より妙に丸っこい。笑ってもいなければ、怒ってもいない。その無表情が、何故かとても寂しそうにリキには感じられた。

「すごく上手だね」医者はその絵を見ながら褒めた。「とても、いい感じだ」

カーサの表情が、わずかにほころんだ。

「じゃあ、今度はお、じ、さ、んの絵を描いてみせて」

五分後、医者の絵が出来た。

リキはその絵を覗き込んだ。画用紙の中心に、小さくその全体像が描かれている。これはその実物の通り、体が細い。

「これも、上手だ」医者はまた褒めた。「全身までちゃんと描けているね」

カーサは、今度は無表情なままだった。

「じゃあね、今日はこれで終わりにしよう」構わず医者は少女の前にしゃがみ込んだ。「ただね、おじさんからちょっとカーサにお願いがあるんだ」

なに？　というようにカーサは小首をかしげた。

「今度また来るときまでに、絵を描いてきて欲しいんだ」医者は言った。「家にいるミランダさん、知ってるよね？」

カーサは小さくうなずいた。

「その女の人の絵と、クルマを運転するカルロスさんの絵だよ」

カーサは怪訝そうな顔をした。

「パパリトのことだ」

リキが補足すると、カーサはまたうなずいた。

翌日の昼間、社長室に呼ばれたパパリトは大いに照れていた。

子どもが描くとはいえ、絵のモデルになるのは初めての経験だったらしい。

「妙な感じですねえ」

じっと椅子に腰掛けたまま、同じセリフをしきりとつぶやいた。

カーサはパパリトに対してはあまり怯えない。日に何度もクルマに乗るうちに、パパリトの佇まいに慣れた。すんなりとクレヨンを動かしていく。

出来上がった絵は、腰から上の上半身だった。

稚拙なラインではあるが、それでもパパリトの像をよく摑んでいた。眉がきりりと引き締まり、口元はわずかに微笑んでいる。全体として非常にいい男に見えた。しかも絵の隅には小鳥（パパリト）が飛んでいた。

おぅ、これは洒落（しゃれ）てる、とパパリトはその絵を見るなり手放しで喜んだ。「しかも、なかなかいい男に出来上がっている」

パパリトは嬉しさのあまり、つい、という感じでカーサの頭を撫でた。

カーサは一瞬びくりとしたが、黙って頭を触られていた。パパリトがあまりにもしつこく撫でているせいか、最後にはリキに向かってちらりと笑顔さえ見せた。

たぶん照れ笑いだ。長時間、初めてパパリトと向かい合っていたせいで、相手に対して少しずつ警戒心を解き始めている。

自宅に帰ってからのミランダの反応は、もっとあけすけだった。

モデルになった彼女は、もう大照れに照れていた。何度も口元を押さえ、必死に笑いを噛み殺していた。
ミランダは中年の黒人女だ。カリブ海に面した港湾都市カルタヘナで生まれ育ったせいか、何事に対しても常に陽気で、開けっぴろげだ。いつも原色系のカラフルな服を好んで着る。嬉しいことがあったときは、真っ白な歯と頑丈な歯茎を剝き出しにして「いぃーっひひひ、ひひ」と笑い転げる。

コロンビアの中流以上の家庭では、住み込みのメイドを雇っている場合が多い。メイドはたいがいの場合、インディオか黒人だ。月給は十万ペソ程度。家賃と食費がかからないから、それでも田舎にいる家族に仕送りはできる。屋根裏部屋か階段下の半倉庫のような小部屋に住んでいることが多い。ちなみに中流以上の家庭では、たとえ洗濯機を買う金がなくても、メイドだけは雇っている場合が多い。この事実が、コロンビアという国の成り立ちをよく表している。

絵が出来上がった。

今度もパパリトの場合と同じく、腰から上の上半身だった。

目がパッチリと大きい。大きな口と座りのいい鼻。チョコレート色の肌。赤いスカーフに黄色いシャツ。絵の右上には、太陽がぐるぐると右巻きの螺旋で描かれていた。

ミランダはかわいい、かわいい、と繰り返し、子どものようにはしゃいだ。さすがにパパリトのように不用意に手を伸ばすことはなかったが、それでもカーサはミランダに対し、わずかに顔をほころばせた。カーサは立てつづけに褒められて、少し嬉しがっているようだった。

ミランダはお礼にと、夕食の後に手の込んだストロベリー味のドルチェを出してきた。カーサはまた笑った。

何故あの医者が二人の絵を描くように言ったのか、リキには少し分かったような気がした。

翌日の午後、病院にカーサを連れて行った。

この前と同じようにカーサをプレイング・ルームに連れて行き、『スヌーピー』のつづきを見せている間、リキは医者と面談した。

「本当は、うちのスタッフとブロック遊びなどをやらせてあげたいんですが――」プレイング・ルームをちらりと見遣りながら医者は言った。「それは、まだ無理でしょう」

リキはなんと答えていいか分からなかった。ただ、バッグの中にある二枚の絵が気になっていた。

医者は言った。

「では、見せていただけますか」

リキは絵を取り出し、テーブルの上に差し出した。医者は二枚の絵をそれぞれ両手に取り、交互に見比べ始めた。ついリキは口を開いた。

「わざとですか？」

「え？」

「この二人と、よりほぐれた関係になるように、わざと絵を描かせた側面もあるのですか」

「たしかに絵を描かせることには、そういう効果も期待できますね」医者はうなずいた。

「でも、それだけが本来の目的ではありません」

「うん？」

「認知、という言葉をご存じですか？」

「字面（じづら）としての意味なら」

医者はうなずいた。

「それで充分だと思います」

あらためて気づいた。この医者は最初に会ったときから難しい専門用語をほとんど口にしていない。カウンセリングやセラピーなどという言葉も出てきたことがない。平易でありふれた言葉だけを使って、いつもリキに説明している。逆に、ちょっとでも難しそうな言葉を使うときは、必ずリキに確認を求める。

信用できる、とリキは感じた。

どんな世界でもそうだ。わけの分からぬ専門用語を平気で使う人間に限って、ロクな奴はいない。

医者はちらりとプレイング・ルームを見遣った。アニメを見ているカーサは、この前のようにはしばしばこちらを窺わない。やや環境に馴れてきている。

医者はその様子を確認して、ダンボールの花の絵と、リキと医者の絵の計三枚を取り出し、テーブルの上に並べた。

その三枚の横に、さらにパパリトとミランダの絵を並べる。

「見てください」

そう言って、最初にダンボールに描かれた絵を示した。

「中央に花があり、右上に太陽があり、逆に左下の葉の部分には、小さな虫がいる」

リキはうなずいた。

「これが、事件前の彼女に見えていた世界です」医者は言葉をつづけた。「描きたいものがまず中央にあり、太陽と虫の配置のバランスもいい。つまりは精神のバランスです。しかも描いているものは——太陽までそこに含めるのはやや無理がありますが——有機体ばかりです。つまり、生きているものです」

ここで医者は、ちらりとリキの顔を見上げた。

「彼女は生きているものに興味がある。浮浪児(ガミン)という辛(つら)い境遇を考えれば、かなりまっとうな感受性を維持していたと考えられます。ちなみに花は、『大事に保護されている自分』というものを無意識に感じている子どもが、よく描く題材でもあります。あなたが教会を指定するまで、彼女は花の絵を二度描いています。おそらくは好きな題材です」

ルイ。

ふと思った。カーサの世界を支えていたのは、あの少年だ。あのすばしこい少年が内気な妹の盾になって、無慈悲な社会と対峙していた。戦っていた。

「ここまでは、いいですか」

医者が言った。リキはふたたびうなずいた。

「残りの四枚の、共通点はなんですか？」

「人物を描いていることです」

が、医者は否定した。

「それは、私が人物を描くようにと指定したからです」

確かにそうだ。自分の間抜けさ加減を、つい笑った。

「では、なんですか？」

「首です」

「首？」

「そう。首です」医者は並べられた人物像のすべてを指差した。「この絵には、すべて首があります」

意味がよく分からなかった。人の絵に首があるのは当たり前ではないか。

おそらくそのときのリキは怪訝そうな表情を浮かべていたのだろう、医者はさらに口を開いた。

「お子さんを育てた経験がないからお分かりにならないかも知れませんが、一般的に五、六歳までの子どもが人物像を描くとき、首まで描くことは非常にまれです。顔の下はすぐに胴体に繋がる……これが、何を意味するか分かりますか?」

分からない、と答えた。

「つまりは観察力です。言葉をまったく喋らない緘黙(かんもく)の子どもに、数多く見られる事例です。緘黙は心理的外傷やストレスによって引き起こされます。周囲への異常な警戒心から、自分の内へ内へと籠ろうとするのです。その警戒心の分、他者に対する観察力は鋭くなります。あの子も——」

と、プレイング・ルームのカーサを視線だけで指し示した。

「ほんの一瞬ではありましたが、最初に会ったとき、まじまじとわたしの顔を見つめました。そしてそんな子どもはたいがいの場合、非常に賢そうに見えます。相手に対する警戒心から表情が引き締まり、無口で、大人びて見えるからです。あの子も、そうですね」

いちいち思い当たる。リキはふたたびうなずいた。

「しかし本来、大人もそうですが、特に子どもの心はそういうふうに出来てはいません。できればもっと警戒心を解いた、リラックスした心持ちでいたいと欲しているものです」

自分の絵を見る。おれにも首がある、とリキは思った。

「ひとつの結論だけ、先に言います。警戒心を解くと、相手に対する観察力は甘くなります。緘黙が治った子どもの場合、もう首は描きません」

「なるほど」

「誰かが人に対する警戒心を解いてやることが大事なのです。あの子の身に起こったことは起こったことです。悲惨な記憶は消えません。ずっと心の中に残ります。緘黙になるほどの心理的外傷なら、なおさらでしょう。情のない言い方のようですが、それはもう、仕方のないことです」

「……そうですか」

「ただ、誰かがその痛みを和らげ、今の記憶の上に楽しい経験を何層も積み重ねてあげることによって、その記憶がたまにしか蘇らないように、心の奥隅に埋没させてゆくことは出来ます」

そこまで言い終わり、医者は四枚の人物画を並べ替えた。

最初の絵が医者本人、次にパパリト、ミランダ、リキとつづく。

「並べ替えた理由はあとで説明します。これらの絵にはもうひとつ共通項があります。人物の描いてある位置が、以前の花や教会の絵と同様、中心線からずれていませんね」

「はい」

「この件については、これだけの事実から結論を導き出すのはかなり乱暴ですが、あえて申し上げます。事件後も、すべての絵の対象物がこの中心線を通っている。精神のバランスを大きく崩した子どもの絵は、もっと中心線からバラけてくるものです。おそらくですが、肉親の殺人現場を目の当たりにするという恐ろしいほどの心理的外傷を負いながらも、彼女の目に見えている今の世界は、以前とはそんなにブレていないように思います」

たしかに素人のリキにも、この見解は早急なものに感じられた。

医者はさらに早口で言葉をつづけた。

「もうひとつ、それを裏付ける事実もあります。前回と今回、あの子のあなたに対する仕草を見るに——たとえば初めて会ったとき、あの子はすぐにあなたの後ろに隠れましたね。そしてあなたの膝の上には、すんなりと乗っていく。今回もそうです。プレイング・ルームに連れて行こうと私が腰を上げたとき、あの子は咄嗟にあなたの脇に擦り寄り、上着の端を摑みました。絶えずあなたに縋ろうとしている。あなたが離れようとすると途端に泣きじゃくるという言動も、端的にそれを表しています。心の世界が完全に壊れた子どもは、間違ってもそんな依存の仕方などしません。単に一時欲求——空腹や睡眠を、訴えるだけです。それ以外の寂しいとか不安だという感情では、他人に寄りかかりません」

カーサ。窓の向こうにいる……。

「つまり、あの子の心は、目に見える世界のすべてを疑うほどには壊れていません」

今もじっとアニメに見入っている。

「では次です。この四つの絵の違いは、なんですか？」

これはすぐ分かった。

「人物の大きさでしょう」

「ですね。私の絵が一番小さい。子どもが自分にとって遠い存在の相手を描くときに、よくこうなります。運転手のカルロスさん、メイドのミランダさんは上半身まで近寄ってきます。そして、あなたの絵です――」

そう言って、最後の絵を指し示す。

「完全なバストアップです。子どもが描いた人物のこういう大きさの絵は、幼い頃あなたも見たことがありますよね？」

言われて思い出した。リキは呻くように声を上げた。

「小学校で、よく見ました」

「そうです。子どもたちが教師に親の絵を描いて来いと言われ、描いてくる絵のほとんどが、この構図です」

「…………」

「たとえあなたに何も言葉を発しなくても、彼女はあなたのことを親、少なくとも親代わりだと既に認識しています。先ほどの行動もそれを裏付けています。つまり、彼女を救えるのは他の誰かではなく、あなたしかいないということです。ただし、これにはひとつ、問題があります」

「問題？」

「カルロスさんの絵。お会いしたことはありませんが、これでおおよそ分かります。おそらくはきりっとした感じの美男子でしょう。線もシャープです。生き生きした感じもある。いい雰囲気です。そしてミランダさんの絵。陽気な黒人メイドだという事はすぐに分かります。ですが、あなたです――」

医者はもう一度リキの絵を指し示す。

「あなたの絵は、これだけの大きさで描いてあるにもかかわらず、見る者におよそ何の印象も伝えてこない。顔に表れている表情も希薄です。つまり、彼女の目に映るあなたは、彼女に対してほとんど感情らしい感情を見せていない」

「――」

「だからいっそう彼女は不安がるのです。ガミンという過去もあります。いつかあなたに捨てられるのではないかと思い、必要以上に構ってもらおうとするのです。纏わりつくのです。泣きじゃくるのです」

さらにこう畳み込んできた。

「あなたに対して彼女の中にあるものは、先ほどの警戒心とは別の、不安感です」

窓の向こうの小さな頭は動かない。凝り固まったように、じっと画面に見入っている。

自分の子ども時代。カーサの今の境遇……。

ベロニカの言葉を思い出す。


あんたは、相変わらず泣かない子だね。

どんなに悲しくても、昔からそうだった。

リキ、あんたが何を考えているのか、ずっと分からなかった。今もそうだ。


そう――。

心のどこかで、おれもずっと不安だった。

血の繋がらない親子。いつ愛想を尽かされるかと無意識に恐れていた。だからカーサの場合とは逆に、ずっと泣かなかった。

ベロニカも不安だった。だからこそ死ぬ間際まで、自分の子どもよりリキの行く末を案じていた。

分かるね、リキ。

ここであったことやサン・アントニオで起こったことは忘れて、もっと明るい、外の世界へ行くんだ。そして二度と振り返っちゃいけない。

分かるね、リキ……。

三回目に病院を訪れたとき、医者はカーサに『スヌーピー』を見せようとはしなかった。そのかわりにプレイング・ルームの中には、ブロックで出来た大きなお城が置いてあった。まるでインドの王様（マハラジャ）が住んでいるような派手な宮殿だった。色とりどりのブロックを組み合わせて、ミニチュアとは思えぬほど精巧に出来ていた。

カーサはそのお城に、明らかに心惹かれている様子だった。

「すごく綺麗だよね」

医者はカーサに笑いかけた。カーサはこっくりとうなずいた。

医者は笑ったまま、お城の隣にあるブロックの山を指差した。

「やりたいんだったら、自分の好きなように作り変えていいよ」

ほんとう？　という顔でカーサが医者を見上げた。医者は大きくうなずいた。

カーサは次にリキの顔を見上げた。許可を得ようとしている。

「そうさせてもらいなさい」

リキは言った。カーサはさっそくお城の前に座り込み、脇に山積みになったブロックをあれこれといじり始めた。

医者とリキは例によって隣の部屋へ移動した。

「モノを作らせることによって、前向きな生活意識を作り上げようとするやり方です」テーブルに座りながら医者は説明した。「『箱庭療法』の変形です」

リキはプレイング・ルームの中をあらためて見遣った。カーサは手に持ったブロックをお城の屋根に付けたり外したりしている。

面談が開始された。リキはカーサの日常の経過を説明した。緘黙(かんもく)は相変わらずだが、ミランダとパパリトには、ごくまれにだが自分から笑顔を見せるようになってきたことや、首の振り方に以前よりもはっきりとした意思表示を感じるようになってきたことなど、日常でのごく僅かな変化をかいつまんで話した。

「あなたがいなくなろうとすると、相変わらず泣きますか?」

思わずため息をつきかけ、うなずいた。

「相変わらずです。それはもう、この世の終わりかというくらいに泣きじゃくります」

ふむ、というような顔をして、医者はしばらく考え込んでいた。

「じゃあ、ちょっとした実験をやってみましょう」医者は提案してきた。「実は、あのプレイング・ルームの壁にかかっている鏡は、マジックミラーになっています。そしてマジックミラーの向こうは、小さな暗室になっています」

「はい？」

「今から彼女に声をかけ、席を外す旨を伝えます。その後、暗室に入ります。彼女の前から二人でしばらく姿を消します」

「それは――」思わずリキはうろたえた。「それは困る。おそらくあの子は私が不在の間中、泣き続けますよ」

すると医者はかすかに笑い、それからなんともいえぬ微妙な表情を浮かべた。

「果たして、そうでしょうか？」

結局は医者に促されるままにカーサのもとに行き、しばらくここに一人でいるように伝えた。果たしてカーサは泣き始め、必死にリキの袖を摑んできた。

「駄目だ」はっきりと拒否するように、医者にアドバイスされていた。「しばらくしたら戻ってくるから、ここにいるんだ。本当にすぐに戻ってくるから」

泣きじゃくるカーサを半ば強引に置いて、外に出た。

内心、忸怩（じくじ）たる思いだった。

正直に認めれば、少女の悲しさを思い、胸が締め付けられるように痛かった。そして自分とカーサにこんな気分を味わわせるこの医者に、一瞬憎悪さえ覚えた。

「だいじょうぶです」そんなリキの気持ちが分かるのか、廊下を歩きながら医者は諭してきた。「私を、信用してください」

暗室のドアは二重になっていた。廊下からのドアを開け、リキが入るや否や医者はすぐにそのドアを閉めた。暗闇になった。

辛いでしょうね。

闇の中に医者のささやき声が聞こえた。

でも、すぐに分かります――。

直後、明かりが差した。闇の奥にある小部屋のドアを、医者が開けたからだ。小部屋の中には、マジックミラーを通してプレイング・ルームからの光が差し込んできていた。

マジックミラーの向こうにカーサの姿があった。ブロックを片手に突っ立ったまま、リキと医者の出ていったドアを見つめ、泣いている。まだ突っ立っている。

「しばらくの我慢です」医者はプレイング・ルームを見つめたまま、静かに言った。「この観察は、あなたのためでもあります」

カーサは変わらずに泣きつづけている。両目からぽろぽろと涙を流している。

が、リキはしばらくして気づいた。

リキたちが出て行った直後ほどの激しい泣きじゃくり方ではない。その表情が、少しずつ平静に戻ってくる――。

「今、三分が経ちました」

腕時計の文字盤を見ながら、医者が言った。

カーサはブロックのお城を振り返った。そのときにはすでに泣き止んでいた。やがてお城の前に座り込むと、放心したようにじっとしていた。

「今、五分です」

医者がさらに言う。

しばらくして、その小さな手に握られていたブロックが、動いた。カーサは宮殿の屋根の上にブロックを付けた。一つ。そして、二つ……。

赤い屋根に、次々と緑のブロックを載せていく。泣いたことも忘れ、次第に夢中になり始める。

どうしてそう感じたのかは分からない。だが、その変化の様子を見ていたリキは、何故か裏切られたような気持ちになった。

「もう、分かりましたよね」医者がまるで見透かしたようなことを言った。「夢中になれるものが目の前にあったということもあります。でも、これが事実です」

「………」

「あなたに甘えているのです」医者は断言した。「でも、この前も言ったように、そんなあなたのことが一番捉えきれずにいる。不安なんです。だからあなたを逃すまいとして懸命に泣き叫ぶ」

「…………」

「でも、あなたが完全にいなくなれば、それはそれでちゃんと現実を受け入れられる。あなたが忙しくて、いつも付きっきりでいられないことは、彼女にもなんとなく分かっています。だから、それはそれで仕方のないことだと最後には諦めます」

しかし、とついリキはむきになって問い返した。一瞬、窓越しの小さな体の中に、女性特有の生臭さを嗅いだような気がした。「もしそれを分かった上で、意識的にやっているんだとしたら、ずるくはありませんか」

言って後悔した。医者は、そのリキのあまりの子どもっぽさに一瞬笑いを堪えたように思えた。しかし直後に平静に戻った。

「見ていてください」

そう言って、もう一度マジックミラーの向こう側を指差した。

「今はまだ、夢中になってブロックを積み重ねています。でも、子どもは飽きっぽいものです。すぐに集中力が低下します。そのときを、見ていてください」

医者の言葉通りだった。

それから数分も経たないうちに、カーサは宮殿の前から身を起こした。ブロックを手から離し、ちょこんと尻餅をついたまま、しきりに壁時計と扉のほうを窺うようになった。リキがまだ帰って来ないのが気になっている。

「たぶん、もうすぐです」医者が言う。「もうすぐ、気づきます」

何がもうすぐだというのか。

リキには分からなかった。分からないながらも、相手の言葉に誘導されるように、じっと部屋の様子に見入っていた。

と、カーサがマジックミラー越しにこちらを見た。同時に、それまで部屋の中をさまよいつづけていた彼女の視線が、固定された。

カーサはじっとこちらを見つめつづけている。心持ち、その表情が引き締まって見える。思わずぎくりとした。理屈では分かっている。そんなことはありえない。カーサから見れば、単なる鏡にしか見えていない。でも、まるでこの部屋にいる自分たちの存在が完全に見透かされているような気分を味わった。

「神経の鋭い子どもは、すぐに気づきます」医者は口を開いた。「彼女にはさっき夢中になっているものがあった。だからこのマジックミラーの存在には注意を払っていなかったのですが、もしあの宮殿のブロックを与えていなかったなら、すぐにでも気づいたでしょう」

カーサはまだ身じろぎもせず、じっとこちらを見ている。次第にその顔が、無表情になってくる。不気味なほど静まり返っている。

「今、また警戒心が高まってきています」医者がなおも言葉をつづける。「理屈ではありません。失語症の子によく見られる、いわゆる第六感のようなものです。言葉という伝達手段を失った代わりに、他の感覚が異常に鋭くなっていきます。誰かがこの鏡を通して自分を見ていることを、なんとなく感じ取っているのです」

「……なるほど」

ようやくその一言を口にした。

「そろそろ、戻りましょう」と、医者は少し笑った。「あなたにもいろいろなことが分かったと思います。もうこれ以上、彼女を一人で不安にさせておく必要はありません」

暗室を出て、廊下を戻ってくるとき、さらに医者は言った。

「おそらくですが、部屋に戻ってきたあなたを見て、彼女はふたたび泣きじゃくるでしょう」

「…………」

「でも、どうか誤解しないでください。それはずるいことでも卑怯なことでもありません。出て行くときに泣いたのも同じです。言葉を喋れない彼女の、精一杯の無言の抗議なのです。こんなにあたしは不安なのに、何故一人で置いていってしまうのか――そういうことです。寂しいのです。いつ捨てられるかも知れないという恐怖におびえているのです。あなたに甘えたいのです。必死にしがみつきたいのです。だから、あなたは駆け寄ってくる彼女に対し、冷たい態度を欠片も見せてはいけません」

果たしてリキがプレイング・ルームに姿を現すと、カーサが弾けたように泣き出しながら近づいてきた。

冷たい態度を欠片も見せてはいけません――。

リキが体を屈め両手を広げてやると、目前でぴょんと跳ね上がり、まるで蜘蛛の子のように両手両足でリキの胴体に飛びついてきた。

カーサがふたたび落ち着くのを待って、医者とともに隣の診療室に戻った。

「この前も言ったように、あの子の記憶は消せません」医者は言った。「しかし、今の記憶の上に新しい記憶を塗り重ね、心の奥隅に埋没させてゆくことは出来ます。これも、前に言ったとおりです」

リキはうなずいた。

「そしてそれは、あなたにしか出来ない役割です。もうそれは、充分に分かりましたよね」

リキはふたたびうなずいた。

そこまでを再確認したあと、医者は一気に喋り始めた。

「ただ、何も特別なことをする必要はないのです。まずはあの子の不安感を充分に取り払ってやることです」

それに続いた言葉は、今でもはっきりと覚えている。

先ほどのことでお分かりの通り、不可能なときは無理を重ねてまでも一緒にいてあげる必要はありません。

ただし、別れるときの態度には気をつけてください。相手が泣き喚いても、絶対に、困ったなあ、という表情や、仕事に遅れることを考え、焦りや苛立ちの振る舞いを見せてはいけません。そうすると相手はさらに不安に陥り、いっそうあなたに纏わりつきます。出来ることなら少しでも笑みを見せ、優しく諭してあげることです。不安を和らげてやることが大事なのです。

それと別れるときは、必ず帰りの時間を伝えてください。腕時計を買ってあげるのも手かもしれません。そして針を示して、八時なら八時と、ちゃんと帰宅時間を教えてあげるのです。ただし、その時間は絶対に守ってください。約束時間を過ぎれば、彼女はまたパニックに陥ります。その時は一人でもずっと泣きつづけるでしょう。だから不確定要素があれば、予め絶対に可能な帰宅時間を伝えることです。時間までに帰れば、彼女は安心します。約束したことは必ず守ると印象づけるのです。それが二度、三度とつづくうちにもっと安心してゆきます。

それと、週末などは彼女のために丸一日時間を空けてあげられるゆとりはありますか？

——ああ、なんとかなりそうですか。

それではこうしましょう。週末ごとに、彼女のためのイベントを設けてあげてください。

遊園地でも動物園でも、田舎へのピクニックでも、アニメの映画でも、彼女が喜びそうなことならなんでもいいのです。そして、その日一日は彼女が希望することなら何でもやってあげることです。

心配はいりません。彼女のような生い立ちの子どもは、その程度甘やかしてもわがままな性格には決して育ちません。

逆に、甘やかしてあげることです。楽しい記憶を重ねてあげるのです。そして出来るかぎり古い記憶を埋没させてゆく。心の隅に追いやってあげるのです。

また、この週一回のイベントには、他にも効果があります。その週のイベントが終わったらすぐに、翌週のイベントの約束をしてください。それも、なるだけ具体的なイベントのイメージを、彼女に伝えてください。そうすると、彼女はとても安心します。あなたは約束を守る相手です。だから少なくともそれからの一週間は、彼女は絶対にあなたに捨てられることがないと思う。しかも、おそらくはその日を心待ちにするようになるでしょうから、平日に多少放っておかれても我慢することを覚えます。無意識の補塡（ほてん）行為です。

そしてそういうふうにして一週間が経ち、二週間が過ぎ、一ヶ月、三ヶ月もすれば、彼女はだいぶ落ち着いてくるでしょう。

分かりますね。彼女に希望と安心を与えるのです。

この国の現実が、そしてこの世界が、実際にどうなのかは問題ではありません。

世界は、人生は、決して辛く悲惨なものではなく、明るく喜びに満ちていることを、あなたが体感させてあげるのです。

彼女の世界の中心は、この現実社会にはありません。あなたが世界の中心なのです。だから、あなたが感じさせてあげるのです。

単純に、愛してあげることです。そうやって、彼女に世の中を信じる力を与えてあげるのです——。

リキはその日から、医者の言いつけどおりにカーサに接し始めた。

最初の数日は本当に大変だった。リキが家を出て行くとき、カーサは体中の水分がなくなるのではないかと思えるぐらい泣きじゃくった。だからリキは必死で帰宅時間を守った。スヌーピーの腕時計も買ってやった。最初の週末に遊園地に連れて行くことも約束した。そしてその約束を、忠実に履行（りこう）した。何でも言うことを聞いた。

一週間が過ぎ、二週間が経った。

医者の言ったことは本当だった。

やがて、リキの出勤時間になっても、カーサは悲しそうな顔はするものの、次第に泣かなくなった。

三ヶ月目にして、初めておずおずと口を開いた。

リキパパ。

リキは正直、今までにこれほど嬉しかったことはなかった。

それがつい表情に出たのか、カーサは小さく笑った。

あとはもう、ゆっくりと滑り出すように、カーサは言葉を喋り始めた。ミランダ。パパリト。ライナス……。

カーサはどういうわけか、スヌーピーのアニメの中では、ライナスという少年が一番のお気に入りだった。いつも毛布を引き摺って歩いているブランケット症候群の少年。

医者にそのことを言うと、笑った。

共感し、そして同情しているのですよ、と。何かに頼らなければ精神の安定を得られない彼に。

回数は減ったものの、相変わらずカウンセリングは月に一度ほど受けていた。医者はそのたびにカーサに人の絵を描かせた。

喋り始めたのと相前後して、リキの絵にもミランダの絵にも、首がなくなり始めた。パパリトと医者の絵には依然あった。五ヶ月目を過ぎた頃に、この二人の絵からも首が消えた。

かと思うと、いきなりリキの絵に首が蘇ったりもした。

……思い当たる節はあった。実はその面談の三日前、リキは何者かに帰宅途中を襲撃された。ネオ・カルテルの敵対組織の誰かだ。パパリトが必死に応戦してくれたから命は助かったものの、リキは二の腕に被弾した。血塗れで家に帰った。リキの姿を見て、カーサもミランダも泣き叫んだ。

七ヶ月が過ぎた。

医者は、そろそろ大丈夫でしょう、と太鼓判を押した。もうここにはあまり来る必要はないです、と。

「ところで、相変わらず日本語を習いたいと言っているのですか？」

リキはうなずいた。

カーサはその一ヶ月ほど前から、あたしも日本語の勉強をしたい、とさかんに懇願していた。リキが商談のため、日本人のコーヒー業者を家でもてなした直後からだ。自分にはさっぱり分からない言葉を喋っているリキと、その相手が羨ましかったらしい。

「お願い。リキパパ。あたしも勉強したい」

カーサはそう言って繰り返した。このころにはリキやミランダに対しても充分に自己主張をするようになっていた。

リキは反対した。まだ母国語の語彙も完全とは言えないのに、文法も書き文字もとても難解な日本語などを勉強させたら、まだ発達過程の小さな頭はこんがらがってしまう。

だが、医者の意見は違っていた。

「いいんですよ。今の時期に多少混乱したとしても、大人になればちゃんと直ります。習いたいとそこまで言うのなら、習わせたらどうです？」

「しかし――」

「あなたに近づきたいと思っているのです。日本語を覚えることでね。出来る、出来ないは問題ではありません。それで彼女の心がより安定するのなら、いいじゃないですか」

ふたたび口を開こうしたリキを、さらに医者はさえぎった。

「それにもう、あなたが週末に連れて行く場所も、いい加減なくなってしまっているでしょう。メデジンの動物園も、既に三回目ですしね」そう言って笑った。「週末、家で彼女に日本語を教えてあげればどうです？　あなたもゆっくりできますし、外出する際の危険もない」

医者は、その頃にはリキの本業にうっすらと見当をつけている様子だった。

「彼女の精神衛生には、あなたが生きていることも、とても大事なことです」

「…………」

結局、苦労して日本語の教材を手に入れた。

日本の国営放送で流されている幼児番組を大量にダビングしたＤＶＤだ。週末はそれをカーサと一緒に見て過ごすことが多くなった。

どうせすぐに飽きるだろうと思っていたが、カーサは異常に熱心だった。リキの膝の上にちょこんと座ったまま、二時間でも三時間でも厭きもせずぶっ続けで見た。そして少しでも分からない言葉が出てくるとすぐにＤＶＤを止め、すかさずリキに聞いてくる。また大量のＤＶＤを仕入れる羽目になった。

ミランダによると、リキがいない平日は一人でＤＶＤを見直したりもしているらしく、その勉強熱はかなり本気のようだった。

リキは、それまでも週一で習いに行っていた日系一世の日本語教師の家に、カーサも連れて行くことにした。

そして、一年近くの月日が流れた。

今、リキとカーサはエレベーターの中にいる。

カーサは大きく上を見上げたまま、エレベーターの表示がゆっくりと移り変わっていくのを見つづけている。

あなたに、甘えているのです――。

リキは一人笑った。

ひょっとしたら、歯磨きで大量によだれをこぼすのも、わざとかもしれない。

その上で、リキに拭いてもらう。女王様気分。

エレベーターが二階に着いた。和食レストランに入り、窓際の席に進む。

相手はすでに来ていた。小柄なその体を、黄色のアロハと白い綿パンというド派手な出(い)で立(た)ちに包んでいる。

リキとカーサを見るとすぐに席を立ち、大きく両手を広げてきた。

「ようこそ。遠路はるばる、わが日本へ」白髪頭の下、満面の笑みを浮かべている。「そして、大都会(グランデシウダ)・トーキョーへ」

そのわざとらしい振る舞いには、ついリキも苦笑せざるを得ない。この男は還暦(かんれき)をとうに過ぎたというのに、相変わらずその人間性に重みの欠片もない。服装もそうだ。現実から浮きに浮いている。

「竹崎(たけさき)おじさんだ」リキは手を引いているカーサに言った。「挨拶しなさい」

もう昔のようにリキの袖口を摑んだまま、後ろに隠れることはない。それでも、その表情に一瞬緊張が走った。

が、次の瞬間にはすたすたと相手の前に進み出て、

「はじめまして(ムーチョ・グスト)、カーサです(メ・リャーモ・カーサ)。お会いできて嬉しいです(エストイ・エンカンターダ・デ・コノセールレ)」

と、きちんとお辞儀をした。

「こりゃ可愛いお嬢さんだ(ムーチャ・リンダ・チキータ)」竹崎はカーサの頭を撫でながら笑った。「おじさんも会えて嬉しいよ」

カーサは撫でられるに任せ、必死にぎこちない笑みを浮かべている。

「とにかく、席に着こう」

リキはやや焦って言った。カーサはその相手に慣れるまで、初対面の人間に体を触られることを相変わらず怖がる。

竹崎の対面にリキが、リキのすぐ脇にカーサが座った。

「今日はおまえの奢(おご)りだよな」いかにも嬉しそうに竹崎がメニューを開く。「さあて。何にしようかな」

リキはそんな竹崎を無視して、カーサのためにメニューを広げてやった。日本語の読めないカーサに代わり、品目を解説していく。

これが松御膳。メインがご飯(アロス)とトンカツ(セルド・レボサード)、ポテトサラダ(エンサラーダ・ルサ)。コロッケ(クロケータ)、ヌードルとプディング、吸い物(ソパ)付き。これは竹御膳。メインがご飯(アロス)と魚フライ(ペスカード・フリート)。これは梅御膳。メインが天ぷら(フリート)各種……。

結局、カーサは竹御膳を選んだ。リキは梅御膳、竹崎は蕎麦(そば)御膳を注文した。

「それと、生ビールを頼むよ」

竹崎はウェイトレスに笑いかけた。リキは顔をしかめた。

「昼間からアルコールもないだろ。それにあんた、呑んでいいのか」

竹崎はさらに笑った。

「ま、堅いこと言うなよ、一杯ぐらい」

結局はリキも付き合うことにした。カーサがそわそわとリキを見上げてくる。

「リキパパ、トイレ」

リキはうなずいた。このレストランで食べるのは、滞在中もう三度目だ。

「場所は、分かっているな？」

「うん」

「じゃあ、行っておいで」

カーサは椅子から飛び降り、竹崎に一瞬笑いかけたあと、フロア奥のトイレに向かって歩き出した。

その後ろ姿をじっと見送り、竹崎が言った。

「おれのこと、怖いのかな？」

リキは首を振った。

「あんたのことだけじゃない。初対面の相手にはいつもそうなんだ」

「ほう？」

「だからその緊張をほぐすために、無意識にトイレに駆け込むんだ。だからしばらくかかるが、戻ってくる頃にはずいぶんと落ち着いている」

「なるほど」

ウェイトレスが生ビールを二杯、運んできた。

「乾杯(チアース)」

ビールを一口飲んだあと、リキは改めて竹崎を見た。

「ところであんた、なんだそのド派手な格好は」

ん？　という顔で、竹崎がグラスから顔を上げる。

「だから、なんだと聞いている」

竹崎は笑った。

「だって今日は、あの子のお供で『としまえん』だろ。行く前から南国気分を味わわせてやろうかと思ってな」

リキはふたたび苦笑した。このサービス精神。この明るさ。この軽さ。六十四にもなっていったいこのジジイはなんなのだと思う。

「どっちがラティーノか、分からんな」

竹崎は相変わらず笑っている。


この男と知り合ったのは、六年前のことだ。

竹崎は当時、この日本に本社のあるオートバイメーカーの幹部社員だった。

単身赴任でコロンビアへとやって来て、メデジンの郊外にあるオートバイ製造工場の工場長を任されていた。

赴任して一年後、身代金目的でＦＡＲＣの分派に誘拐された。日本のオートバイメーカーは、現地人の大量雇用を約束してくれる大切な海外資本だ。アンティオキア州の警察官が総動員され、大規模な捜索が行われた。

しかし三ヶ月を過ぎても結果は出ず、ゲリラとの裏交渉役としてコロンビア中央警察から白羽の矢が立ったのが、コカインを通じてＦＡＲＣの事情にも詳しく、日本語も出来るリキだった。もし交渉に成功すれば、カルタヘナに私設の積出港開設を認可してくれるという。リキはそれに乗った。

ＦＡＲＣ側からの要求は、百万ドルだった。リキはまず日本のメーカー側と交渉し、現金三十五万ドルの身代金を出させることを承諾させた。

今度はゲリラ側と交渉し、結局は当初の要求額の三分の一で納得させた。現在のＦＡＲＣにとって誘拐はビジネスだ。そしてビジネスに値引きはつきものだ。

引渡しの条件は、アンデス中央山系奥地の指定された場所へ、リキが四輪駆動車で一人で出向き、三十五万ドルと人質を交換するというものだった。

その指示に従い、すんなりと竹崎を引き取った。

人質生活でさぞやつれているのかと思えば、竹崎は意外にケロリとしたものだった。

「交渉が決裂して、殺されるとは思わなかったのですか」

帰りのクルマの中、リキは聞いた。

「まあ、思わなかったですなあ」

のんびりと竹崎はつぶやいた。

「どうしてです」

竹崎はこう説明した。メデジン工場への先行投資には、その調査費も含め、一億ドル相当がかかっている、と。しかもコロンビア経済の伸びを見るに、これから先もバイクの需要はかなり見込まれる。

「そんなおいしい市場を、しかもここまで先行投資しておいて、会社が断念するはずがないでしょう?」

だから会社が金を出すと思っていたという。

しかしたとえ理屈はそうであっても、実際にその状況に陥れば誰しもが平然とはしていられないはずだ。でも、この男は平然としていた。

驚いたことに竹崎は事件後も帰国する道を選ばず、平然と工場長をつづけた。本社はかなり反対したらしいが、本人のたっての希望とのことだった。

その後も折に触れ、メデジン市の財界パーティなどで会う機会が重なった。

リキはこの男の精神構造に興味があった。この男は、他の日本人とはちょっと違う——。

個人的にも一緒に夕食を食べるようになった。会う機会が多くなるにつれ次第にくだけた口調になり、お互いの事情も知った。竹崎は早くに妻を失くしていた。二人いる息子は、すでに東京で働き始めているという。

「だってね、おれはこの国の人間、好きなんだよ」ある日、竹崎は言った。「どうせ独り身だし、どうなろうとも気楽なもんだしね」

ははーん、とリキはピンと来た。

「人間とは、女性ですね」リキは聞いた。「そうでしょう?」

「ご名答です」竹崎は明るく笑った。「こっちの女はとてもいい。美人だし、明るいし、おれのようなジジイ相手でも気が合えば優しくしてくれる」

リキはこのときも笑った。

それから一年半後、定年退職になって竹崎は帰国した。

かと思えば、呆れたことにすぐにコロンビアにとんぼ返りしてきて、今度はカルタヘナに住み着いた。この国の物価は、日本の約七分の一だ。退職金の半分を息子二人に分け与え、残りの退職金と月々に振り込まれる厚生年金、国民年金で優雅に一人暮らしを始めた。日々の趣味はもちろん、女漁りだ。

すでに組織の中で部下の模範となるべき立場ではないだけに、その遊び方もずいぶんと吹っ切れていたようで、カルタヘナでの日系人社会からの評判は散々だった。

リキも当時、私設港を持った関係で、しばしばカルタヘナには出向いていた。完全なるヒマ人と化していた竹崎は、リキが来るといつも諸手（もろて）を挙げて歓待した。

その頃までには、お互いの言葉遣いに完全に遠慮がなくなっていた。

ある日、リキははっきりと言った。

「あんた、女遊びもいいが、いったい自分の評判を知っているのか」

「知っている」

「はっきり言って最悪だぞ」

「確かに」なにが嬉しいのか、竹崎は依然としてニコニコしていた。「でも限りある余生だ。誰に迷惑をかけているわけでもなし、おれは好きに生きたい」

竹崎は、売春婦は相手にしなかった。時間は充分にあるのだから、好きになった街中の女性を、充分に手間暇をかけて口説くのだという。

最初は悪い冗談だと思ったが、それは事実だった。

リキも一度だけ、その現場を見たことがある。

カルタヘナの中心街（セントロ）にほど近い沿岸部に、ボカ・グランデというビーチリゾートがある。竹崎と一緒にオープンカフェに座っていたときのことだ。

テーブル脇の歩道の向こうから、美しい混血女（ムラータ）が腰を揺らしながらゆったりと歩いてきた。

と、竹崎が不意に立ち上がり、「また後で会おう」と言い残し、娘に向かってすたすたと歩き始めた。カリブ海の明るい太陽が、竹崎の小柄な背中を照らし出していた。その背中が、次第に娘に近づいてゆく。

娘とすれ違うかと思われた瞬間、竹崎は急にぱたりと倒れた。かと思うと、道ばたに転がったまま、うんうんと唸りながら両手で腹を押さえ始めた。娘はさすがに驚き、その隣にしゃがみ込んだ。竹崎を助け起こそうとした。

だいじょうぶですか、セニョール？

だが竹崎は女の膝に頭部をもたせ掛けたまま、依然うんうんと唸りつづけている。娘は必死に竹崎の体を揺さぶる。

セニョール、セニョール？

コロンビアの女は概して無邪気だ。人を疑うことを知らない。それをいいことに竹崎は猿芝居をつづけている。

リキはもう、茫然とした。そして心底呆れた。

本当に恥も外聞もない。さすがに女好きなラティーノもここまではやらない。とんだエロジジイもあったもんだと思った。

だが、そうやって詐欺同然に知り合った女たちからその後に嫌われるかというと、どうやらそうでもなさそうだった。

誠意だよ、と竹崎は笑った。「あとで正直に話して謝る。どうしてもお話ししてみたかったんで、ついあんなことをしてしまいました。すいません、と」

「そしておいしいご飯を奢ってあげる。すると彼女たちは笑って許してくれる。場合によってはその後も付き合いはつづく」

「………」

だが、と内心リキは思う。そんな彼女たちだって、相手によるだろう――。

コロンビアの女は無邪気であると同時に、ひどく短気だ。むしろその嘘をついた相手によっては激怒しまくり、場合によってはひっぱたき蹴り上げるかも知れない。

だが、この竹崎のような人間にそこまであけすけに打ち明けられると、怒るより馬鹿馬鹿しさとおかしさが先にたって、つい笑い出してしまうのかもしれない。

そう言えば竹崎には、そんな恥さらしな真似をしても不思議と卑しい感じがない。若い娘と手をつないで歩いていても、あまり生臭い印象もない。

卑しさとは、自己への執着だ。そして生臭さとは、その執着の表れだ。行動そのものではない。その執着を、竹崎はどこかに置き忘れたまま生きているようだった。

セックスにしてもそうだ。竹崎は必ずしもその娘たちと寝なくても満足のようだった。相手にその気がなければ、それはそれでいい。それでも喜んで一緒にご飯を食べたりする。

彼女たちが明るく笑い、他愛もない世間話をし、椅子から立ち上がり、あるいはカモメの舞っている海辺を歩く。

そんな彼女たちを見ているだけで、竹崎は非常にいい気分になるのだという。その瞬間、世界が黄金色に輝くのだという。

いただきます。

竹崎が女と寝るときに毎度つぶやく念仏だ。両手を合わせ、感謝の気持ちを込めて娘の裸体が横たわったベッドの脇にひざまずく。すると娘たちはゲラゲラと笑い出す。

これにはリキも腹を抱えて笑った。

だが、竹崎のそんなある意味、極楽浄土の生活もそう長くはつづかなかった。若い女性に付き合って毎晩のように高カロリーの食事ばかり食べていたので、ついに糖尿病になった。

「ま、仕方ないよな」竹崎はこのときも、まるで他人事のようにあっさりと言ってのけた。

「あんな生活じゃあ、いつかはそうなると思っていた」

「じゃあ、そんな食事を摂るのを止めればいい」

すると竹崎は不思議そうな顔をした。

「同じテーブルで楽しく語らっているのに、一方が肉で、一方が野菜か？」そう、揶揄してきた。「そんな貧乏臭い付き合いなんざ、洒落にもならん」

ふん、とリキは鼻を鳴らした。「そんなもんか」

「そんなもんだ」竹崎は笑った。「世界を共有できない。洒落にもならん」

「じゃあ、どうする」

「仕方ない。帰るさ。もう充分に堪能したしな」

　そういい残し、二年前にさらりと帰国した。

　そんな病気持ちの竹崎が、今、目の前にいる。ジョッキの中身が三分の一ほど減っている。

「本当にビールなんか飲んでいいのか」

「これぐらいは大丈夫だ」竹崎は答えた。「日ごろはかなり節制している。血糖値も問題ない」

「でも、できればやめたほうがいい」リキは言葉を重ねた。「あんたには少なくともあと十年は元気で、しかも惚けることなく生きてもらわなくちゃならない」

「おいおい、なんだそりゃ。おれはまだ、完全に引き受けるとは言ってないぞ」

が、すでに半ば、その気になっている。少なくともリキはそう思う。

「だから今日、あんたにお守り役をお願いしたんだ」リキは言った。「今日一日付き合えば、あの子のこともなんとなく分かってくると思う。人見知りはするが、根はすごくいい子だ」

　竹崎は苦笑した。

「親バカ丸出しだ」

その言葉を無視してリキは言葉をつづけた。

「先週、あの子の日本での口座を開いた。五つの銀行に二十万ドルずつの百万。今からあんたに渡しておいてもいいし、あの子に持たせておいてもいい」

おいおい、とさすがに竹崎は驚いた顔をする。「気が早過ぎはしないか。おれがうんと言ったにしろ、一年後の話だぞ」

「万が一のためだ」リキは説明した。「そうならないように努力もしているし、実際にそうはなりたくない。だが、おれに何かが起こった場合、母国の検察はこれ幸いとばかり、おれの財産を凍結する。あの子は世間に一人で放り出される。孤児院送りになる」

そこまで言って、懐から封筒を取り出した。

「なんだ、それは？」

「これも、もしもの場合だ。養子縁組の同意書だ」竹崎のほうに差し出しながらリキは答えた。「顧問弁護士に作成させた。コロンビア国内での法律に則って作ってある。おれの箇所はサイン済みだ。預かっておいてくれ」

「おいおい」

「いいから最後まで話を聞いてくれ。あんたがこれにサインすれば、コロンビアの法律では養子縁組が成り立つ。あとはこの日本で、あんたが里親になってくれればいい」

「しかし――」

気づいた。目の隅で捉えた。カーサがテーブルの間を抜けて戻ってきている。

「とにかく、収めてくれ」リキは早口で言った。「あくまでも万が一の場合だ。そうならない公算のほうがはるかに高い。おれの気休めだと思ってくれればいい」

竹崎もカーサが戻ってくるのに気づいたようだ。しぶしぶ封筒を手に取り、脇のバッグの中に仕舞った。

「やれやれ、心配性な男だ」

そうつぶやき、ため息をついた。

カーサがやってきて、リキの隣に座った。

竹崎がカーサにふたたびにこにこと笑いかける。カーサも笑みを返す。先ほどより少しぎこちなさが取れている。おそらくはトイレの中でいろいろと考え、少しは安心して戻ってきた。

「おもしろいもの、見せてあげようか」不意に竹崎が言った。

「なに？」カーサが口を開く。

竹崎は財布から日本の硬貨を取り出した。百円玉。右の手のひらに載っている。

「見ててごらん」

言いつつ竹崎は右手を握った。カーサはじっとその手を見ている。

「呪文を唱えよう。アブラカダブーラ……」

直後、竹崎は指を開いた。

百円玉は消えていた。カーサは目を丸くした。

「こっちだ」

竹崎は笑い、左手を開いた。百円玉が現れた。

「え、どうして。どうして？」

カーサが思わず、と言った様子で身を乗り出す。

「どうして。どうして消えたの？　移ったの？」

矢継ぎ早に質問を飛ばす。

リキは笑った。初歩的な手品。

だが、カーサは心底びっくりしている。初対面の相手に対する緊張感も、一気に吹き飛んでしまったようだ。

「わけを教えよう」得々とした様子で竹崎は言う。「おじさんはね、魔術師なんだよ」

「うそ。うそ」さすがにカーサは笑った。「リキパパが言ってたもん。魔術師なんかいないって」

「リキパパはね、知らないんだ」竹崎はからかうような口調で言う。「だから、魔術師なんかいないって言うんだ」

「違うもん」カーサは今度はむきになった。「リキパパは何でも知ってるもん」

「本当にそうかな」

「そうだよ」

「じゃあ、サンタさんはいるのかい？」

「サンタさんはいるよ。だって、去年のクリスマスにプレゼントをくれたもん」

「じゃあ、どうしてサンタさんはいるのに、魔術師はいないんだい？」

カーサがぐっと言葉に詰まる。

なぶっている、とリキは感じる。そして軽くなぶることにより、早くこの子がごく自然に振る舞えるよう仕向けている。

まったくたいした人たらしだ。

それからふと気づき、おかしくなった。竹崎はカルタヘナ時代も、このヘボ手品と話術をもって娘たちを散々こましていたのだろう。

食事がきてからも、竹崎とカーサの会話はつづいた。

竹崎が聞く。

で、去年のクリスマスにはなにをもらった？

ん？　スヌーピーのバッグ。これ。

カーサはやや誇らしげにデイパックを持ち上げて見せた。

そんな調子だ。デザートが出てくる頃には、カーサは竹崎に対してずいぶんと打ち解けていた。

午後一時になり、三人揃ってレストランを出た。

エントランスで別れるとき、カーサはリキを見上げ、ひどく心細そうな顔をした。

「プールだ。としまえんだぞ」リキは励ますように言った。「楽しいぞ」

カーサがデイパックを両手で抱えたまま、小さくうなずく。

「今日、遅い？」

「たぶんな」リキは答えた。「だからこのおじさんに送ってもらったら、早く寝なさい」

「……うん」

「このおじさんにも朝まで居てくれるよう、話してある」

「……うん」

分かっている。カーサは必死に泣くまいとしている。大人二人に迷惑をかけまいとしている。リキもまた、出来ればそんな顔など見たくなかった。見ると、いつものようにうろたえてしまう自分がいる。

だからクルマ廻しにいたタクシーを急いで呼んだ。すぐにやってきて後部ドアが開いた。

二人がタクシーに乗り込んだ。

クルマ廻しをタクシーが回ってゆき、通りの角に見えなくなるまで、カーサはバックシートに張り付いてこちらを見ていた。

リキはエントランスに突っ立ったまま、手を振った。カーサが手を上げかけたところで、タクシーはホテルの陰に見えなくなった。

懐から携帯を取り出し、パトを呼び出した。

「はい」

「おれだ」リキは言った。「カケス野郎は口を割ったか？」

「もちろんです」パトが含み笑いを洩らしながら答える。「根性のねえ野郎でしたよ。五分ほど蹴りを入れ続けたら、すぐに唄い出しました」

リキも笑った。

「よし。じゃあ、そいつをトランクに詰めてすぐにこっちに来てくれ」

「デルガドのところですか」

「ああ。だいたいの根回しは終わっているが、事前に打ち合わせておくこともある。それからニーニョにもその後の準備をしておくよう、念を押しておけ」

「分かりました」

携帯を切った。

ひとつ、ため息をつく。

「…………」

エントランスを戻りながらも思う。

自分でも分かっている。おれはもう、はっきりと疲れ始めている。

カーサの面倒を見るのに、ということではない。危ない綱渡りをしながら生きつづけ、走りつづけることに、息切れを感じている。

一見、リキの事業はこれまでになく好調な推移をつづけている。組織は大きく膨らみ、ここ七年ほどは汚れ仕事に自ら手を下すこともなくなっている。

裏稼業で稼いだ資金で始めた表の商売も、今ではすっかり軌道に乗っている。メデジン市の財界人の集まりでも、ある程度の地元名士として名が通っている。

しかし、そういう表層の問題ではない。

心の淀みが沈殿物となり、目に見えている世界に倦み始めている。こうして息をしているのでさえ、辛く感じるときがある。

「…………」

いつの間にかエレベーターの前まで戻ってきていた。乗り込み、最上階のボタンを押す。

利害を巡って殺し、殺される世界。暴力だけが支配する世界。

事実、ネオ・カルテルを立ち上げた当初、組織のボスは七人いたが、現在でも生き残っている古株はリキを含めて三人だけだ。他の四人は死んだ。あるものは部下の裏切りに遭い、あるものはネオ・カルテル以降の新興勢力に襲われ、またあるものはアメリカ麻薬局に引き渡され、すべて悲惨極まりない死に方をした。

それでもネオ・カルテルは依然として七人体制(セブンスターズ)で維持されている。トップを失くした四つの組織では次の有力者が後釜に座り、新しいボスとしてカルテルに参加している。

生き残っている古株のボス。リキと、ゴンサロとデルガド。

おそらくは他の二人も分かっている。

いつかは自分もそうなる。やがては犬死する――。自分だけが生き長らえることが出来ると思えるほど楽観的に構えるには、あまりにも血に塗れた過去を背負っている。人間の死を多く見すぎてしまっている。それだけに、生き残るためによりいっそうあの手この手を尽くす。ゴンサロもそうだ。だからリキを嵌(は)めようとした。有力な競争相手を一人消すことにより、この世界でより有利な立場を確保しようとした。

そこまで手を尽くしても、やがては死ぬ。過去が示している。エスコバル以来、コカイン・マフィアのボスにまともな死に方をした奴は一人もいない。

チン――。

電子音が響き、エレベーターが最上階に着く。目の前の扉が開き、廊下に足を踏み出す。

一人のときはそれでもいいと思っていた。いつ死んでもいい。もともとその覚悟でギャング団を引き継いだ。

だが一年半前、思いもかけぬ拾い物をした。

カーサ……。

数日前のやり取りを思い出す。

新宿駅のあっち側に行ってはいけないとリキが言うと、カーサは笑った。

「カジェ・ヌエバなら知ってる。あたしよく行ってたし、安全。リキパパも知ってる。だいじょうぶ」

カジェ・ヌエバ。メデジンの中心部（セントロ）南側に位置する、貧民たちの繁華街。

カーサがある程度社会性を取り戻した一年ほど前から、リキは毎月小遣いを与えるようにしていた。千ペソほどだ。カーサはミランダの買い物のお供をして、よくセントロに出かけていた。そのときに何か自分の欲しいものを買えるようにと、カーサに与えていたのだ。

カーサは毎月一ペソも残さずにその金を使い切った。とはいえ、なにかお菓子を買ったり、ちょっとしたオモチャを買ったりしているようでもなかった。

いったい何にお金を使っているのか、とあるときリキは聞いた。カーサは答えなかった。何度か問い詰めた。カーサは黙りこくったままだった。

ついにリキは怒った。おれに言えないのか、と。

カーサは泣き始めた。それでもロバのような頑固さで黙りこくっていた。

今度はミランダを問い詰めた。

言えません。

いつもはリキの言うことに素直に従うミランダも、このときばかりはきっぱりと拒絶した。

旦那様には申し訳ありませんが、お嬢様との約束です。言えません。

だが、ミランダは後で一枚の紙切れをこっそりと渡してきた。

「水曜の二時。アルプジャーラ駅」

だから翌週の水曜になったとき、リキは仕事の途中でアルプジャーラ駅までこっそりと出かけて行った。

人でごった返している駅の改札から、ミランダに手を引かれたカーサが出てきた。二人は横断歩道を渡り、駅前にある大型量販店の前までやって来た。

だが、カーサはそこでミランダと別れた。店に入っていくミランダに大きく手を振り、一人でてくてくと歩き始めた。量販店の角を回り込み、路地に足を踏み入れた。カジェ・ヌエバへとつづいている路地。

嫌な予感がした。

アルプジャーラ駅から南側のカジェ・ヌエバは、古物商や千ペソ食堂や小さな自動車修理工場が軒を連ねている。ファベーラとはまた違った意味でおそろしく治安が悪い。だが、カーサは慣れた足取りでどんどん路地を進んでいく。

カジェ・ヌエバへと出た。カーサは一軒の千ペソ食堂に入っていった。かと思うと、しばらくして食堂を出てきた。片手には大きな黒いビニール袋を提げている。

なんだろう、とリキは思った。大きいわりにその中身は軽そうだった。

カーサが黒い袋を引き摺るようにして歩いていると、それまで両側の歩道に転がっていた浮浪児（ガミン）たちが次々と身を起こし始めた。

大きな袋を提げて意気揚々と歩いているカーサの後ろに、ぞろぞろと付き従い始める。

まるでブレーメンの音楽隊だ。

やがてカジェ・ヌエバの先にある小さな公園まで来たとき、カーサは足を止めた。ベンチの上に袋を下ろす。

二十人以上の浮浪児（ガミン）が黙りこくったまま、カーサの周りを取り囲んでいた。

そのうちの一人が進み出てベンチの上に大きな布を敷くと、カーサは袋を逆さにして持ち上げた。ベンチの布の上に大量のパン耳が落ち、山となって堆（うずたか）く積まれた。

直後、浮浪児たちがいっせいに群がった。

いっぱい取らないで。

カーサは大きな声を出した。

みんな、一摑みずつだよ。

その言葉通り、浮浪児たちは一掴みずつパン耳を取るとベンチを離れ、芝生の上に座り込んでがつがつと食べ始めた。カーサもその中に混じって、一緒にパン耳を齧り始めた。

リキ自身、気が付けば公園に足を踏み入れていた。

まず数人の浮浪児がリキを認め、ぎょっとしたように半ば腰を浮かせた。逃げ腰になった。それでもリキは構わずカーサに近づいていった。

周囲の変化に気づき、カーサが顔を上げた。驚きにその口がぽかんと開き、食べかけのパン耳が芝の上に落ちた。

リキはカーサの前まで来て立ち止まった。

何かを言おうとした。だが、何も言葉が出てこなかった。

だからただ、パン耳を落としたままのカーサをじっと見下ろしていた。

不意にカーサが泣き出した。

ごめんなさい。

そう言って泣きつづけた。

ごめんなさい。大事なお金を使って、ごめんなさい。

でも、みんなかわいそうだよ。いつもおなかが減っている。

部屋のドアを開け、ベッドルームに入ってゆき、クローゼットを開けた。一番下の引き出し。その中から薄いアタッシェケースを取り出す。

医者の言葉を思い出す。

楽しい記憶――。

重ねてやらなければならない。

もう二度とあんな目には遭わせてはいけない。歪んだ記憶を植えつけてはならない。一度ならなんとか立ち直れた。だが、二度までもそんな目に遭えば、あの子の心は永久に潰れてしまうかもしれない。

カーサと暮らし始めてから、何度かこの世界から足を洗おうと思ったこともある。幸い、表の商売での利潤も充分に出ている。

だが、しょせんは無理な話だ。もし裏稼業を辞めて実動部隊を解散すれば、これ幸いとばかりに他の組織から命を付け狙われる。

この立場になるまで、リキも他の組織の人間を無数に殺してきた。アンティオキア人は決して恨みを忘れない。子が親の、弟が兄の復讐をする。例外はない。リキもそうだった。ホルヘとベロニカを殺したギャング団を皆殺しにした。だから、今までの恨みをこのときとばかりに晴らそうとする。

警察への対応もそうだ。生きている限り賄賂もばら撒きつづけなければ、そして暴力を背景に暗黙の脅しをかけつづけなければ、検察を動かしてリキを捕まえに来るかもしれない。挙句、アメリカ麻薬取締局に引き渡されるかもしれない。

仮に組織を放り出し、国外に逃げ出したとする。インターポールを通じて世界中に指名手配される。一生逃亡生活を強いられる。そんな生活の中に、カーサの未来はない。

やはり、勝ち抜けはできない世界だ。マフィアはその生涯が終わるまであくまでもマフィアでありつづけるしかない。今の立場を捨てても、どこにも安住の地はない。

だったら、せめてカーサ一人をこの危険な世界から引き離すしかない。

考え抜いた末、半年ほど前に竹崎に電話をかけた。

竹崎――。

日常的に親しい親しくないは関係ない。歳も、生まれた国もどんな育ち方をしたかも関係ない。目に見える世界の感覚がシンクロし、その同じ感覚で笑える相手がアミーゴだとすれば、竹崎はリキにとって唯一の友人とも言える。そしてそういう種類の友人は、リキがこの先どうなろうともまずは裏切ることがない。

その関係への裏切りは、自分の感覚への否定に繋がる。そして自分の感覚の否定は、自分の目に見える世界をすべて殺すことだ。ヒトは、それでは生きられない。

そこまでを見切っていたからこそ、竹崎にカーサの件を持ち込んだ。

まずは今年の東京会合のときにカーサと顔合わせをさせる。その上で来年、メデジンの自宅に竹崎を呼び三ヶ月ほど滞在してもらう。カーサと充分に親しくなってもらう。

そして竹崎の帰国に合わせ、カーサを日本に連れて行ってもらう。

その後のカーサの生き方についても、リキは頭の中で青写真に起こし、慎重に検討を重ねていた。

竹崎の自宅は横浜にある。横浜には英語圏であるかないかにかかわらず、帰国子女を僅かながらも受け入れてくれる私立小学校があった。まずはそこにカーサを入れる。小学校の間は竹崎の自宅から通わせる。お手伝いを雇ってもらう。そのまま六年が過ぎたとして、竹崎は七十。いくら竹崎が若い感覚の持ち主だといえ、その頃になれば思春期を迎えた少女の感受性にはついていけなくなっているだろう。だから中学校からは、高校まで一貫教育で全寮制の学校を受験させる。必要とあれば裏金も使う。

むろん、カーサが日本で暮らし始めてからも、リキは定期的に会いに行くつもりだった。決して捨てられたのではない、ということをカーサに分からせるためにも、生きていられる限りは、最低年に二回は会いにいこうと思っていた。

ぱち、

と微かな金属音が響き、アタッシェケースのフックが外れた。ケースを開ける。ウレタンの間に固定された拳銃。

グロック・モデル17。

銃身が１１４ミリと短く、フレーム・グリップが強化プラスチックで出来ている。当然非常に軽量で、取り回しも素早くできる。しかも弾薬は９ミリ×19ミリのパラベラム弾を、薬室（チャンバー）も併せれば十八発装填できる。

屋内での確実な殺傷にはうってつけの銃だ。

今夜の会合で、三人の古株は二人になる。ゴンサロを殺す。デルガドも了承済みだ。

そしてその始末は、リキ自身が手を下したほうがいい。他のセブンスターズへの見せしめもある。リキを嵌めようとすればどういうことになるのかを、その目にしっかりと焼き付けてもらう。

それでまた少し、この世界で生き残れる時間を稼げるだろう。

「…………」

リキは思う。

カーサはやがて、この国での生活に慣れていく。

日本は、不思議な社会だ。異常なほどに社会のシステムと、それに付き従う個人の生き方のシステムが確立している。システムに則ってレールの上を歩き始めれば、それ以外のすべての世界は色を失い、自分の歩んでいる道しか見えなくなる。

おそらくはカーサもそうなるだろう。受験。クラブ活動。将来の進路。さらにその先にある就職活動……若い心は成長をつづけていく。日本での生き方は、つねに具体的な型に嵌められる。個人のぬるい幸せのみを追求するシステム。どこか狂っているとも思う。狭く閉じた世界。だが、他の世界に関心を持たないようになることは、カーサのような生い立ちの少女には必ずしも悪いことではない。自分の幸せだけを考えていればいい。

カーサの心は、その具体的な未来に向かって変容をつづけていくだろう。コロンビアで過ごした原色の世界はいつしか色褪せ、やがてたまにしか思い出さなくなる。リキと過ごした日々は遠い昔のこととして、記憶の片隅に追いやられる。

それでいい。

やがてリキが死んだとして、カーサは大いに悲しむだろう。だが、その本質は遠い彼岸の出来事として悲しむだけのことだ。その後の生き方に大きな影響を与えることはない。

グロックの銃把からマガジンを引き出し、装填状態を確認する。その上でふたたび銃床に送り込む。フレーム上部のスライドを引く。初弾がチャンバーに送り込まれる。

これでよし。

グロックをふたたびアタッシェケースの中に戻しながら、一人で微笑む。

ベロニカを失って以来、ずっと一人で生きてきた。誰かを好きになることもなかった。それでいいと思っていた。人生など無意味だ。他の動物のように、ただ生きていくためだけに生きつづける。生きつづけるために人を殺す。

だが、神は気まぐれを起こした。こんなおれに、ささやかなプレゼントを与えた。

アタッシェケースをぶら下げ、ベッドルームを出る。

ドアへと向かいながら、もう一度笑う。

おれの人生はカーサのためにある。だからもう少し、生きる力を搾り出すことができる。

おれは今、少し幸せだ――。

8

いけ好かねえ兎野郎だ――。

ゴンサロのことだ。

メデジンの会合で最初に見たときからそうだった。リキの護衛で付き従ってきたフェルナンを見た途端、いかにも人を小馬鹿にしたような薄ら笑いを浮かべた。

このやろう。

パト・フェルナンは思った。何故相手が薄ら笑いを浮かべたかは問題ではない。興味もない。ただ、馬鹿にされたという事実。これだけは心に刻み込んだ。

いつか犬みたいに吠え面かかせてやる。蟻みたいに踏み潰してやる――。

だからフェルナンは今夜、浮き浮きとしている。

足立区にあるデルガドのアジトに到着しても、その上機嫌はつづいていた。トランクを開け、両手両足を縛られたままのカケス野郎を引きずり出し、デルガドの部下が案内した倉庫の物置に叩き込んだ。叩き込むとき、つい鼻歌を唄いながら相手の尻を蹴り上げた。

「おい。いい加減にしろ」リキはさすがに顔をしかめた。「ゴンサロが来てもそんなに浮かれっぱなしだと、奴は怪しむぞ」

だいじょうぶですよ、とフェルナンは自信たっぷりに答えた。「奴が来たら、ピリッとも表情に出しませんから」

その後、倉庫の二階にある会議室でリキとデルガドの密談が始まった。フェルナンも護衛役としてリキの背後に立っていた。

「もう一度確認だ」デルガドが口を開く。「この日本にいる奴らのことは、それでいいとしよう。だが、母国のゴンサロの手下の動きは、本当に心配いらないのか」

「ゆうべ、フランキーに再度の確認は取った」リキは答えた。フランコ。ゴンサロの組織のナンバー・スリー。アメリカかぶれの男である。だからそんな呼び名が付いた。「今夜、始末をつけた後に電話を入れる。フランキーはすぐにゴンサロの弟を殺る。ついでにゴンサロの娘婿も始末する。もともと血族支配に不満がたまっている。ゴンサロがそれを押さえつけていただけだ。だから組織の人間も、すんなりとフランキーをボスの座に据える」

デルガドはうなずいた。

「会合の後の一騒動は、おまえの手の内だけでいいんだな？」

「問題ない」リキもうなずく。「池袋のホテルにいる奴の子飼いは六人。急襲すればじゅうぶんに殲滅させられる」

デルガドはうっすらと笑った。

「何もせずにシマを半分貰うのは、どうも気が引けるが」

「そんなことはない。あんたにはこいつをメデジンに帰すとき――」リキは振り向きざま、フェルナンに顎をしゃくった。「法曹界にいろいろと手を打ってもらった。そのときの借りがある」

「なるほど」デルガドはふたたび笑った。「それで、借り貸しはチャラというわけだ」

リキも笑った。

「そうだ」

デルガド。あばた面の四十男。セブンスターズ随一の古株で、それだけにアンティオキア州の財界・法曹界には顔が広い。元々はオチョア一味の手下だったが、旧カルテルが壊滅したことにより、その後の焼け野原に自分の組織を立ち上げた。

フェルナンは内心苦笑した。

今回の話はデルガドにとっていいことずくめだ。労せずしてゴンサロの日本のシマの半分を手に入れることが出来る。セブンスターズの運営面で考えても、デルガドと同年輩であり長年の目の上のたんこぶであったゴンサロを排除することにより、リキと組んで思うようにネオ・カルテルの音頭を取ることができる。

そりゃ、リキの申し出を快く受ける気にもなるだろうと感じる。

だが、そんなことはおれが考えなくてもいいことだ。リキの打つ手に間違いはない。リキの言うことに黙って従っていればいい。

会合は八時から始まる予定だった。

七時半を過ぎた頃からセブンスターズのボスたちが集まりはじめた。デルガドの配下たちが到着するクルマを倉庫の奥のほうへ誘導する。フェルナンのランサーとデルガドのレクサス430の後ろに、きっちりと車間を詰めて停車させようとする。

フェルナンはしばらく、その様子を見ていた。あるボスを乗せたメルセデスが、ランサーのリアバンパーに恐ろしいほど近づけて停車させようとしている。ぶつけられるのではないかと思い、気が気ではなかった。大好きな自分のクルマ、ランサー・エボリューション。先週ガラスコーティングをかけたばかりだ。趣味の悪い黄色だといわれようが、不格好なクルマだといわれようが、安っぽい車内だといわれようが、まったく気にならない。

性能がいいからだ。おそろしく速いからだ。少なくとも首都高の環状線ならフェラーリだろうがポルシェだろうがぜんぜん問題にならない。やがてコロンビアに帰国するときには、コンテナ船に積んで持ち帰るつもりだった。

一番大事なものは自分の命。次にクルマ。三番目に組織。四番目か五番目に、せいぜい今の彼女である売春婦のアニータ。

　これだけあれば、人生充分だと思う。

　ランサーの後ろのクルマが完全にエンジンを切るのを見て、フェルナンは二階へと上がった。廊下を進み、扉を開ける。入ってすぐの両脇に、デルガドの護衛が二人立っている。

左脇のホルスターの重み。H(ヘッケラー)&K(コッホ)モデルP7M8。セイフティーレバーはすでにアンロック。フェルナンがうなずくと、二人は微かに笑ってうなずき返した。了解済み。その護衛二人と並んで入り口の脇に立つ。奥の円卓にはすでにリキとデルガドが座っている。

　しばらくして若手のボスたちが部下を一人ずつ連れて、順次姿を現し始めた。デルガドの護衛二人がボディチェックを行っていく。

　チェックを受けたセブンスターズの若手ボスたちは、

「ブエノス・ナーチェス、セニョール・デルガド」

「ブエノス・ナーチェス、セニョール・コバヤシ」

　それぞれが大きく手を広げ、リキとデルガドに歩み寄っていく。

「ブエノス・ナーチェス、アミーゴス」

　リキとデルガドが答えながら立ち上がる。同格のボスとはいえ、新参者に敬称(セニョール)はつけない。ネオ・カルテルの慣習。お互いに相手を替え、抱擁が繰り返される。フェルナンをはじめとした護衛たちは入り口の隅に溜まったまま、無言でその様子を見守っている。

八時五分前に、ようやく最後のボスが到着した。

兎（コネッホ）のゴンサロ。

かつてはその呼び名通り、いざとなれば素早い逃げ足で生き残ってきた細身の若者だった。今では長年の飽食と運動不足ででっぷりと肥え太り、見る影もない。おそらくはまともに百メートルも走れないだろう。

とんだデブ野郎だ。太ったウサギなんぞ洒落にもならない。

ゴンサロとその護衛が、デルガドの部下からボディチェックを受けている。自分の命があと一時間足らずだということも知らず、余裕綽々（しゃくしゃく）で葉巻を吹かしている。

「おい。さっさと済ませろよ」入念なチェックに、ゴンサロはしわがれた声で不満を洩らす。「なにが悲しくてこの場で銃なんぞ振り回す必要がある」

その間抜け極まりない姿と現状認識。フェルナンは笑いを堪えるのに必死だ。こんな鈍い野郎など生きる価値もない。早くミンチにして畑の飼料にでもしたほうがいい。

八時きっかりから東京会合は始まった。議事進行役は会議の場所を提供したデルガドだ。

議題はまず、この日本への密輸ルートの新規開拓という議案から始まった。もともとはリキが前回の会合で提案していたものだ。

現在のネオ・カルテルは共同運営で二つのルートを使っている。シミズ港とチョーシ港だ。カルタヘナやバランキージャから出港してきたマグロ漁船に積み込んで、それぞれの港まで運んでくる。この二つの港に関しては、今のところ特に支障は出ていない。

だが、そのあとにリキはこう言葉をつづけた。

「最近この国でも麻薬は大きな社会問題になってきている。去年の例もある。税関の取締りが厳しくなることも予想される。そのための保険として、新たなルートを検討しておいたほうがいい」

「そうは言っても、この狭い島国のどこにそんな場所がある」ゴンサロがさっそく否定的な意見を口にする。いつもそうだ。この野郎はなにかにつけ、リキの考えにすぐにケチをつける。「この国の主立った港には、すべて税関と海上保安庁の拠点がある。新しく入港申請を出すとしたら、すぐにこの二つの組織に目を付けられる」

「せいぜい百キロ前後の品物だ。荷揚げ自体の手間はない。港の大きさにこだわることもない」リキは反論した。「そう考えれば、この日本でも新たな拠点はいろいろと考えられる」

「例えば？」

若手ボスの一人が口を開く。リキは手元から折り畳んだ紙片を取り出し、テーブルの上に広げた。日本の地図だった。

「この国の、西の果てだ」そう言って指先で地図の左下を指差す。キュウシュウという大きな島から、米粒のような群島の連なりが南西に延びている。「この一番西のヨナグニという島。晴れた日にはチャイニーズ・タイワンが見える。オキナワ本島より近い」

　他のセブンスターズの面々は身を乗り出して地図を覗き込んでいる。

「この島には海上保安庁もない。税関も小さな支署がひとつあるだけだから、慎重に運び込めばまず見つからない。ここから本土に運び込む荷物は空路、海路ともに、ほぼ検査なしで素通りになる。だからまず、母国から出た船をチャイニーズ・タイワンの東側の港に寄港させ、漁業協定ラインぎりぎりに――」

　リキの説明はその後もつづく。もともとこの海域では第二次世界大戦直後、タイワンとヨナグニの間において大掛かりな密貿易が行われていたという。今も排他的経済水域が曖昧になっている場所でもあり、そのわりには多くの漁船や商船が往来している。大都市圏への輸送という観点ではかなりの迂遠（うえん）なルートになるが、その手間のぶんだけ、摘発される危険性は低い。

　フェルナンはじりじりとしながら話の終結点を待っている。さきほどのデルガドとの事前打ち合わせで、この話がどうなるかは聞いている。

　去年デルガドが管理を受け持っていたナゴヤ港で大規模な手入れがあった。覚醒剤を大量に積み込んでいたチャイニーズマフィアの船が摘発された。以来ナゴヤ港での入港検査は恐ろしく厳しくなり、デルガドはその港を諦めた。先ほどリキが去年の例もあると言ったのは、そのことだ。結果、密輸ルートが、リキの受け持つチョーシ港とゴンサロの受け持つシミズ港の二つだけになった。

　だから現在、セブンスターズはこの二つのルートから入ってくるコカを互いに分け合っているのが現状だが、〝入り口〟を仕切る人間の発言権がカルテル内でどうしても強くなってくる。リキとゴンサロのことだ。

　しかし今夜、ゴンサロを殺す。ゴンサロの〝入り口〟の後釜には、デルガドが座る。そういう密約になっている。リキとデルガドは昔から友好関係を保っているから二人の間では問題がない。一方で、若手のボスたちからは（また自分たちは蚊帳の外か）という不満が出ることが予想される。だが、今回リキが発案したオキナワ・ルートを若手の誰かに任せるつもりだということを匂わせれば、若手側からもデルガドが後釜に座ることに関しての不満は弱くなるだろう。

　案の定、話の最後でリキはこう締めくくった。

「あくまでもおれの個人的な考えだが、このオキナワ・ルートはあんたら四人のうちの誰かにやってもらおうかと思っている。発案者がそのルートを開拓するのが通常のやり方だが、おれは今のところチョーシ港の管理だけで手一杯だ」

　そう、若手に対して恩を売る言い方をした。

「あんたら四人があとで話し合って誰を仕切り役にするのかを決めればいい。おれはその決定者にこのルートに関する調査資料を渡す」

円卓の下座に固まっている若手のボスたちが一様に表情を緩める。一方、ゴンサロはそのたるみ切った顔に訝(いぶか)しげな表情を浮かべた。

「あんたは、それでいいのか」

と、デルガドに向かって口を開く。

「ルート発案者がそう言うんだ」デルガドはとぼけている。「おれには何も言えないだろ」

「……なら、おれはべつに構わないが」

フェルナンはまた笑い出しそうになった。ゴンサロ。間抜けなウサギ。

第二議題であるコカのグラムあたりの今期価格設定は、すんなり決まった。リキとゴンサロが他の五人に卸すコカの販売価格は、グラムあたり二百三十ドル。市場での末端価格を考えればまずまずの卸値だろう。

第三議題。そのコカの分配量を巡って、若手ボス四人とデルガドの間でやり取りがあった。リキとゴンサロはこの話には参加しない。水揚げしたコカの中から、自分の取り扱い分は予め抜いているからだ。残りを卸売の商売としてカルテルに提供している。

十時過ぎに、今期の議題がすべて終了した。

「あとは、何かあるか？」

議事進行役のデルガドが、円卓を見回す。特に何もない。誰も口を開かない。デルガドの二人の部下の位置取り。いつの間にかゴンサロの護衛の後ろに、影のように佇んでいる。

いよいよだ。

愉悦に背筋がぞくりとする。

殺し方はブラッディ・レングア。リキからそう指示されていた。ペンチとワイヤーと鋏、それにヴォイスレコーダーの四点セット。窓の隅にある壺の中に事前に隠してある。

「じゃあ、おれから一つ――」と、リキが口を開き始める。「議題というわけでもないが、先日、おれの部下が警察に捕まった」

フェルナンは目の隅で捉えた。肘掛けにだらしなくかかっていたゴンサロの右手。その手の甲の腱が、一瞬ぴくりと動いた。が、指先まではない。

「一ヶ月ほど前のことだ」リキの話はつづく。「今もシンジュクの警察署に勾留されつづけている」

「コカがらみでか」

若手ボスの一人が言った。リキは首を振った。

「ヤクザの殺人容疑。タレコミだ。掟を破ったボスが、この中にいる」

一瞬、シンとその場が静まり返る。ネオ・カルテルの掟。カルテル内でトラブルがあっても、決して警察を介入させない。それを破ったものは、カルテル内の合意のもとで殺される。

「なんでそこまで断言できる」ゴンサロが口を開く。「おまえの勘違いってことは考えられないのか」

リキはゴンサロを振り返り、笑った。面白い動物でも見ているかのように、ただ笑った。

デルガドが立ち上がり、壁のインターホンを押す。

「――はい」

「連れて来い」

「分かりました」

三人の古株は誰も口を開かなかった。若手の四人はどこかそわそわとしてお互いの様子を窺っている。自分のことを心配しているのではない。誰がそんな掟破りをしたのかを知りたがっている。ゴンサロの護衛の背後に、さらにデルガドの部下がにじり寄る。

突然だった。

ゴンサロがのめり込むようにして体を傾げたかと思うと、次の瞬間には会議室の窓に向かって猛然と駆けだした。窓を突き破って一階の倉庫へと飛び降りるつもり――いったいこの肥満体のどこにそんな瞬発力が眠っていたのかとおもえるほどの素早さだった。太っても兎は兎だ。フェルナンは笑い出しそうになりながらもH(ヘッケラー)&K(コッホ)を抜いた。あと一歩で窓枠というところでゴンサロの右大腿を撃ち抜いた。がくり、とゴンサロの腰が砕けた。上半身のバランスを大きく崩し、頭部から窓枠の下の壁に激突する。目の隅で捉える。ゴンサロの護衛。デルガドの二人の部下がいつの間にか背後から羽交い締めにしている。フエルナンは一足飛びに窓まで駆け寄り、窓枠に手をかけて立ち上がりかけたゴンサロの腰部を激しく踏みつけた。ゴンサロはカエルのような無様な呻き声を上げ、ふたたび床に倒れる。

「自分から白状したようなもんだ」背後から笑いを含んだリキの声が聞こえる。「これでもう、誰がやったかは分かっただろう」

フェルナンは倒れ込んだゴンサロの背中に蹴りを入れつづける。肋骨を集中的に狙う。この前と違って手加減は無用だ。やりやすい。ワーキングブーツの爪先の感触。ぽこ、ぽこと骨の弾ける音がする。軽やかな感触。浮き浮きする。ゴンサロが両脇を手で庇う。背中の痛みに耐えかねて仰向けになる。しめた。

思わずほくそ笑む。苦痛にあえいでいる相手の顔を、ブーツの底で踏み抜いた。鼻骨の折れる鈍い音。二度、三度と踏み抜く。前歯が折れていく。豚野郎の顔は今や血塗れだ。ははは――気分がいい。わざと踵を高く上げ、踏み降ろす。そのたびにゴンサロの後頭部が激しく床に打ち付けられる。

「パト。とりあえずそれぐらいにしとけ」リキの声が飛ぶ。「ちゃんとした検証がまだだ」

最後に渾身の力を込めて、ゴンサロの顔を踏みつけた。足元の豚はそれであっけなく意識を失った。

すぐ脇の壺を足で転がす。ヴォイスレコーダーをはじめとした四点セットが転がり出る。

「しかしセニョール・コバヤシ、本当にゴンサロがやったのか」

若手ボスの誰かの声が聞こえる。フェルナンはヴォイスレコーダーと鋏とペンチを拾い上げ、尻ポケットに仕舞う。右肩にワイヤーを担ぎ、ゴンサロの髪を掴んだまま、ずるずると円卓まで引き摺っていく。

「犯人がゴンサロだという証拠は、ちゃんとあるのか」

さらに他の若手ボスの声が繰り返す。

直後、部屋のドアが開いた。カケス野郎が、デルガドの部下に突き飛ばされるようにしてもんどりうって転がり込んできた。両手両足を縛られ、口にはガムテープがべったりと貼り付いている。カケス野郎はいったん床に倒れ込み、それから亀のように首だけを上げた。血塗れのゴンサロを見て両目が大きく見開いている。

「ゴンサロの売人だ」リキが答える。「こいつがまず、証拠品の第一だ」

フェルナンはゴンサロを抱えあげるようにして、先ほどまで座っていた椅子にその太った体を押し込む。両腕を含めた上半身を椅子の背もたれごとワイヤーで一巻きにし、背後からスナッチできつく絞りを入れる。

「目覚めさせろ」

リキが言う。フェルナンはゴンサロの後頭部に拳を見舞った。

う……。

ゴンサロの顔が歪む。ふたたび目の隅で捉える。ゴンサロの部下は羽交い締めにされたまま、もう抵抗らしい抵抗は試みていない。

「その売人に何か喋らせろ」リキがふたたび指示を出す。「何でもいい」

フェルナンはカケス野郎の脇にしゃがみ込み、口からガムテープを剝がした。

「こいつの声を、よく聞いておいてくれ」

居並ぶボスたちに呼びかけるリキの声に従い、フェルナンは爪先を相手の顔に蹴り込んだ。

「何か喋れ」言いつつ、さらに強度を加えて口元を蹴る。「そこの用心棒に助けを求めろ」

だが、カケス野郎は黙っている。おそらくは後の仕返しを恐れている。手間のかかる奴――フェルナンはため息をつき、尻ポケットからペンチを取り出した。後ろ手に縛られている親指を摑み、ペンチに挟んだ。持ち手に力を加える。じわじわと親指を潰していく。

途端にカケス野郎は絶叫した。

「ロディーっ、なんとかしてくれ！」口から泡を吹かんばかりに喚き散らす。「何やってんだ。おまえ用心棒だろっ。助けてくれっ。なんとかしてくれ！」

ロディーと呼ばれた護衛は依然羽交い締めにされたまま、じっとその様子を窺っている。完全に戦意を喪失している。

「おいっ、ロディーっ。なんとか言ったらどうだ！」

「もういい。そいつを黙らせろ」

リキの冷静な声が響く。フェルナンはふたたび売人の口をガムテープで塞ぐ。

「次だ。ヴォイスレコーダー」

フェルナンはヴォイスレコーダーを取り出し、テーブルの上に置いた。再生スイッチを入れる。静まり返った部屋に、ゆうべの会話が流れていく。

（ま、おまえがあいつにベラベラ喋ってくれたおかげで、こっちは誰がチクったか探す手間が省けたけどな）

そうか、おれはこんな声をしているのか——のんびりとフェルナンは思う。意外に悪くない。殴打の鈍い音がその後何度かつづく。

（なっ、このカケス野郎）

つづいて男の泣き声が響いた。

（勘弁してくれよっ。あの女があんたの情婦だなんて知らなかったんだ！）

（言えよ。パパリトを売ったのは、誰の差し金だ？）

束の間の沈黙。ふたたび肉を打つ音が響く。思い出す。あの時おれは、こいつの折れた鎖骨を蹴り飛ばした。

（言え）ふたたび自分の声がする。フェルナンはなんとなく満足を覚える。やっぱり悪く

ない。（ゴンサロ――あの腐れウサギの差し金だろうが）

一瞬の間が空いた直後、

（そうだっ、そうだよ）ついに相手が吠え始めた。（ゴンサロが指示したんだ。前々からエル・ハポネスとあの地回りのヤクザ組織が揉めているのは知っていた。だからヤー公を殺したのは、十中八九、あのパパリトだって）

その絶叫が重苦しい沈黙の部屋に響き渡る。

「レコーダーを止めろ」

リキが口を開いた。フェルナンは停止ボタンを押す。

「さて、これが証拠品の第二だ」リキが円卓を見回してふたたび口を開く。「そこに転がっている奴と同じ声だということは、誰にでも分かったと思うが」

四人の若手ボスたちは押し黙っている。

「なにか、疑問は？」

リキはなおも念を押す。

ない、と、そのうちの一人が答えた。直後、他の三人もうなずいた。

「ふざけんじゃねえっ」突如、ゴンサロが大声で喚き散らした。ワイヤーに縛られた巨体を激しく揺すりながら、「言いがかりだっ。でたらめだっ。どうせその醜い日本人野郎が無理やり言わせたんだ。おれの部下を散々拷問にかけてよ！　この黄色(アマリージョ)がっ。バナナ野郎！　ペテン師のゲス野郎っ」そしてなおも言い足りないのか、「おいっ。デルガド！このアバタ爺（じじい）っ。老いぼれ犬っ。てめえ最初からリキとグルだったんだな。汚ねえぞ！銃は持ち込み禁止のはずだろうがっ。それがなんでこの馬鹿が――」と、不意にフェルナンのほうに顎をしゃくり、「この鈍いアヒル小僧が銃なんぞ持ってるんだっ。ああっ、てめえそれでもセブンスターズの端くれか！」

「うるせえデブだ」デルガドはにやにや笑いながら口を開いた。「最初に決まりごとを破ったのは、おまえのほうだろうが」

「おい。ロディー」リキがゴンサロの用心棒を振り返る。「このレコーダーの内容は、でたらめか」

ゴンサロの護衛は黙ったままリキを見返す。

「なあ。ロディー」諭すようなリキの声音（こわね）。「事態はもう変わらない。諦めろ。言ってしまったほうがいい」

「…………」

「このあと、おれはフランキーに電話を入れる。この太っちょ（ゴールド）の弟と娘婿も殺される」

「てめえリキっ」血塗れの顔でゴンサロが吠える。歯のなくなった口で喚き散らす。「殺してやる！　小ざかしい知恵張り巡らしやがって、薄汚ねえ移民野郎がっ。卑しいはぐれ者がっ」

が、リキはゴンサロを無視してロディーに話しつづける。

「ついでに言えばイケブクロのホテルもすぐに襲う。こいつの一派は夜明けには一掃される。そうなっておまえ、今ここで義理立てする意味がどこにある？」

「………」

「言ってしまえよ、ロディー」リキは笑いかける。「おまえの言葉が証拠品の第三だ。このデブにはもう言い逃れは出来ない。言えば解放してやる。フランキーだって喜ぶ。おれが口添えすればおまえのことも悪いようにはしないはずだ。約束しよう」

その最後の一言が効いたようだ。

リキの言葉。メデジンのマフィアたちも知っている。エル・ハポネスは一度交わした約束は、絶対に破らない。

ロディーは微かにうなずいて口を開いた。

「……そのレコーダーの内容は、本当だ」

ロディーっ、とゴンサロが喚く。「てめえ一言でも口を開いてみろ。おれが――」

「本当だ」ロディーは早口でまくし立てた。「ボスは前からあんたの日本でのシマを欲しがっていた。だから東京会合の直前にパパリトを売って、あんたを嵌めようとした」

リキはうなずいた。

「フランキーにはおまえのことをよろしく頼んでおく」

ロディーは心底ほっとした表情を見せた。

「ムーチャス・グラシアス、セニョール」

リキは椅子に縛り付けられたゴンサロを振り返った。

「なあ、ゴンサロ。おれが今まで部下を見捨てたことがないのは知っているよな」そう、のんびりと話しかける右手には、いつの間にかグロックが握られていた。「そこのパトだってそうだ。カリで警察から奪い返した。手間暇をかけてな」

直後、発砲した。ゴンサロのでっぷりとした腹部が弾けた。鮮血が周囲に飛び散る。ゴンサロの絶叫が響き渡る。

「だが、今度はこの日本の警察から取り戻さなくちゃならない。袖の下も効かない。人脈もない。おまえの出来心のせいで、一体どれくらいの労力をおれが使うと思う。え？」

問いかけつつ、また発砲した。今度は右の二の腕に命中。さらに発砲。今度は左の鎖骨。ふたたびゴンサロが犬のような吠え声を上げる。リキは敢えて一発でしとめようとしない。見せしめのためにゆっくりと嬲り殺しにしていく。

「日本の諺にあるそうだ――口は災いのもと。おまえには罰として、これから死ぬまでの間、黙っていてもらう」

そこまで言ったリキは、フェルナンにうなずく。

フェルナンもうなずき返し、ゴンサロに向き直った。H（ヘッケラー）＆K（コッホ）の銃底を振り上げる。

相手の下顎の左の付け根を、したたかに殴りつけた。二度、三度と殴りつけた。六度目で関節突起の砕けた感触を味わった。銃を左手に持ち直す。今度は下顎の右の付け根を滅多打ちにする。五度目に銃を振り上げた直後、だらりと下顎が下がった。両側の顎の付け根が完全に潰れた。

だが——、

へめえほんあころほしれ、ららへむふほおおっていふほかっ！

ゴンサロはまだ懲りずに意味不明の言葉を喚き散らす。ややあってその意味が分かる。てめえこんなことをして、ただで済むと思っているのか。

負け犬の遠吠えだ。うるせえ豚だ。

フェルナンはうんざりとしながら銃をテーブルに置き、ペンチを左手に取った。相手の口の中に捻じ入れ、舌を掴む。思い切り引き摺り出す。尻ポケットから鋏を取り出し、一気に切断した。

「！」

舌が床に転がり落ち、ゴンサロが白目を剝く。その全身を激しい痙攣（けいれん）が襲う。不格好に開いたままの口元から大量の鮮血が噴出し、だらだらとシャツの胸元に流れ落ちる。

ブラッディ・レングア。レングアとは舌のことだ。準軍部隊（パラミリタレス）がよく使っている拷問方法だ。お喋りな裏切り者には、リキはよくこの殺し方を用いる。

「困ったな」デルガドがぼやく。「床が汚れちまった」

「口に何か銜えさせろ」

リキが言う。フェルナンは左右を見回した。あった。部屋の隅のモップ。素早く駆け寄り基底部から汚れた布を外す。丸めてゴンサロの口の中に押し込んだ。

ゴンサロは今や両手両足の自由を奪われ、喉の奥から微かな呻き声を漏らしているだけの存在に成り果てている。両目尻から涙をこぼし、鼻水も垂れている。ここに姿を現したときのふてぶてしさは見る影もない。フェルナンはひどく愉快だ。ほんの一瞬前までネオ・カルテルの有力者だったこの男。が、今は無様この上ない。

「痛いだろうなあ。ゴンサロ」リキが柔らかな声音で言う。「だが、あと十分かそこら耐えれば出血多量でおまえは死ぬ。それまでの我慢だ。安心しろ」

「神よ――」デルガドが神妙につぶやく。「この過ちを犯したデブを、どうぞ天上へお導きあれ」

「さて、セニョーレス」リキは円卓を見回して口を開いた。「さっきもこの死にかけの豚には言ったが、こいつの組織の後釜にはフランキーが座る。まずは本国での態勢を立て直すため、この日本での市場は取り扱い港も含めて、おれに一時的に預けるそうだ。今回の被害者はおれだからな。何か異存は？」

束の間の沈黙のあと、

「おれにはない」

デルガドが言った。

「あとの四人は？」

リキがさらに聞く。

ようやく一人が口を開く。

「さっきのオキナワ・ルートの話。あれは生きているのか」

「むろんだ。その権利は譲る。おまえら四人で決めればいい。四人共同で運営するのも、誰か一人代表を決めて運営するのも自由だ。後日それぞれのもとに資料を郵送する。それと、この豚が取り扱っていたシミズ港だが、これは経験もあるからデルガドに一任しようと思う。むろんオキナワ・ルートが確立するまでは、今までどおりの量を卸すから心配するな」

円卓からやや離れたところで血塗れになっているゴンサロ。声も手も足も出ないが、唯一、耳はまだ生きているだろう。しかし、会議はすでにこのデブが死んだことを前提に進んでいる。

「もし、そのオキナワ・ルートがうまくいかないようだったら？」

だったら？――フェルナンはついその先の言葉を想像する。

うまくいかないようなら、デルガドのような確定的に旨(うま)みのある権利をもらうことはできるのか。

リキは笑みを浮かべ、その質問を発した若手ボスを見つめた。

「勘違いするなよ、ミゲル。もともとはおれが検討していた別ルートだ。おまえらに譲らなくちゃならない謂(いわ)れはどこにもないんだ」

「チョーシ港、フランキーから預けられたシミズ港、検討していたオキナワ・ルート。すべておれに権利がある。カルテルの構造上、おれ一人で独占するのもどうかと思ったから、一応みんなに分配しようかと考えただけだ。四の五の言うようなら、おれがすべて管理してもいいんだぜ」

「——すまない。セニョール」ミゲルと呼ばれたそのボスは、力なく答えた。「あんたの好意には感謝している」

リキはうなずいた。

「分かってもらえたなら、ありがたい」

最後に本国での次回会合の日取りを決め、会議は終わった。

フェルナンが振り向くと、ゴンサロはすでにこと切れていた。がっくりとうなだれ、口に丸め込んだ布の先から、ぽとぽとと血が滴っていた。

今までこの男はＰＪ(プライベート・ジェット)を乗り回し、カジノで豪遊し、その太った身体で複数の女と毎夜乱交を繰り返していた。だが、油断したコカイン・マフィアの行く末などこんなものだ。元々はファベーラから湧き出てきた虫けら同然の存在なのだ。ただ元に戻っただけだ。

デルガド、と席を立ちながらリキが言った。「そのロディーって奴を放してやれ」

「いいのか。リキ」

「だいじょうぶだ。こいつにも事情は分かったはずだ。ここで義理立てして暴れても、なんの得にもならない」そう言って、ボスを失った護衛に笑いかける。「そうだよな。ロディー？」

ロディーが微かにうなずいた。

「放してやれ」

デルガドが口を開く。背後の護衛がほぼ同時にロディーの腕を放す。

ロディーが鬱血した腕をさすり始める。その様子をしばらく見ていたリキが、ふたたび口を開く。

「さっきの話だが、フランキーはモノの分かる奴だ。おまえは、どうしようもなくて結果的に証言したに過ぎない。好きで裏切ったわけではない。三日後に奴に電話しろ。それまでにおれが言い含めておく」

ロディーは手を止め、リキをじっと見上げた。やがて、言った。

「感謝します。セニョール」

一言だけだ。だがフェルナンには分かる。

この手のタイプ――寡黙で、滅多なことでは人を信じず、おのれ一人の力だけを恃むタイプ――は自分のようなシカリオではなく、護衛役に多い。フェルナンとはまた違った意味で、ある種のアンティオキア人の典型だ。もし命を救われるようなことがあれば、それを恩に着る。どこかで必ず借りを返そうとする。だからこの一言には意味がある。

デルガドが入り口に移動した。今夜の会合の世話役。カルテルのボスとその護衛を次々と送り出していく。

リキはロディーにうなずいた。

「さあ、おまえも帰れ」

ロディーもうなずき返し、その後につづいた。

「見送ってからまたくる」

デルガドが言い残し、部下二人を連れて部屋を出て行く。

会議室の中に立っているのは、今やフェルナンとリキの二人だけだ。

ふと気づく。

依然呻き声を上げているケチ臭い売人。フェルナンの足元に転がっている。

「このカケス野郎、どうします」その尻を蹴っ飛ばしながらフェルナンは聞いた。「ペニスでもちょん切って、晒し者にでもしますか」

が、リキは首を振った。

「放っておけ。おれたちが手を下すまでもない。ゴンサロの死はもともと、こいつのチョンボから始まっている」

あとの言葉は聞かなくても分かった。

イケブクロにいるゴンサロの子飼いを皆殺しにしても、本国にはなおゴンサロの息のかかった手下が残っている。だが、フランキーが権力を握れば表立って反抗は出来ない。しかし憤懣はある。だから大元の原因を作ったこのカケス野郎を腹いせに殺そうとする。本国には帰れない。日本に残ったとしても、この売人に生活の糧はない。あとは野垂れ死にしかない。たしかにこのまま放っておいてもいい。

しかし——。

アニータ。商売のためとはいえ、こいつのペニスをしゃぶった。このうだつの上がらない三十男と抱き合った。

そしてこのカケス野郎。アニータの気を引くために組織の情報まで漏らして大物ぶった。そこまで気に入っていたのだから、おそらくはこってりとしたセックスを楽しんだのだろう。

やっぱり気に入らない。

そのこめかみを思いっきり蹴り上げた。衝撃で相手の首が一瞬たわみ、カケス野郎はあっさりと気を失った。

「もうそれくらいにしとけ」リキが口を開いた。「イケブクロに向かうのが先だ。ニーニョたちも、もう現地に向かっている」

「はい」

するとリキは、少し笑みを漏らした。

「情報料としてあとで一万ドル渡す。おまえにじゃない。女に全部やれ。そして早くコロンビアに帰れるようにしてやることだ」

「はい」

リキ。いろんなことに気を遣う。

捨て子を引き取って懸命に育てたりもする反面、必要なときは限りなく無慈悲で酷薄だ。殺しも拷問も屁とも思わない。十五年以上も前、ポプラールのギャング団を皆殺しにしたときからそうだった。フェルナンはその落差にしびれる。

むろんリキはエル・ハポネスだ。だが、身体だけだ。その心は、愛憎半ばする正真正銘のアンティオキア人だ。

〈下巻へつづく〉

この作品はフィクションであり、登場する人物、団体等は
実在するものとは一切関係ありません。

中公文庫『ゆりかごで眠れ』（上）二〇〇九年三月刊

中公文庫

ゆりかごで眠れ（上）
——新装版

2009年3月25日　初版発行
2024年1月25日　改版発行

著　者　垣根涼介

発行者　安部順一

発行所　中央公論新社
〒100-8152　東京都千代田区大手町1-7-1
電話　販売 03-5299-1730　編集 03-5299-1890
URL https://www.chuko.co.jp/

DTP　ハンズ・ミケ
印　刷　三晃印刷
製　本　小泉製本

Published by CHUOKORON-SHINSHA, INC.
Printed in Japan　ISBN978-4-12-207462-0 C1193

垣根涼介の本

ゆりかごで眠れ（上・下）新装版

南米コロンビアで凄絶な幼少期を過ごしながらも、マフィアのボスにまで上りつめた日系二世のリキ・コバヤシ・ガルシア。その彼が、幼い娘を伴い来日した。その目的は……。血と喧噪の旅路の果て、男に訪れた運命とは——。

〈解説〉佐藤 究

中公文庫

垣根涼介の本

人生教習所（上・下）

新聞に不思議な広告が掲載された。「人間再生セミナー小笠原塾」。最終合格者には必ず就職先が斡旋されるという。再起をかけて集まってきた人生の「落ちこぼれ」たちは、はるか小笠原諸島へ旅立つ！　迷える大人たちに贈る、新たなエール小説。

中公文庫

垣根涼介の本

真夏の島に咲く花は

雑多な人種が陽気に暮らす南国の楽園・フィジー。その日常をクーデターが一変させてしまう。国全体が不穏になっていき、浮き彫りになる価値観の対立。それは次第に衝突へと向かう。幸せの意味を問い続ける直木賞作家、渾身の長篇小説。〈解説〉大澤真幸

中公文庫

中公文庫既刊より

あ-59-4
一路（上）
浅田次郎
父の死により江戸から国元に帰参した小野寺一路は、参勤道中御供頭のお役目を仰せつかる。家伝の行軍録を唯一の手がかりに、いざ江戸見参の道中へ！
206100-2

あ-59-5
一路（下）
浅田次郎
蒔坂左京大夫一行の前に、中山道の難所、御家乗っ取りの企てなど難題が降りかかる。果たして、行列は期日通りに江戸へ到着できるのか——。〈解説〉檀 ふみ
206101-9

あ-59-6
浅田次郎と歩く中山道 『一路』の舞台をたずねて
浅田次郎
中山道の古き良き街道風景や旅籠の情緒、豊かな食文化などを時代小説『一路』の世界とともに紹介します。いざ、浅田次郎を唸らせた中山道の旅へ！
206138-5

あ-59-7
新装版 お腹召しませ
浅田次郎
幕末期、変革の波に翻弄される武士の悲哀を描く傑作時代短編集。書き下ろしエッセイを特別収録。司馬遼太郎賞・中央公論文芸賞受賞作。〈解説〉橋本五郎
206916-9

あ-59-8
新装版 五郎治殿御始末
浅田次郎
武士という職業が消えた明治維新期、行き場を失った老武士が下した、己の身の始末とは。表題作ほか全六篇に書き下ろしエッセイを収録。〈解説〉磯田道史
207054-7

あ-59-9
流人道中記（上）
浅田次郎
「痛えからいやだ」と切腹を拒み、蝦夷へ流罪となった旗本・青山玄蕃。ろくでなしであるはずのこの男には、弱き者を決して見捨てぬ心意気があった。
207315-9

あ-59-10
流人道中記（下）
浅田次郎
奥州街道を北へと歩む流人・玄蕃と押送人・乙次郎。旅路の果てで語られる玄蕃の罪の真実。武士の鑑である男はなぜ、恥を晒してまで生きたのか？〈解説〉杏
207316-6

各書目の下段の数字はＩＳＢＮコードです。978－4－12が省略してあります。

い-117-1
SOSの猿
伊坂幸太郎
株誤発注事件の真相を探る男と、悪魔祓いでひきこもりを治そうとする男。二人の男の間を孫悟空が飛び回り、壮大な「救済」の物語が生まれる！〈解説〉栗原裕一郎
205717-3

い-117-2
シーソーモンスター
伊坂幸太郎
元情報員の妻と姑の争い。フリーの配達人に託された謎の手紙。時空を超えて繋がる二つの物語。運命は変えられるのか。創作秘話を明かすあとがき収録。
207268-8

お-87-1
アリゾナ無宿
逢坂 剛
時は一八七五年。合衆国アリゾナ。身寄りのない一六歳の少女は、凄腕の賞金稼ぎ、謎のサムライと賞金稼ぎのチームを組むことに⁉〈解説〉堂場瞬一
206329-7

お-87-2
逆襲の地平線
逢坂 剛
〝賞金稼ぎ〟の三人組に舞い込んだ依頼。それは十年前にコマンチ族にさらわれた娘を奪還してほしいというものだった……。〈解説〉川本三郎
206330-3

お-87-3
果てしなき追跡（上）
逢坂 剛
土方歳三は箱館で銃弾に斃れた――はずだった。一命を取り留めた土方は密航船で米国へ。友を、そして記憶を失ったサムライは果たしてどこへ向かうのか？
206779-0

お-87-4
果てしなき追跡（下）
逢坂 剛
西部の大地で離別した土方とゆら。人の命が銃弾一発より軽いこの地で、二人は生きて巡り会うことができるのか？　巻末に逢坂剛×月村了衛対談を掲載。
206780-6

お-87-5
最果ての決闘者
逢坂 剛
記憶を失い、アメリカ西部へと渡った土方歳三を狙うのは、女保安官と元・新選組隊士。大切な者を守り抜き、失った記憶を取り戻せ！〈解説〉西上心太
207245-9

こ-40-16
切り札　トランプ・フォース
今野 敏
対テロ国際特殊部隊「トランプ・フォース」に加わった元商社マン、佐竹竜。なぜ、いかにして彼はその生き方を選んだか。男の覚悟を描く重量級バトル・アクション第一弾。
205351-9

こ-40-17
戦場 トランプ・フォース 今野敏
中央アメリカの軍事国家・マヌエリアで、日本商社の支社長が誘拐された。トランプ・フォースが救出に向かうが、密林の奥には思わぬ陰謀が⁉ シリーズ第二弾。
205361-8

こ-40-24
新装版 触発 警視庁捜査一課・碓氷弘一1 今野敏
朝八時、霞ヶ関駅で爆弾テロが発生、死傷者三百名を超える大惨事に！ 内閣危機管理対策室は、捜査本部に一人の男を送り込んだ。「碓氷弘一」シリーズ第一弾、新装改版。
206254-2

こ-40-25
新装版 アキハバラ 警視庁捜査一課・碓氷弘一2 今野敏
秋葉原を舞台にオタク、警視庁、マフィア、中近東のスパイまでが入り乱れるアクション＆パニック小説。「碓氷弘一」シリーズ第二弾、待望の新装改版！
206255-9

こ-40-26
新装版 パラレル 警視庁捜査一課・碓氷弘一3 今野敏
首都圏内で非行少年が次々に殺された。いずれの犯行も瞬時に行われ、被害者は三人組で、外傷は全くないという共通項が。「碓氷弘一」シリーズ第三弾、待望の新装改版。
206256-6

こ-40-20
エチュード 警視庁捜査一課・碓氷弘一4 今野敏
連続通り魔殺人事件で誤認逮捕が繰り返され、捜査は大混乱。ベテラン警部補・碓氷と美人心理調査官・藤森のコンビが真相に挑む。「碓氷弘一」シリーズ第四弾。
205884-2

こ-40-21
ペトロ 警視庁捜査一課・碓氷弘一5 今野敏
考古学教授の妻と弟子が殺され、現場には謎めいた古代文字が残されていた。碓氷警部補は外国人研究者を相棒に真相を追う。「碓氷弘一」シリーズ第五弾。
206061-6

こ-40-33
マインド 警視庁捜査一課・碓氷弘一6 今野敏
殺人、自殺、性犯罪……。ゴールデンウィーク最後の夜に起こった七件の事件を繋ぐ意外な糸とは？ 藤森紗英も再登場！ 大人気シリーズ第六弾。
206581-9

こ-40-19
任侠学園 今野敏
「生徒はみな舎弟だ！」荒廃した私立高校を「任侠」で再建すべく、人情味あふれるヤクザたちが奔走する！ 「任侠」シリーズ第二弾。〈解説〉西上心太
205584-1

各書目の下段の数字はISBNコードです。978－4－12が省略してあります。

こ-40-22
任俠病院
今野敏
今度の舞台は病院⁉　世のため人のため、阿岐本雄蔵率いる阿岐本組が、病院の再建に手を出した。大人気「任俠」シリーズ第三弾。〈解説〉関口苑生
206166-8

こ-40-23
任俠書房
今野敏
日村が代貸を務める阿岐本組は今時珍しく任俠道を弁えたヤクザ。その組長が、倒産寸前の出版社経営を引き受け……。『とせい』改題。「任俠」シリーズ第一弾。
206174-3

こ-40-38
任俠浴場
今野敏
こんな時代に銭湯を立て直す⁉　頭を抱える日村に突然、阿岐本が「みんなで道後温泉に行こう」と言い出し……。「任俠」シリーズ第四弾！〈解説〉関口苑生
207029-5

こ-40-39
任俠シネマ
今野敏
今度は、潰れかけている映画館を救え⁉　昔ながらのヤクザ・阿岐本組は、今日も世のため人のために奔走する！　大好評シリーズ第五弾。〈解説〉野崎六助
207355-5

こ-40-27
慎治　新装版
今野敏
同級生の執拗ないじめで、万引きを犯し、自殺まで思い詰める慎治。それを目撃した担当教師は彼を見知らぬ新しい世界に誘う。今、慎治の再生が始まる！
206404-1

こ-40-28
孤拳伝(一)　新装版
今野敏
九龍城砦のスラムで死んだ母の復讐を誓った少年・剛は苛酷な労役に耐え日本へ密航。暗黒街で体得した拳を武器に仇に闘いを挑む。〈解説〉増田俊也
206427-0

こ-40-29
孤拳伝(二)　新装版
今野敏
松任組が仕切る秘密の格闘技興行への誘いに乗った剛は、賭け金の舞う流血の真剣勝負に挑む。非情に徹し、邪拳の様相を帯びる剛の拳が呼ぶものとは！
206451-5

こ-40-30
孤拳伝(三)　新装版
今野敏
中国武術の達人・劉栄徳に完敗を喫し、放浪する朝丘剛。忍術や剣術など、次々と現れる日本武術を極めた強敵たちに、剛は……⁉。
206475-1

こ-40-31
孤拳伝（四）新装版　今野　敏
岡山に美作竹上流の本拠を訪ねた剛は、そこで鉢須賀了太に出くわす。偶然の再会に血を滾らせる剛。果たして決戦の行方は――⁉　シリーズ第四弾！
206514-7

こ-40-32
孤拳伝（五）新装版　今野　敏
それぞれの道で、本当の強さを追い求める剛とそのライバル達。そして、運命が再び交差する――。武道小説、感動の終幕へ！〈解説〉関口苑生
206552-9

こ-40-34
虎の道 龍の門（上）新装版　今野　敏
極限の貧困ゆえ、自身の強靭さを武器に一攫千金を夢みる青年・南雲凱。一方、空手道場に通う麻生英治郎は流派への違和感の中で空手の真の姿を探し始める。
206735-6

こ-40-35
虎の道 龍の門（下）新装版　今野　敏
「不敗神話」の中、虚しさに豪遊を繰り返す凱。「常勝軍団の総帥」に祭り上げられ苦悩する英治郎。その二人が誇りを賭けた対決に臨む！〈解説〉夢枕　獏
206736-3

こ-40-36
新装版 膠　着　スナマチ株式会社奮闘記　今野　敏
老舗の糊メーカーが社運をかけた新製品。それは――くっつかない糊⁉　新人営業マン丸橋啓太は商品化すべく知恵を振り絞る。サラリーマン応援小説。
206820-9

こ-40-37
武打星　今野　敏
一九七九年、香港。武打星（アクションスター）という夢があった――。ブルース・リーに憧れた青年が白熱の映画界に挑む、痛快カンフー・アクション。
206880-3

し-6-27
韃靼（だったん）疾風録（上）　司馬遼太郎
九州平戸島に漂着した韃靼公主を送って、謎多いその故国に赴く平戸武士桂庄助の前途に待ちかまえていたものは。東アジアの海陸に展開される雄大なロマン。
201771-9

し-6-28
韃靼疾風録（下）　司馬遼太郎
文明が衰退した明とそれに挑戦する女真との間に激しい攻防戦が始まった。韃靼公主アビアと平戸武士桂庄助を軸にした壮大な歴史ロマン。大佛次郎賞受賞作。
201772-6

各書目の下段の数字はISBNコードです。978－4－12が省略してあります。

し-6-30
言い触らし団右衛門
司馬遼太郎
自己の能力を売りこむにはPRが大切と、売名に専念した塙団右衛門の悲喜こもごもの物語ほか、戦国豪傑を独自に描いた短篇集。〈解説〉加藤秀俊
201986-7

し-6-31
豊臣家の人々
司馬遼太郎
北ノ政所、淀殿など秀吉をめぐる多彩な人間像と栄華のあとを、研ぎすまされた史眼と躍動する筆でとらえた面白さ無類の歴史小説。〈解説〉山崎正和
202005-4

し-6-32
空海の風景（上）
司馬遼太郎
平安の巨人空海の思想と生涯、その時代風景を照射し、日本が生んだ人類普遍の天才の実像に迫る。構想十余年、司馬文学の記念碑的大作。芸術院恩賜賞受賞。
202076-4

し-6-33
空海の風景（下）
司馬遼太郎
大陸文明と日本文明の結びつきを達成した空海は哲学宗教文学教育、医療施薬、土木灌漑建築と八面六臂の活躍を続ける。その死の秘密もふくめ描く完結篇。
202077-1

し-6-37
花の館（やかた）・鬼灯（ほおずき）
司馬遼太郎
応仁の乱前夜、欲望と怨念にもだえつつ救済を求めて彷徨する人たち。足利将軍義政を軸に、この世の正義とは何かを問う「花の館」など野心的戯曲二篇。
202154-9

し-6-38
ひとびとの跫音（あしおと）（上）
司馬遼太郎
正岡子規の詩心と情趣を受け継いだひとびとの豊饒にして清々しい人生を深い共感と愛惜をこめて刻む、司馬文学の核心をなす画期的長篇。読売文学賞受賞。
202242-3

し-6-39
ひとびとの跫音（下）
司馬遼太郎
正岡家の養子忠三郎ら、人生の達人といった風韻をもつひとびとの境涯を描く。「人間が生まれて死んでゆくという情趣」を織りなす名作。〈解説〉桶谷秀昭
202243-0

し-6-40
一夜官女
司馬遼太郎
「私のつきあっている歴史の精霊たちのなかでもいちばん気サクな連中に出てもらった」（「あとがき」より）。愛らしく豪気な戦国の男女が躍動する傑作集。
202311-6

し-6-55 **花咲ける上方武士道** 司馬遼太郎

風雲急を告げる幕末、公家密偵使・少将高野則近の東海道東下り。大坂侍・百済ノ門兵衛と伊賀忍者を従えて、恋と冒険の傑作長篇。〈解説〉出久根達郎

203324-5

ほ-17-4 **国境事変** 誉田哲也

在日朝鮮人殺人事件の捜査で対立する公安部と捜査一課の男たち。警察官の矜持と信念を胸に、銃声轟く国境の島・対馬へ向かう。〈解説〉香山二三郎

205326-7

ほ-17-5 **ハング** 誉田哲也

捜査一課「堀田班」は殺人事件の再捜査で容疑者を逮捕。だが公判で自白強要の証言があり、班員が首を吊った姿で見つかる。そしてさらに死の連鎖が……誉田史上、最もハードな警察小説。

205693-0

ほ-17-6 **月光** 誉田哲也

同級生の運転するバイクに轢かれ、姉が死んだ。殺人を疑う妹の結花は同じ高校に入学し調査を始めるが、やがて残酷な真実に直面する。衝撃のR18ミステリー。

205778-4

ほ-17-12 **ノワール** 硝子の太陽 誉田哲也

沖縄の活動家死亡事故を機に反米軍基地デモが全国で激化。その最中、この国を深い闇へと誘う動きを、東警部補は察知する……。〈解説〉友清 哲

206676-2

ほ-17-13 **アクセス** 誉田哲也

高校生たちに襲いかかる殺人の連鎖。仮想現実を支配する「極限の悪意」を相手に、壮絶な戦いが始まる！著者のダークサイドの原点！〈解説〉大矢博子

206938-1

ほ-17-14 **新装版 ジウI** 警視庁特殊犯捜査係 誉田哲也

人質籠城事件発生。門倉美咲、伊崎基子両巡査が所属する警視庁捜査一課特殊犯捜査係も出動する。だが、この事件は〝巨大な闇〟への入口でしかなかった。

207022-6

ほ-17-15 **新装版 ジウII** 警視庁特殊急襲部隊 誉田哲也

誘拐事件は解決したかに見えたが、依然として黒幕・ジウの正体は摑めない。事件を追う東と美咲。一方、特進をはたした基子の前には不気味な影が。〈解説〉宇田川拓也

207033-2

各書目の下段の数字はISBNコードです。978-4-12が省略してあります。

ほ-17-16
新装版 ジウIII 新世界秩序　誉田哲也

新宿駅前で街頭演説中の総理大臣を標的としたテロが発生。歌舞伎町を封鎖占拠し、〈新世界秩序〉を唱えるミヤジとジウの目的は何なのか⁉〈解説〉友清 哲

207049-3

ほ-17-17
歌舞伎町ゲノム　誉田哲也

大人気シリーズ、〈ジウ〉サーガ第九弾！ 伝説の暗殺者集団「歌舞伎町セブン」に、新メンバー加入！ 彼らの活躍と日々を描いた傑作。〈解説〉宇田川拓也

207129-2

ほ-17-18
あなたの本 新装版　誉田哲也

これは神の悪戯か、一冊の本が狂わす人間の運命——表題作をはじめ、万華鏡の如く広がる七つの小説世界。新たに五つの掌篇を収録。〈解説〉瀬木広哉

207250-3

ほ-17-19
主よ、永遠の休息を 新装版　誉田哲也

暴力団事務所との接触で、若き通信社記者は、ある誘拐殺人事件の犯行映像がネット配信されている事実を知るが……。慟哭のミステリー。〈解説〉瀬木広哉

207309-8

ほ-17-20
幸せの条件 新装版　誉田哲也

恋も仕事も中途半端な若手社員・瀬野梢恵に、突如下ったとんでもない社命。それは、日本の未来を変えるかもしれないものだった⁉〈解説〉田中昌義

207368-5

む-31-1
燃える波　村山由佳

友人のような夫と、野性的な魅力を持つ中学時代の同級生。婚外恋愛がひとりの女性にもたらした激しい変化は——。著者渾身の恋愛長篇。〈解説〉中江有里

206982-4

ゆ-6-1
盤上の向日葵（上）　柚月裕子

山中で発見された身元不明の白骨死体。遺留品は、名匠の将棋駒。二人の刑事が駒の来歴を追う頃、将棋界では世紀のタイトル戦が始まろうとしていた。

206940-4

ゆ-6-2
盤上の向日葵（下）　柚月裕子

世紀の一戦に挑む異色の棋士・上条桂介。実業界から転身し、奨励会を経ずに将棋界の頂点に迫る桂介の、壮絶すぎる半生が明らかになる！〈解説〉[illegible]

[illegible]6941-1